A Kiss at Midnight
by Eloisa James

永遠《とわ》にガラスの靴を

エロイザ・ジェームズ
岡本三余［訳］

JN283656

ライムブックス

永遠《とわ》にガラスの靴を

主要登場人物

キャサリン（ケイト）・ダルトリー……………伯爵の末息子の娘
ガブリエル・アルブレヒト・フレデリク・ウィリアム・フォン・アシェンベルク……マールブルク公国の王子
マリアナ・ダルトリー……………………………ケイトの継母
ヴィクトリア・ダルトリー………………………マリアナの娘
ヴィクター・ダルトリー…………………………ケイトの父。伯爵の末息子。故人
アルジャーノン・ベネット………………………ヴィクトリアの婚約者。ディムズデール卿
ベルウィック……………………………………侍従長
タチアナ王女……………………………………ガブリエルの婚約者
ヘンリエッタ・ウロース…………………………ケイトの名付け親
レミンスター……………………………………ヘンリエッタの夫
フェルディナンド・バルスコワ…………………ガブリエルの叔父
ソフォニスバ……………………………………ガブリエルの叔母
エフロンジア（エフィー）・スタルク……………貴族の娘

プロローグ

昔々、あるところに……。

この物語は馬車から始まる。ただし、夜道を疾走するのはかぼちゃの馬車ではないし、娘の苦境を知らない名付け親《ゴッドマザー》も、魔法の杖《つえ》は持っていなかった。ただ、ネズミたちだけは、案外お仕着せ姿を喜んだかもしれない。

そうそう、肝心の娘を忘れてはならない。ただしこのシンデレラは、ダンスも踊れなければ、王子との結婚を夢見てもいなかった。

話をネズミに戻そう。

あのネズミたちはまったく手が焼ける、と召使たちは口をそろえた。家政婦のミセス・スワローがお決まりの愚痴をこぼす。

「知らないうちに靴をかじられちゃ、たまったもんじゃないですよ」

愚痴を聞かされているのは執事のチェリーデリーだ。

「気持ちはわかるよ」温和な執事の声はいつになく険しかった。「わたしも連中にはほとほと迷惑しているんだ。夜中にけたたましく鳴いて――」

「しかもあの食べ方ったら！」ミセス・スワローが我慢できずに口を挟んだ。「テーブルの上にのって、皿から直接食べるんですよ」

チェリーデリーが同意する。「そうとも。それに、わたしはこの目で見たのだよ。ヴィクトリア様が口移しで餌《えさ》をやるところを」

ミセス・スワローは驚愕《きょうがく》の声をあげた。ネズミたちがうるさく鳴いていなければ、かなり離れた居間にいる主人にも家政婦の悲鳴が届いたかもしれない。

1

〈ノコギリソウの館《やかた》〉

ミセス・マリアナ・ダルトリーと、その娘ヴィクトリアおよびその異母姉キャサリンの住まい

ミス・キャサリン・ダルトリーことケイトは怒り心頭に発しつつ馬からおりた。

継母に腹を立てること自体は珍しくない。ケイトの父であるヴィクター・ダルトリーが生きているときも、こういうことはたびたびあった。しかし七年前に父が他界し、ミセス・ダルトリーになったばかりの継母がすべてを仕切るようになってから、ケイトは本物の怒りを知った。

最初に被害に遭ったのは小作人で、倍の借地代を払うか、長年住み慣れた小さな家《コテージ》を出るかの選択を迫られた。さらに継母が庭師の給金を渋ったせいで、果樹はしおれ、生け垣は伸び放題になった。しかも、そうやって集めた金はひらひらしたドレスやボンネットに散財される。継母と異母妹は、一年間、毎日ちがうものを着ても余るほどのドレスを持っていた。

〝怒り〟とはそうした状況を目のあたりにしたときにこみあげる感情だ。晩餐会《ばんさん》で顔を合わせなくなった知人に憐《あわ》れみのまなざしを向けられたときも、古ぼけた家具しかない屋根裏部屋に追いやられたときも、ケイトは怒りを感じた。不当な扱いに耐えてまで生家にとどまる必要はないとわかっていても、その一歩が踏みだせない。自分がふがいなかった。亡き父も草葉の陰で涙しているにちがいない。

今日こそ白黒つけよう。ケイトはそう決意して、足音も荒く正面の石段をあがった。父が生きていたら、きっと同じことをしただろう。

「ありがとう、チェリーデリー」ドアを開けてくれた執事に声をかける。「いつから従僕の仕事までこなすようになったの？」

「従僕は奥様の言いつけでロンドンへ向かいました」執事が答えた。「医者をふたり連れてくることになっております」

「例の発作が起きたの？」ケイトは裏地がはがれないよう、慎重に革手袋から手を抜いた。〈ノコギリソウの館〉では〝奥様〟の発作はおなじみだ。医師の診断はたいてい消化不良。それでも善良な執事の言うとおり、いつかは本物の発作が起きるかもしれない。希望を捨ててはいけないのだ。

「今回は奥様ではないのです。ヴィクトリア様のお顔の件で……」

「ネズミに嚙《か》まれた傷のこと？」

執事がうなずく。「侍女の話では、唇の端が下に引きつれて腫《は》れていらっしゃるようです」

ケイトはかすかに同情を覚えた。妹の売りは美しい顔と流行のドレスだ。自慢の顔が元に戻らないとなったら、心が砕けてしまうのではないかしら？

「わたしは教区司祭の未亡人のことで奥様に話があるの」ケイトは毛皮の裏打ちをした外套《がいとう》を脱いで執事に渡した。「司祭が亡くなったあと、ご遺族には領地の端のコテージに移っていただいたのだけど……」

「お嬢様もいやな役まわりを押しつけられましたね。それにしても、司祭がみずから命を絶つとは驚きました」

「しかも奥様と四人の子供を残して死ぬなんて、とんでもないわ」

「彼は片脚を失ったのですから、絶望する気持ちもわかる気がいたしますが」

「おかげで子供たちは、父親を失った絶望を乗り越えなければならないのよ」ケイトには司祭の選択に理解を示すことはできなかった。「そこへ追い打ちをかけるように、わが家の奥様が立ち退き命令を出したの」

チェリーデリーは眉をひそめた。「そういえば奥様は、今晩はキャサリン様も一緒に食事をするので席を設けるようにとおっしゃっていました」

階段へ向かいかけていたケイトは足をとめた。「なんですって？」

「今夜はお嬢様も夕食会に加わるとおっしゃったのです。ディムズデール卿《きょう》がお見えになる予定です」

「冗談でしょう？」

執事は首を振った。「まちがいありません。それからヴィクトリア様のネズミたちを、お嬢様の部屋へお移しになりました」

ケイトは固く目を閉じた。今日という日は呪《のろ》われているにちがいない。召使たちが愛憎入りまじった気持ちでネズミと呼ぶ犬たちを、彼女は嫌っていた。ついでにヴィクトリアの婚約者、ディムズデール卿ことアルジャーノン・ベネットも苦手だ。へらへらしていてつかみどころがないからだ。それでなくても、家族での会食など悪夢以外のなにものでもなかった。

かつてはケイトがこの館の女主人だった。実母は病気がちで晩年は寝たきりだったので、食堂ではケイトが父の向かいに座り、家政婦のミセス・スワローと献立の確認をした。いつか社交界にデビューし、結婚して、この館で子供を育てるはずだった。

すべては、父が天に召され、ケイトが屋根裏の雑用係に降格されるまでの話だ。

流行遅れのドレスで夕食会に参加してディムズデールの無駄話に耐えるなんて、想像しただけでもぞっとする。継母はなにを考えているのだろう?

不吉な予感を覚えつつ、ケイトは階段を駆けあがった。マリアナは寝室で鏡台の鏡とにらめっこをしていた。窓から差しこむ午後の光が、けばけばしい黄色に染められた髪を安っぽく光らせている。プリーツがたくさん入った薄紫色のモーニングドレスは、胸の下を紫のリボンで絞ってあり、見るからに社交界にデビューしたての娘が着るようなデザインだ。継母のマリアナは三〇代が終わった事実を受け入れられずにいる。いや、二〇代が去ったことすら認めていないのかもしれない。要するに彼女は、他人の批判など意に介さない図太い神経の持ち主で、かつ、人は誰しも年をとるという自然の摂理を真っ向から否定している四〇代の女性だった。

皮肉にも、若い娘向けのドレスはマリアナの実年齢を際立たせていた。いくら若作りをしたところで、四〇代の女性が二〇代に見えるわけがない。

「ようやくご帰還というわけ？」マリアナが嫌みを言った。

継母の寝室を見渡したケイトは、腰をおろすためにはスツールらしきものの上に山積みになった衣類をどかすしかないと判断した。薄いコットンやスパンコールつきのシルクがあちこちに積んであって、掘り起こしてみなければ、どこに椅子があるかわからないほどだ。やわらかい曲線を描くドレスの山は、パステルカラーの雪景色にも見えた。

「なにをするつもり？」ドレスを抱えたケイトを見て、マリアナが言った。

「座るのよ」ケイトは布を床に落としてスツールに腰かけた。

マリアナが悲鳴とともに椅子から飛びあがる。「わたしのドレスになんてことを！　いちばん上の何枚かは届いたばかりの極上品よ。ちょっとでもしわが寄ったら、夜なべしてアイロンをかけてもらいますからね！」

「わたしでよければ喜んで」ケイトは冷めた声で答えた。「三年前に白いドレスを焦がしたときに、二度とアイロンかけはさせないと言われたけれど」

「ああ、ペルシャ産のローシルク！」マリアナがシェイクスピアのマクベス夫人のように芝居がかった態度で手を打ち合わせた。「あれならそこよ」彼女は人の背の高さほどもある布の山を指した。「いつかお直しして着るんだから」そう言って、椅子に腰をおろす。

　ケイトは継母に気づかれないよう、ドレスの山をつま先で遠くへ押しやった。

「それはそうと、クラブツリー一家のことで話があるの」

「今日こそあの女を追いだしてやった？」マリアナは細い葉巻《シガリロ》に火をつけた。「来週になれば、いけすかない弁護士が領地の管理状況を視察に来るわ。あんなぼろぼろのコテージを見られたら延々と嫌みを言われるでしょうね。前回だって長々とお説教をされて、退屈で死ぬかと思ったわ」

「コテージの修繕は領主の仕事でしょう？」ケイトは窓を開けようと立ちあがった。

　マリアナがうんざりした顔でシガリロを振った。「冗談はやめて。こっちはただ同然で土地を貸してやってるのよ。自分たちの家をきれいに保つくらいできなくてどうするの？　クラブツリー家は豚小屋よ。あの家の前を通りかかったときはぞっとしたわ」

　ケイトはわざとらしく継母の部屋を見まわした。豚小屋と形容すべきはこの部屋だ。だがマリアナは義理の娘の静かな侮辱に気づきもせず、小さなガラス容器を開けると、唇を銅色に塗りはじめた。

「ミセス・クラブツリーはご主人を亡くして以来、働き通しで疲れているのよ。だいいち、彼女のコテージは豚小屋なんかじゃないわ。ちょっと散らかっているだけよ。行くあてもない女性を追いだすなんてできない」

「くだらないことを言わないで」マリアナは鏡に身を寄せて口紅の塗り具合を点検した。

「あの女が身の振り方を考えていないはずがないでしょう。クラブツリー司祭が死んでもう一年よ。おおかた男のところにでも転がりこむでしょうから、まあ、見てごらんなさい」

継母と話すとき、ケイトはいつも真っ暗な屋外便所で用を足している気分になった。次になにを言われるかは予測不能だが、その言葉を自分が受け入れられないことだけはわかる。

「そんな言い方は残酷だわ」ケイトは諫《いさ》めた。

「ともかく、あの人たちには出ていってもらうわ」マリアナがきっぱりと言う。「怠け者には我慢がならないの。あの人の亭主が橋から身を投げた翌日、わたしはわざわざ司祭館に出向いたのよ。お悔やみを言いにね」

マリアナは小作人や村人とほとんどかかわろうとしない。領主ごっこがしたくなったときだけ、これ見よがしに贅沢《ぜいたく》な格好をしては村に馬車で乗りつける。それを見た小作人の唖然《あぜん》とした表情をさんざんばかにしたあとでケイトを呼びつけ、誰それをコテージから追いだせと命令するのだ。

唯一の救いは、一週間もすれば、なにを命令したかを、マリアナ自身が覚えていないことだった。

「あの女ときたら、長椅子に横たわって泣いてたのよ。部屋のなかは子供だらけだっていうのに。次から次へと産んでおきながら面倒も見ないで、三流女優みたいに肩を震わせて。旅芝居の一座にでも入ったらどうかしら？　救いようのないほど不器量ってわけじゃないんだし」

「ミセス・クラブツリーは――」

マリアナはケイトの言葉をさえぎった。「わたし、怠け者は嫌いなの。大佐だった前の夫を亡くしたあと、わたしがのんびり寝てたと思う？　あなたのお父様が亡くなったとき、めそめそした？　わたしたちはまだ新婚だったのよ」

継母が泣くところなど見たことがなかった。「たしかにミセス・クラブツリーはあなたほど強くないかもしれない。だけど、小さな子供が四人もいる女性を追いだすなんて――」

「もうその話題はうんざり。それより大事な話があるの。今晩、ディムズデール卿がいらっしゃるから、あなたも一緒に食事をなさい」マリアナは口をすぼめてシガリロの煙を吐いた。銅管から煙が立ちのぼっているかのようだ。

「そのことならチェリーデリーから聞いたわ。でも、なんのために？」家族としての体裁を繕うのはとっくの昔にやめたはずだ。憎まれ口ばかりたたく義理の娘を食事に同席させたいと望む理由がわからなかった。

「後日、ディムズデール卿の親戚《しんせき》と会ってもらうからよ」マリアナはシガリロを吸った。「あなたがヴィクトリアよりも細身でよかったわ。あの子のドレスをちょっと詰めれば着られるわね。逆だったらそうもいかないでしょう」

「いったいなんの話なの？　ディムズデール卿がわたしと同席したがるとは思えないし、ましてや親戚を紹介するはずが――」

マリアナが答える前に、勢いよくドアが開いた。

「お母様、あのクリームは本当に効くの？」ヴィクトリアが母親の胸に顔をうずめる。

マリアナはシガリロを置いて娘の肩に腕をまわした。

「ええ、じきに効果が現れますとも。少しの辛抱よ。すぐに元どおり美しくなるわ。万が一の場合に備えて、ロンドンから腕のいいお医者様をふたりも呼んだし」

ケイトは思わず尋ねた。「クリームってなんのこと？」

マリアナがケイトをにらみつける。「そんなことをきいてどうするの？　真珠を砕いて作った高級クリームよ。あらゆる症状に効くの。わたしも毎日使ってるわ」

「ケイト、この唇を見てよ。わたし、もうおしまいだわ」ヴィクトリアが涙に濡《ぬ》れた顔をあげた。

下唇の状態はかなりひどかった。傷の周囲が腫れて紫色になり、片方の口角がわずかに垂れている。

ケイトは立ちあがって妹のほうへ歩み寄った。

「ドクター・バズビーには診ていただいた？」

「あのやぶ医者なら昨日来たわ」マリアナが答えた。「あの男には事の重大さがわかってないのよ。のみ薬も塗り薬もなにも処方しないなんて！」

ケイトは妹の顔を光のほうへ向けた。

「感染症みたいだけど……このクリームは本当に清潔なの？」

「わたしが持ってきたものにけちをつける気？」マリアナが立ちあがる。

「いけない？」ケイトは言い返した。「わけのわからないクリームのせいで、ヴィクトリアの口が変形したらどうするの？」

「よくも言ったわね！」マリアナが一歩前に出た。

ヴィクトリアが母親の前に腕を突きだす。「お母様、やめて。ケイト、本当にクリームのせいだと思う？　傷がずきずきするの」ヴィクトリアは極上の美人だ。大きな瞳は常に泣きだしそうにうるんでいる。実際、彼女は泣き虫だった。今も、ふた粒の涙が頬を滑っていく。

ケイトは眉根を寄せた。「化膿《かのう》したんじゃないかしら。すぐに治るだろうけど……」彼女が腫れた部分をそっと押すと、ヴィクトリアは悲鳴をあげた。「膿《うみ》を出さなきゃだめでしょうね」

「余計なことをしないで！」マリアナが怒鳴った。

「顔を切るのはいやよ」ヴィクトリアが全身を震わせる。

「唇がゆがんだままになってもいいの？」ケイトは辛抱強く言い聞かせた。

ヴィクトリアが目をぱちぱちさせて、必死に考える。

「ロンドンからお医者様が到着するまで、なにもさせませんからね」マリアナは宣言して椅子に座った。ロンドンのものはなんでも一流だと思っているのだ。よほど田舎で育ったのだろうか。

「それなら、早くお医者様が到着することを祈りましょう」菌が血液に入る危険はなさそうだ。ケイトはそう判断して話題を変えた。「ところで、なぜわたしを食事に同席させたいの?」

「この唇のせいよ」ヴィクトリアが子豚のように鼻を鳴らした。

「唇?」

「こんな顔で先方を訪ねるわけにはいかないもの」ヴィクトリアの芝居がかった訴えに、ケイトはますます混乱した。

「数日後に、ディムズデール卿は非常に重要な方を訪問するの」マリアナが言う。「あなたは小作人の愚痴を聞くのに忙しくて忘れてしまったでしょうけど、王子に謁見するのよ。本物の王子にね」

ケイトはスツールに戻って、継母と妹を交互に見た。鋳型から抜きだして造られたばかりの半ペニー硬貨みたいなマリアナは、髪をカールさせるこてで三時間かけて整えたような隙《すき》のない髪型をしている。一方のヴィクトリアは、ピーチブロンドの髪を顔のまわりでふわふわとカールさせ、まるで綿菓子のようだった。

「わたしが王子とどういう関係があるのかがわからないわ」ケイトは言った。「もちろん、大事なときにけがをしたヴィクトリアは気の毒だと思うけど……」継母との確執はさておき、ケイトは妹が好きだった。ヴィクトリアは人好きのする性格だったし、マリアナの過剰な愛情で押しつぶされそうになっている彼女への同情もあった。

「それはね……」ヴィクトリアはスツールと同じ高さに積まれたドレスの上に無造作に腰をおろし、暗い声で言った。「あなたに代役を頼みたいの。わたしも最初に聞いたときは戸惑ったんだけど、お母様がすばらしい計画を思いついてくれたのよ。アルジャーノンもきっとわかってくれるわ」

「なにを思いついたか知らないけど、あなたの代役なんて無理に決まっているでしょう」ケイトは淡々と答えた。

「できますとも」マリアナは二本目のシガリロをとりだして、短くなったシガリロから火を移した。「やってもらうわよ」

「ごめんだわ。だいたいどこでヴィクトリアの代役をしろというの？」

「王子の前でに決まってるでしょう」マリアナは紫煙越しにケイトを見た。「あなた、今までなにを聞いてたの？」

「王子の前でヴィクトリアになるの？　どこの王子？」

「わたしも最初は混乱したわ」ヴィクトリアが腫れた唇を指でなぞった。「でも、アルジャーノンと結婚するためには、彼の一族の誰かに承認してもらわなければならないの」

「それが王子ってわけ」マリアナが口を挟む。

「アルジャーノンによると、ヨーロッパ大陸にある小国の王子なんですって。アルジャーノンのお母様の一族でイングランドにいるのはその方だけだそうよ。王子の承認がなければ、アルジャーノンのお母様は彼の遺産相続を認めないというの。それがお父様の遺言だから。三〇歳になる前に許可なく結婚したら遺産の一部を失うだなんてあんまりだわ。アルジャーノンはまだ二〇歳にもなってないのに」

ディムズデールの父親は賢明だった、とケイトは思った。ディムズデールに領地の管理をさせるのは、ネズミに聖歌を教えるも同じだ。まあ、わたしには関係がないけれど。

「明日、お医者様に診てもらったら、王子どころか女王にだって会いに行けるわ」

「こんなみっともない顔で行けるわけがないでしょう！」マリアナがはねつけるように言った。彼女がヴィクトリアを卑下する物言いをしたのはこれが初めてだった。

ヴィクトリアは母のほうをちらりと見ただけで、なにも言わなかった。

「行けるわよ」ケイトは反論した。「そもそもわたしにヴィクトリアの代役なんて務まるはずがないわ。万が一、信じる人がいたとして、あとで問題になるとは思わないの？　挙式の最中に王子が立ちあがって、花嫁がちがうと抗議したらどうするつもり？」

「そんなことにはならないわ。王子の承認をとりつけしだい、特別許可証を申請して結婚するもの」マリアナが言った。「ディムズデール卿がお城に招かれるのは今回が初めてだし、このチャンスを逃すわけにはいかないの。王子がご自分の婚約を祝って舞踏会を催すから、あなたはヴィクトリアとしてそれに参加なさい」

「舞踏会のあとで訪問すればいいじゃない」

「今すぐ結婚しなきゃならないの！」ヴィクトリアが甲高い声で言った。

ケイトはいやな予感がした。「結婚しなきゃならない？」

ヴィクトリアがうなずく。ケイトが物問いたげな顔をすると、継母は肩をすくめた。

「おめでたよ。三カ月」

「なんてこと！」ケイトは大声を出した。「彼をよく知りもしないのに」

「愛してるの。三月のある日曜にウエストミンスター寺院であの人を見かけて以来、社交界デビューにすら興味がなくなったわ。お母様がどうしてもって言うから、一応デビューはしたけれど」ヴィクトリアが真剣なまなざしで言う。

「三月って……今は六月じゃない。愛《いと》しのアルジャーノンは出会った途端に求婚してきたわけ？　それを今日まで内緒にしていたの？」

ヴィクトリアがくすくす笑った。

「求婚されたときは、お母様の次にあなたに教えたじゃない。ほんの二週間前よ」

マリアナの鼻と口のあいだにできたしわは、真珠粉入りクリームでも消せないだろう。

「ディムズデール卿は奥手なの」

「わたしはそうは思わないわ」ケイトは切り返した。「むしろ、とびきり手が早いと思うけど」

マリアナがいらだたしげな目を向けた。「状況を理解して即、求婚したんだからいいじゃないの」

「わたしなら、その場で彼を絞め殺すわね」ケイトは言った。

「まあ」マリアナが薄笑いを浮かべる。「だからあなたは愚か者だっていうのよ。ディムズデール卿は子爵だし、相続さえ認められれば財産もたんまり入る。しかもヴィクトリアに首ったけで、すっかり結婚する気になってるわ」

「それはなによりだこと」ケイトはヴィクトリアに視線を戻した。傷が気になるのか、何度も唇にふれている。「だからお目付役《シャペロン》を雇うよう言ったのに。たちの悪い男に引っかかったら、どうするつもりだったの？」

マリアナは無言で鏡台に向き直った。

ヴィクトリアはけっしてつき合いやすい娘ではない。ひどく繊細で、ミルクの分量をまちがえたプディングみたいに頼りなくて、しょっちゅう泣く。しかし、誰もが見とれる美人だし、今回の件で妊娠しやすいことも証明された。女にとって、それは大きな強みだ。ケイトの父は息子を授からなかったことに落胆し、病弱な妻が亡くなって二週間も経《た》たないうちに再婚を決めた。今度こそはと思ったにちがいない。父の目に、マリアナは息子を産んでくれそうな女性に映ったのだろう。そして、その勘が正しいかどうかを確かめる前に天に召されてしまった。

「それで、ヴィクトリアになりすまして王子に会ってほしいというの？」ケイトは言った。

「会ってほしいじゃないわ。会いなさい」マリアナがぴしゃりと言った。

「お母様ったら！」ヴィクトリアが言う。「ケイト、お願い。アルジャーノンと結婚したいの。それに……あの……それで……」彼女はドレスのしわを伸ばした。「赤ちゃんのことは誰にも知られたくない。アルジャーノンもそう思ってるわ」

ヴィクトリアもまさか身ごもるとは思わなかったのだろう。ケイトにしてみれば、妹が妊娠するための行為を知っていたこと自体が驚きだった。

「命令ではなく、お願いなのね？」ケイトはヴィクトリアではなく継母に言った。「わたしをディムズデール卿と同じ馬車に乗せることはできても、王子の前でなにを言うかまでは強要できないわよ」

マリアナが歯をむいた。

「だいいち、ヴィクトリアは数カ月前に華々しく社交界デビューを飾ったばかりだから、招待客のなかには面識のある人もいるでしょう」

「だからこそ、そこらの娘じゃなくあなたを送りこむんでしょうが」マリアナはいつもどおり偉そうに言った。

「わんちゃんたちも連れてって」ヴィクトリアがつけ加える。「わたしのトレードマークだから、みんな犬のほうに気をとられて、あなただって気づかないわ」思いだしたように大粒の涙を流す。「そういえば、お母様がもうあの子たちを飼っちゃだめだって言うの」

「今はわたしの部屋にいるそうね」

「あなたにあげるわ」マリアナが言った。「少なくとも、お城に滞在してるあいだはあなたのものよ。そのあとは……」ヴィクトリアから目をそむけた。「かわいそうな孤児にでもプレゼントしましょう」

「きっとかわいがってくれるわね」無邪気にヴィクトリアが答える。孤児のなかにはペットに噛まれたくない子供もいるとは思いもしないらしい。

「それで、わたしのシャペロンは？」ケイトは犬たちのことをひとまず頭の隅に追いやった。

「そんなものは必要ないわ。いつもひとりでほっつき歩いてるくせに」マリアナが吐き捨てるように言った。

「わたしをヴィクトリアのシャペロンにしたらよかったのよ。そうしたら、ディムズデール卿につまみぐいなんてさせなかった」

「あなたは純潔を死守するでしょうよ」マリアナが言い返す。「なんの役にも立ちはしないのに。だいたいディムズデール卿はヴィクトリアにぞっこんだから、あなたに手を出す心配はないわ」

ヴィクトリアが洟《はな》をすすった。「そうよ、わたしも彼を愛してるの」もうひと粒、涙が頬を伝う。

ケイトはため息をついた。「わたしがヴィクトリアのふりをするとして、ディムズデール卿とふたりきりで馬車に乗っていたと知れたらスキャンダルになるでしょう？　困るのはわたしじゃなくてヴィクトリアよ。そんなことになったら、日数の合わない子供が生まれてきても誰も驚かないでしょうね」

部屋のなかに沈黙が落ちる。やがて、マリアナが言った。「わかったわ。本来ならわたしが行くところだけれど、調子のよくないヴィクトリアをひとりにはできない。ロザリーを連れていきなさい」

「ロザリーって、侍女をシャペロンにするの？」

「文句ある？　あなたがディムズデール卿を襲わないよう、あいだに座ってもらえばいいのよ。それに、犬の世話係も連れていくんだし」

「犬専用の世話係まで必要なの？」

「メアリーよ」ヴィクトリアが答えた。「彼女は暖炉掃除もするけど、犬たちを毎日お風呂に入れて、ブラシをかけてくれるの。ペットの面倒はちゃんと見なきゃいけないでしょう」

「メアリーは連れていけないわ。ミセス・スワローひとりでは家事をこなせないもの」ケイトは言った。

マリアナが肩をすくめる。

「なにより問題なのは、ヴィクトリアとわたしがちっとも似ていないことよ」

「似てますとも」マリアナが反論した。

「似てないと思うわ」ヴィクトリアも言った。「わたしはわたしだし、ケイトは……」その先の言葉は宙に消えた。

「ヴィクトリアが言いたいのは、自分は人目を引く美人で、わたしはちがうということよ。親同士の再婚で姉妹になっただけなんだから。赤の他人を連れてきて見比べるのと同じだわ」

「髪の色は同じよ」マリアナはシガリロを吸った。

「ほんとに？」ヴィクトリアが疑わしげに尋ねる。

そうかもしれない。ただし、ヴィクトリアの髪はふんわりとカールさせて繊細なリボンで結んである。ケイトは朝、髪をとかしたあとは、ねじってピンで留めただけだ。時間をかけておしゃれをする暇などない。正確には、時間をかけなくても、おしゃれをする暇などなかった。

「ふたりとも、頭がどうかしてしまったの？」ケイトは継母を見た。「ぜったいにばれるわ」

ヴィクトリアが眉間《みけん》にしわを寄せた。

「ケイトの言うとおりかもしれない。やっぱり無理かも……」

マリアナはこわばった顔をしていた。七年間の観察の結果に照らし合わせると、癇癪《かんしゃく》を爆発させる直前の表情だ。

「ケイトはわたしより背が高いわ」ヴィクトリアは指を折って数えた。「髪も黄色みがかってるし、長さもちがう。わたしたちはぜんぜん似てないのよ。同じドレスを着ても――」

「あなたたちは姉妹なの」マリアナが唇を引き結んだ。口元がハンマーでつぶした銅管みたいになる。

「異母姉妹よ」ケイトは辛抱強く言った。「あなたがわたしの父と結婚したからといって、わたしとヴィクトリアは血がつながっているわけじゃない。あなたの最初の夫は――」

「あなたたちは姉妹なの！」

2

ランカシャーのポメロイ城

「殿下」

そう呼びかけられたマールブルク公国の王子、ガブリエル・アルブレヒト・フレデリク・ウィリアム・フォン・アシェンベルクは、トレイを手にした侍従長を見あげた。

「香油壺《ウンゲンタリウム》を修復しているところだ。手短に頼む」

「ウン、ゲンタリウム……ですか？」ベルウィックが顔をしかめた。「パリの路地裏で仕入れた卑猥《ひわい》なおもちゃみたいな名前ですね」

「おまえの感想などきいていない。これは死者に捧《ささ》げる壺《つぼ》だ。子供の墓から発掘された。お手玉に使う動物の骨片が六つ入っていたんだ」

ベルウィックは上体をかがめ、机の上に並べられた破片をまじまじと見た。

「それで、お手玉はどこに？」

「ビギットスティフ教授がどこかへ捨てた。あの考古学者ときたら、王家の墓を暴くことしか頭にない。貧しい子供の墓には興味がないんだ。教授のせいで壺が割れて、上部は行方不明だ。この破片の縁には青銅の鋲《びょう》がついていたと思うんだが……」ガブリエルは破片を指さした。「ウンゲンタリウムは墓に入れられる前に修繕されたにちがいない」

ベルウィックが破片を見た。「いずれにせよ、再度修繕したほうがよさそうですね。こんなもののどこが気になるんです？」

「子供の親は、天国へ旅立つわが子にお手玉しか持たせてやれなかったのだろう」王子は拡大鏡を手にした。「教授が夢中になる安っぽいお宝より、よほど敬意を払われるべき品だ」

「なるほど……。ところでタチアナ王女の使者より書状が届いております」ベルウィックは巧みに話題を変えた。「王女は現在ベルギーにいらっしゃり、こちらには予定どおり到着するとのことです。ご婚約記念の舞踏会には二〇〇人ほどの招待客を見こんでおります。殿下の甥《おい》であられるディムズデール卿アルジャーノン・ベネットも参加されますが、舞踏会の前にお見えになるご予定のようです」

「金色の羊（ギリシャ神話に出てくる黄金の毛の羊。それを手にした者に富と繁栄をもたらすとされる）を連れてくるのか？」ディムズデールについてガブリエルが覚えていることといえば、下半身がたっぷりした子供だったという程度だ。その甥が、イングランドでも指折りの持参金を持つ女性を獲得したという。

「婚約者のミス・ヴィクトリア・ダルトリーを同伴されます」ベルウィックが帳面を確認した。

「あのディムズデールが金色の羊をつかまえるとはな。どうせ器量のよくないそばかすだらけの娘だろう」ガブリエルは鋲の位置を特定しようと破片を並べながら言った。

ベルウィックが首を振る。「ミス・ダルトリーは春に社交界デビューした令嬢のなかでも選《え》り抜きの美人と評判です」イングランドに滞在してまだ数カ月なのに、ベルウィックは上流階級のゴシップに精通していた。「しかも、ディムズデール卿に惚《ほ》れこんでいるとか」

「ぼくと出会っていないからだ」ガブリエルはけだるげに言った。「ロシアから花嫁が来る前に、その娘を誘惑するのも一興かもしれないな。ロシア語より英語のほうが得意だし」

ベルウィックは物言いたげな表情でガブリエルの全身に視線をはわせた。うしろで束ねられた黒髪、きりりとした眉、ひげが濃いので、剃《そ》ったばかりでもうっすらと陰の残る肌。王子の威圧的な容姿に怯《おび》える女性は少なくない。

「挑戦されるのはご自由ですが、まずはご自分の花嫁に専念されたほうがよろしいのでは？」ベルウィックはいつものとおり遠慮がなかった。

「タチアナ王女がぼくに夢中にならないとでも言いたいのか？」優男に慣れたご令嬢が自分の容貌《ようぼう》に恐れをなすことくらいガブリエルも承知していた。それでも、たいていの娘は王子と聞くと、玉の輿《こし》を夢見て目を輝かせる。

まあ、結婚相手を魅了するのは、愛人を口説くほど簡単ではないだろう。

ガブリエルは心のなかで悪態をつき、いらだちを静めて小さな壺に向き直った。

「幸い、タチアナ王女もぼくと同じで選択権などないはずだ」

ベルウィックは無言で一礼し、やってきたときと同じくらい静かに退出した。

3

〈ノコギリソウの館〉

猟師が森のなかで息を詰めて獲物を狙《ねら》っているような、ぴんと張りつめた空気が部屋のなかを満たしていた。

ヴィクトリアはなにも言わなかった。妹の瞳を見たケイトは、その愛らしい頭のなかでマリアナの発言が渦を巻いているのが見える気がした。

「異母姉妹よ」ケイトが繰り返した。

「そのとおり。だからこの子の将来がめちゃくちゃになってしまう前にお城へ行って、王子の承認をもらってきて。異母妹のためなんだから」

ケイトの体内に再び血がめぐりはじめる。きっと誤解だわ。マリアノが言いたいのは——。

「あなたたちは半分血がつながってるの」だが、マリアナはぞんざいにつけ加えた。

「でも、ヴィクトリアは……」ケイトはヴィクトリアに向き直った。「あなた、いくつになった？」

ヴィクトリアは下唇にふれ、洟をすすった。「知ってるでしょう？　あなたの五つ下よ」

「つまり一八歳ね」ケイトの心臓は激しく打ちだした。

「そしてあなたは行き遅れの二三歳」マリアナが歌うように言った。「もしくは二四歳ね。年を忘れたくなるのも無理はないわ」

「あなたは父と結婚する前は、大佐と結婚していたんじゃなかったの……？」

マリアナが肩をすくめる。

ケイトは息が苦しくなった。これまで当たり前だと思っていた世界が急に異質に思えてくる。頭の片隅に引っかかっていた数々の疑問がいっきに浮かびあがってきた。母の葬儀から二週間も経っていないというのに、特別許可証を得て再婚すると父親が告げたときの衝撃がよみがえる。

何年も寝たきりだった母の部屋に、ときおり顔を出しては明るい言葉をかけ、投げキスをしていた父。しかし父は、一度として、妻のベッドの脇《わき》に腰をおろさなかった。

マリアナと密会していたからだ。

「わたし、話についていけてないみたい」ヴィクトリアが母と姉の顔を見た。「ケイト、泣きそうなの？」

ケイトはびくりとした。父の葬儀以来、涙を流したことはない。「泣くものですか」

再び沈黙が部屋を満たした。

「説明して」ケイトは継母をにらみつけた。

「あなたに説明する義理はないわ」マリアナはヴィクトリアのほうを向いた。「わたしの愛するヴィクターは以前から頻繁にうちを訪ねてきていたでしょう？」

ヴィクターとヴィクトリア！　ケイトは父と妹の名前が似ていることに初めて気づいた。

「ええ、覚えてるわ」

「つまり……」ケイトはたまらなくなって口を挟んだ。「あなたは父の愛人だったのね？母が死ぬ前の少なくとも一一年間、父はあなたのもとへ通っていたと？　大佐なんていなかったんでしょう？　ヴィクトリアは私生児なの？」

「どうだっていいでしょう」マリアナは涼しい顔で言った。「この子には持参金があるもの」

それはそうだ。愚かなケイトの父は財産のすべてを妻に遺《のこ》した。そしてマリアナは領主としての務めを放棄し、財産のすべてをヴィクトリアの持参金とした。つまり、今やすべてがヴィクトリアのものなのだ。

愛人の子として生まれたヴィクトリアの。

マリアナが立ちあがり、吸い殻であふれそうな皿にシガリロを突き刺した。「実の姉妹だとわかったのに、きゃあきゃあ騒ぎながら抱き合ったりしないわけ？　それなら続きを話すわよ。妊娠した妹が結婚の承認を求めてるんだから、当然あなたはポメロイ城に行くわよね、ケイト？　妹のドレスを着て、ちび犬たちを連れて」

マリアナはいつもどおり強気だったが、疲れているようにも見えた。

「わたしがその役目を引き受けたら、クラブツリー一家を追いださないでくれる？」ケイトは尋ねた。

継母が肩をすくめる。クラブツリー一家のことなど、マリアナにとっては本当はどうでもいいのかもしれない。

「いつもヴィクトリアの髪を整えてくれる美容師を呼んでおいたわ」マリアナはきびきびと言った。「そのスズメの巣みたいな頭は明日なんとかしましょう。お針子も三人呼んだから。二〇着は直さないと」

「お城には三、四日滞在するの」ヴィクトリアが言った。

ぎこちなく立ちあがったヴィクトリアを見て、ケイトは妹が妊娠していることを初めて意識した。

「ごめんなさい」ヴィクトリアはケイトの前に立った。

「あなたが謝る必要なんてないのよ！」マリアナが叫んだ。

「いいえ」ヴィクトリアはきっぱりと言った。「お父様のことではごめんなさい。お母様との再婚については謝罪しないけど、それ以外のいろんなことについては、あなたに申し訳ないと思ってるわ。お父様の印象が変わってしまったでしょう？」

父が他界して七年になるが、ケイトは父についてなるべく考えまいとしてきた。低い笑い声や、暖炉の前でロンドンの話を聞かせてくれたことや、手のなかのワイングラスに炎が反射していたことを思いだすと泣きたくなるからだ。

しかしここに来て、父のことを考えたくない大きな理由が増えた。

ケイトは妹を軽く抱きしめてマリアナを見た。

「なぜ食事に同席しなければならないの？」

「ディムズデール卿を説得するためよ。彼は知人の目をごまかせるほどあなたたちが似てるとは思ってないの」

「でも、まだ髪を整えていない――」

「大丈夫よ」マリアナが言った。「ヴィクトリアは美貌と犬とガラスの靴で有名になったの。同じ格好をして口さえ閉じておけば、なんとかごまかせるわ」

「ガラスの靴ですって？」ケイトは声をあげた。

「すごくすてきなのよ！」ヴィクトリアが手のひらを合わせる。「今年、社交界へデビューするために手に入れたんだけど、みんながわたしのまねをするようになったんだから」

「足の大きさは同じだもの、あなたにもはけるでしょう」マリアナが言う。

ケイトは着古した灰色のドレスに目を落とし、マリアナを見た。「お父様が生きていたらどうするつもりだったの？　わたしが一八歳で社交界デビューしていれば、みんなはわたしたちが似ているのに気づいたんじゃないかしら？」

「心配はいらないわ」

「なぜ？　わたしたちを見比べて勘ぐる人がいると思わないの？」

「ヴィクトリアはあなたより五歳も若いんだもの。あなたが片づくまでデビューを遅らせたでしょうね」

「わたしが片づかなかったら？　わたしに夫が見つからなかったらどうしていたの？　お父様は……」

マリアナがゆがんだ笑みを浮かべた。

「片づきましたとも。あなた、自分の顔を鏡で見たことがないの？」

ケイトはマリアナを見つめた。鏡くらい見たことはある。平凡そのものの顔が見つめ返していた。ヴィクトリアみたいなうるんだ瞳も、ふんわりしたカールも、愛らしい笑みもない。そんなものは最初から持ち合わせていないのだ。

「本当に愚かな子だこと」マリアナはシガリロのケースに手を伸ばしかけてやめた。「吸いすぎね。それもこれもあなたのせいよ。今すぐヴィクトリアの侍女のところへ行って、八時までにまともなドレスに着替えなさい。そんなぼろぼろの服を着てたんじゃ、暖炉掃除もできやしないわ」

「わたし、アルジャーノンにこんな唇を見られたくない」ヴィクトリアが洟をすする。

「食卓の燭台《しょくだい》をひとつだけにするようチェリーデリーに言っておくわ。ディムズデール卿の皿にネズミが飛びのったって見えやしないから大丈夫よ」

話がネズミに戻った。それでいいのだ。物語はそこから始まったのだから。

4

召使たちはケイトの味方だった。優秀な召使は人を見る。彼らはマリアナが自分たちと同じ階級の出身であることを感じとっていたのかもしれない。一方のケイトは、継母のことを、大佐と結婚した商人の娘かなにかだと信じきっていた。

まさか父の愛人だったなんて！

ヴィクトリアが妊娠したのも無理はない。愛人だった母親にレディの振る舞いなど教えられるはずもないのだから。だが、ケイトも偉そうなことは言えなかった。実母が病床についたのは、ケイトが一二歳のときだ。一六歳でその母を亡くし、直後に父が再婚した。テーブルマナーくらいはなんとかなるものの、それ以上となると自信がない。ダンスのレッスンで習ったことは前世の記憶のごとくあいまいだったし、王子に謁見するときの作法など見当もつかなかった。謁見が終わったら、相手のほうを向いたまま、あとずさりして退出するのかしら？　いいえ、それは君主に対するときだけかもしれない。

侍女のロザリーはヴィクトリアの衣装部屋にいた。ドレスが収納しきれなくなったために、来客用の部屋を改装したのだ。父が亡くなってから来客などあったためしがない。

ケイトは室内を見まわした。チェリー材の棚が並んでいる。なかには高価なドレスがぎっしりと詰まっているのだろう。わずかに開いた引き出しから、レースや刺繍《ししゅう》を施した布がのぞいていた。あたりにはバラと真新しいリネンの香りが漂っている。

「夕食会のことはうかがっております。お針子が来るのは明日です。今日のところは、お直しせずに着られるものを探しましょう。ヴィクトリア様のドレスをぜんぶ調べてみたのですが……」

ぜんぶとなるとかなりの時間がかかったはずだ。整理されているとはいえ、ヴィクトリアの衣装は継母の一・五倍はある。

「これをお召しになってはいかがでしょう？　このドレスでしたら、ボディスをひと針かふた針分、詰めるだけで大丈夫です」

ロザリーが青みがかった淡いピンク色のシルクのドレスを掲げた。身ごろはぴったりと沿うように仕立てられ、胸元が適度に開いており、ハイウエストで切り替えられたスカートは何層ものひだになっている。裾《すそ》には濃いピンクのバラが刺繍されていた。

ケイトはそっとドレスにふれた。社交界デビューの前に父が亡くなったため、喪服を着る期間が過ぎたあとは働きやすい丈夫なリネンの服しか与えてもらえず、本物のドレスは一着も持っていなかった。

「バラ色《クールール・ドウ・ロゼ》ですよ」ロザリーが元気よく言った。「お嬢様の髪の色によくお似合いです。それだけ細くていらっしゃれば、コルセットは必要ないでしょう」

服のボタンを外しはじめたロザリーの手を、ケイトは慌ててとめた。

「お手伝いを――」ロザリーが口を開いた。

ケイトは首を振った。「何年も自分で着替えをしてきたんだもの、ひとりで脱げるわ。ドレスを着るときは手伝ってもらうかもしれないけれど」ケイトはすばやく服を脱ぎ、古ぼけたシュミーズ姿になった。コルセットも持っているが、乗馬のときに邪魔なので身につけていない。

ロザリーは無言でくたびれたシュミーズを見つめた。ほころびをかがった跡があり、丈もかなり短い。

「旦那《だんな》様が……」侍女はそこで言葉を切った。

「お墓のなかで泣いている？　そうかもしれないわね」ケイトは言った。「さっさと着替えてしまいましょう」

侍女はケイトの髪からピンを抜きながらあきれたように言った。「こんなにたくさんのピンを挿していらしたなんて！」ようやくすべてのピンを抜き終わって、髪をおろす。

「ピンをなくしても気にしないでね。掃除のときに見つかるから」

「そもそも、お嬢様が掃除なんてなさるべきじゃありません！」ロザリーは語気を強めた。

「こんなのはまちがってます。まったくおかしいです。お嬢様が雑巾《ぞうきん》みたいなシュミーズをお召しになってるなんて」ロザリーはブラシをほうりだし、底の深い引き出しを開いた。純白のシュミーズがぎっしりと詰まっている。ロザリーはそのなかの一枚を抜きとった。

「シルクのシュミーズです。一枚くらい減ったところで、ヴィクトリア様は気づかれませんし、気づいたとしても気になさらないでしょう。底意地の悪い母親とはちがいますもの」侍女はケイトのシュミーズを脱がせ、床にほうった。「シルクは汗じみができますから、わたしは上質のコットンのほうが好きですが、レディは肌着にも気を抜けませんので」

繊細なレースで縁取られたシルクのシュミーズが、たなびく雲のようにケイトの体を滑った。自分も社交界デビューをしていたら、灰色と青の地味な作業服ではなく、こういうものを日常的に身につけていたのだろうか？

ケイトにもわずかながら母が遺してくれた持参金があった。しかし、きちんとした男性と知り合う機会がない。もう何年も前から、ロンドンへ出て家庭教師として働くべきか迷っていた。ともかく、この家を出たほうがいいことはまちがいない。ただ彼女がいなくなると、小作人や召使たちがマリアナの気まぐれに振りまわされるはめになる。

そう思うと、なかなか一歩を踏みだせなかった。

一時間後、ケイトの髪はふんわりとカールされ、ヴィクトリアと同じような緩いアップにまとめられた。顔全体に粉をはたいてふっくらとした雰囲気を持たせ、青みがかった淡いピンクのドレスと同系色の口紅を塗る。

ケイトはどきどきしながら姿見の前に立った。ヴィクトリアに似ているかしら？　これで美女の仲間入りができるの？

しかし鏡に映っていたのは、美女とはほど遠い娘だった。全体的に痩《や》せすぎていて、ハンガーにドレスをつりさげたみたいだ。

ロザリーが片方の袖《そで》を引っぱった。「ヴィクトリア様よりも肩幅が広いんですね」

ケイトは貧相な体を見おろして大きな問題に気づいた。土地管理人の代行として日々、馬に乗って領地をまわっているせいで、腕は筋肉がつき、軽く日焼けしている。レディにあるまじき悩みだ。それでなくても眉がきりりとしすぎているし、頬骨も目立ちすぎる。

「どうしたってヴィクトリアには見えないわ」ケイトは絶望した。おしゃれな服を着ればレディに変身できるのではないか、妹と同じくらい美しくなるのではないかと、ひそかに期待していたのだ。社交界のダイヤモンドになれるのではないかと……。

現実はダイヤモンドどころか火打ち石だ。ケイトそのものだった。

「少し雰囲気が合いませんでしたね」ロザリーも認めた。「淡いピンクは失敗でした。お嬢様にはもっとあざやかな色でないと」

「ねえ、わたしがヴィクトリアみたいな格好をする理由を知っているんでしょう?」チェリーデリーは継母の寝室の外で立ち聞きしていたにちがいない。

ロザリーが口元を引きしめた。「知っておくべきこと以外は存じあげていないはずです」

「ディムズデール卿のお供をして、ポメロイ城を訪問するの。お城に滞在するあいだは、わたしがヴィクトリアだとみんなに思いこませなければならないのよ」

鏡越しにケイトとロザリーの目が合った。

「やっぱり無理よね?　ヴィクトリアはきれいすぎるもの」

「お嬢様だっておきれいですよ。ただ、ヴィクトリア様とはちがう種類の美しさなんです」

ロザリーが言い張る。

「口が大きすぎるわ。それに、いつの間にこんなに痩せてしまったのかしら？」

「旦那様が亡くなって、一〇人分の仕事をなさるようになってからです。ヴィクトリア様は太ってはおられませんが……出るところは出ていらっしゃいますから」

ケイトはだぶついている胸元を見た。正しくは、本来、胸があるべき場所を見た、と言うべきだろう。

「どうにかならないかしら？　これじゃあ胸がないみたい」

ロザリーはボディスを引っぱった。「お嬢様の胸は大きくはありませんが、形はおきれいです。なにも心配されることはありません。お城へあがる際は、もっとよく似合うドレスをお探しします。幸いにもヴィクトリア様は、仕立屋が一年かかっても作りきれないほどのドレスをお持ちですからね」侍女はくるくると巻いたストッキングをふたつ、ケイトのシュミーズに突っこんだ。

半分血がつながっているというのに、自分とヴィクトリアほど異なる人間に成長したことが不思議だった。もちろん、ケイトはヴィクトリアより五歳年上だ。ふわふわした髪型やひだ飾りのたくさんついたドレスはもう似合わない。

突然、ケイトは焦燥感に駆られた。おしゃれをする機会もないうちに適齢期が過ぎようとしている。

あと数週間で二四歳だが、すでに老女の気分だ。いつの間にふっくらとした愛らしさが失われてしまったのだろう？　憂いのない娘時代はどこへ消えたのだろう？

「こんなことがうまくいくはずないわ。社交界の花とたたえられる妹のふりをするなんて、このわたしに務まるはずがない」

「ドレスが合わないだけですよ。もっとふさわしいドレスをお探しします」ロザリーが言う。

そう言われたら、ケイトはうなずくしかなかった。

これまでなりふりかまわず働いてきたが、結婚と出産をあきらめたわけではない。

パニックが喉元までこみあげる。もう手遅れだったらどうしよう。この先も……。

ケイトは恐ろしい考えを押しやった。

ヴィクトリアの――半分血がつながっていることが判明したばかりの妹の結婚を承認してもらえたら、すぐにロンドンへ行こう。母が遺してくれたお金をもとに、夫を探すのだ。

大勢の女性がそうしてきたのだから、自分にできないはずはない。

ケイトは胸を張った。父が亡くなったあと、何度も屈辱を味わった。あかぎれだらけの手を背中に隠し、ブーツにあいた穴が見えないよう、乗馬するときは馬の腹にぴったりとブーツをつけ、ボンネットはいつも家に忘れたふりをしてきた。

今回もその延長だと思えばいい。妹のふりなんてしたくないけれど、あと一度くらい耐えてみせる。

5

数時間後、ケイトはぐったりして自室に戻った。朝五時から帳簿とにらめっこをし、八時から馬で領地を巡回して、家に戻ると天地がひっくり返るような出来事が待っていた。夕食会のあいだもマリアナは不機嫌で、ヴィクトリアはめそめそ泣いてばかりだった。

とどめは部屋の中央に半円形を描いてお座りをしている三匹のネズミ……いや、犬だ。

社交界では小型犬を連れて歩くのが大流行している。ドレスはあればあるほどいいと考えるマリアナとヴィクトリアは、小型犬も一匹より三匹と考えた。

きゃんきゃん吠《ほ》える純白のマルチーズは猫よりも小さい。ケイトとしては、領地をまわっているときに出会うような垂れ耳で口が大きい犬のほうが好みだった。どうせ飼うなら〝きゃんきゃん〟ではなく〝わんわん〟と吠える犬がいい。

もっとも彼女が部屋に戻ったとき、マルチーズたちは吠えていなかった。ドアが開くと同時にはじかれたように起きあがり、ケイトの足元に集合して盛んに尻尾《しっぽ》を振りながらあたたかな体をこすりつけてきた。寂しかったのかもしれない。三匹のうちのどれかがヴィクトリアを噛むまでは、いつだって彼女のそばにいたのだから。見知らぬ部屋に閉じこめられて不安だろうし、おなかがすいているのかもしれないし、庭に出て用を足したいのかもしれない。部屋に呼び鈴さえあれば……しかし、ケイトは召使を呼べる立場になかった。

あがってきたばかりの階段をまたおりるのかと思うとげんなりする。

「あなたたち……外へ出たい？」本当は部屋で粗相されなかったことに感謝すべきだ。たったひとつしかない小さな窓はかなり高い位置にあり、粗相などされようものなら一カ月はにおいがとれないだろう。

吠えたり、跳びあがったり、顔をなめたりしようとするマルチーズたちをなだめ、ケイトは宝石つきの首輪にどうにかリードをつけた。

重い足取りで使用人用の階段をおりる。犬たちは爪を横板にこすらせながらついてきた。あまりに疲れていて、名前すら思いだせない。たしか始まりは同じ音だった気がする。フェアリーとフラワーとか？

庭に出ようとしたところで、チェリーデリーを見つけた。

「この子たちを遊ばせてやりたいの。あと、餌はどうするか知っている？」チェリーデリーは庭の一角にある犬用の囲いへケイトを案内してくれた。

「一時間ほど前にリチャードが散歩と餌をすませております。わたしは個人的には犬が苦手ですが、この三匹はとりたてて凶暴ではありませんのでご安心ください」チェリーデリーは犬を見おろした。「犬に罪はないのです」

もつれ合って遊ぶ犬たちは毛の塊に見えた。

「シーザーはわざと噛んだのではありません。怖がる必要はありませんよ」

「シーザーですって？　花の名前じゃなかった？」

「それも問題のひとつです」チェリーデリーが答える。「ヴィクトリア様は犬たちの名前を変えてばかりで、ほとんど毎週のようにちがう名前でお呼びになります。最初はフェルディナンドとフェリシティとフレデリックでした。最近はココとシーザーとチェスターです。その前はモップジーとマリアとなにかでした。リーダー格の犬……ほら、ひとまわり大きな犬がいるでしょう？　あれがシーザーで、ほかの二匹がココとチェスターです。ただし、チェスターはフレデリックかフレディという名前にしか反応しません」

「今さらだけど、シーザーはどうしてヴィクトリアを噛んだの？」

「ヴィクトリア様が口移しで肉を食べさせようとしたからです」

「なんですって？」

「肉の切れ端を口に挟んで食べさせようとなさったのですよ。愚かな振る舞いです」

ケイトは身を震わせた。「おぞましい」

「シャルロット王妃もそのようにして犬をしつけられたとか」

「夜はどうすれば静かにさせられるかしら？」気絶しそうに眠いのに、耳元で吠えられてはかなわない。

「犬として接すればいいのです。彼らの立場を尊重しつつ、断固とした態度で臨んでください。ヴィクトリア様は赤ん坊のように扱っておきながら、手に負えなくなると厨房《ちゅうぼう》によこしました。そんなことをしていて、しつけられるわけがありません。チーズのかけらが入った袋を用意いたしますから、いいことをしたときに与えてください。すぐに聞き分けるようになるでしょう」

部屋に戻るころには、ケイトにも三匹のちがいがわかってきた。シーザーは単純で、自分をクマかなにかと錯覚しているらしく、ドアの前をうろついたりうなったりして、将軍のようにふんぞり返っている。まさに皇帝《シーザー》だ。

フレデリックはベッドに飛びのってケイトの膝をなめ、盛んに尻尾を振った。そうしたのち、これ以上ないほどいじらしい目をして仰向《あおむ》けになり、四本の足を宙に突きだす。その滑稽《こっけい》なポーズからして、フレデリックよりフレディのほうがお似合いだ。

ココは虚栄心が強そうだった。ヴィクトリアが首まわりの毛にくっつけたスパンコールのようなものを嫌がりもせず、前足をきちんとそろえて鼻をつんとあげている。ケイトのベッドに近づきたいそぶりはみじんも見せず、水のボウルと一緒に運ばれてきたベルベットのクッションに澄まして座っていた。

ケイトはフレディを床におろしたが、フレディはあっという間にベッドに飛びのってきた。今夜は疲れているのでほうっておくことにする。

ベッドに寝転ぶと、父に対する怒りがふつふつとわいてきた。どうしてこんな仕打ちができるのだろう？　父はマリアナを愛していたにちがいない。そうでなければ、愛人を正妻にするはずがなかった。

結局のところ、わたしは社交界デビューしなくて正解だったのかもしれない。ふしだらな継母を持つ娘など誰も相手にしてくれないだろう。父と結婚したからといって、マリアナが元愛人である事実は変わらない。

ところが当のマリアナは、ロンドンにある父の町屋敷へ堂々と乗りこみ、ヴィクトリアを若く美しい相続人に仕立てあげた。そこに学ぶべき点があるのかもしれない。ケイトはそんなことを考えながら、眠りの世界へと漂っていった。

6

翌朝、フランス人美容師とロンドンの医師ふたりが〈ノコギリソウの館〉に到着した。美容師はケイトの髪を切るために、医師たちはヴィクトリアの唇の膿を出すためにわざわざロンドンからやってきたのだが、姉妹がそろってこれを拒否したため、マリアナは癇癪を爆発させ、シガリロを頭の上で振りまわしてわめいた。

それでもケイトは折れなかった。髪を切ったところで若返るわけではない。長く美しい髪は彼女にとって唯一の自慢だ。ただでさえ棒のような体つきをしているのに、髪を切ったらさらに貧相に見えるだろう。

「ぜったいに切りません！」ケイトは妹のすすり泣きに負けないよう声を張りあげた。

彼女がそこまで我を張るのは珍しかった。継母とはこれまで衝突ばかりしてきた。けれども、マリアナが給仕係を首にして日用品の購入を押しつけたときも、土地管理人に暇を出して昼間の仕事が終わってから帳簿をつけるよう命じたときも、ケイトは抵抗はしたものの最終的には受け入れた。領地の収支を管理し、商人と交渉して必要なものを買い、家庭教師にも、召使にも、管理人にも、給仕係にも別れを告げた。

だが、髪を切ることだけは断固拒否した。

ムッシュー・ベルニエが両腕を広げ、自分に切らせてもらえれば一〇歳は若く見えるようになるし、ケイトにはその一〇歳がぜひとも必要だと喉を震わせて言った。

それでも彼女は譲らなかった。「お心遣いには感謝しますが、切りません」

「めちゃくちゃにする気？」マリアナが金切り声で言った。「姉のくせに、妹の将来をつぶすわけ？　これを逃したら、ヴィクトリアは未婚のまま子供を産むはめになるのよ」

ムッシュー・ベルニエが目を丸くする。ケイトが計算高い商人との交渉で身につけた迫力あるにらみをきかせたので、美容師は縮こまった。

「いいのよ、お母様」ヴィクトリアが洟をすすりながら口を挟んだ。「かつらがあるもの。蒸れるかもしれないけど、数日なら我慢できるでしょう」

「かつらですって？」マリアナが息が詰まったような声を出す。

「わたし、ドレスの色に合わせていろんなかつらを持ってるの。かつらをかぶれば、きっとおしゃれに見えるし、まわりの人だって変に思わないわ」

「まあね」マリアナはシガリロを深く吸った。

「チェルケス人（カフカス地方（現ロシア連邦北カフカス）に暮らす遊牧民族。女性は絶世の美女が多いとされる）風のかつらも貸してあげる」

妹の言葉に、ケイトは顔をしかめた。

「あら、上品な緑のかつらなのよ。青や緑のドレスにぴったりだし、あなたの目の色を引きたててくれるわ。宝石がついたおそろいのヘアバンドもあって、それをつけると、かつらが外れにくくなるの」

「いいでしょう」マリアナが言った。「それじゃあ、ヴィクトリアはお医者様に膿を出してもらうこと。これ以上つべこべ言わないで」

絶叫するヴィクトリアを医師たちが押さえつけた。

治療を終えたヴィクトリアはさめざめと泣きながら自室へ逃げこみ、マリアナは頭痛がすると言って寝室に引きあげた。ケイトは犬たちを連れてクラブツリー家へと出かけた。

7

ポメロイ城

「それで、ライオンはどうした？」ガブリエルは中庭を通って仮設動物園に向かっていた。

「皆目わかりません。ただ嘔吐《おうと》を繰り返しています」ベルウィックが答えた。

「不憫《ふびん》だな」ガブリエルはライオンの檻《おり》の前に立った。ライオンは隅に丸くなって苦しげに呼吸している。このライオンを引きとってまだ数カ月だが、以前は見物人に襲いかかる機会を狙っているようなすごみがあった。これが馬なら、とどめを刺して……。

「ここで寿命を迎えるような年ではありません」ガブリエルの思考を読んだかのように、ベルウィックが言った。

「しかし、兄上は一年ももたないだろうと言っていた」

「アウグストゥス大公はなんとしても動物たちを厄介払いしたかったのです。わたしが聞いたところでは今年で五歳になったはずですから、まだまだ長生きするはずです」

「ほかはどうだ？」ガブリエルはゾウの檻へ足を向けた。ゾウのリサが檻のなかでゆっくりと体を揺すっている。リサはガブリエルに気づくと、あいさつするようにわらを飛ばした。

「あのサルはゾウの檻のなかでなにをしている？」

「イングランドに渡る船倉で仲よくなったのです」ベルウィックが言った。「一緒にいたがるので」

ガブリエルは檻に近づいてサルをまじまじと眺めた。

「なんという種類だろう？　知っているか？」

「ポケットモンキーと呼ばれるサルではないかと。トルコの高官《パシャ》からアウグストゥス大公への友好の証《あかし》です」

「ゾウはインドの藩主《ラジャ》から贈られたのではなかったかな？　動物を贈るのは迷惑だからやめてもらいたいものだ。におってかなわない」

ベルウィックは鼻をひくつかせた。

「まったくです。生け垣迷路の裏に移すこともできますが？」

「それではリサが寂しがるだろう。それより、たまには檻から出して運動させたほうがいいんじゃないか？」

「果樹園のなかに運動用の囲いを設置できるかどうか検討します」

ガブリエルは、うまくやっていけるのか甚だ疑問な組み合わせをじっと見つめた。サルはリサの頭にのり、節くれだった指で大きな耳をなでている。

「ところで、飼育係は見つかったのか？」

「いいえ」ベルウィックが答えた。「ピーターマン一座の調教師を引き抜こうとしたのですが、自分のところのライオンたちを見捨てられないと断られました」

「そうかといって、サーカス団のライオンを丸々引きとるわけにもいかないしな」ガブリエルはライオンの檻へと戻った。「つらそうだ。なにが原因だろう?」

「フェルディナンド殿下に人肉を与えるべきではと助言されましたが、却下させていただきました」

「今はなにを与えているんだ?」

「ビーフステーキです。それも特上の」

「こってりしすぎているんじゃないか? 胃の調子がよくないとき、人はなにを食べる?」

「スープです」

「それを与えてみろ」

ベルウィックは眉をあげたものの、黙ってうなずいた。

「そういえば、叔父上はどこだ?」

「目下、クレシーの戦い(百年戦争の一環として、一三四六年フランス北部であった戦い)に没頭しておいでです。豚小屋だった建物を〈帝国戦争博物館〉と命名され、五〇本ほどのミルクの瓶を連隊や指揮官に見立てて展示しているのですが、これが召使の子供たちになかなかの人気でして」

「つまり、機嫌よくやっているんだな? 思うに……」

ガブリエルが言いかけたとき、ひょろりとした長身の男が中庭を横切ってきた。アザミのように立った髪が頭の上で揺れている。

「噂《うわさ》をすればなんとやらだ」ガブリエルは叔父に会釈した。

「やあやあ、ごきげんよう」フェルディナンド・バルスコワはうわの空であいさつした。

「わたしのかわいそうな犬を見なかったかね？」

ベルウィックがガブリエルの背後へさがって、早口で言った。

「召使たちの話では、ライオンが食べたのではないかと……」

「犬を丸ごと？」

「それで具合が悪いのかもしれません」

「ぼくは犬など見かけませんでしたよ」ガブリエルは答えた。

「あの犬は昨日、酢漬けにしたリンゴを皿いっぱい平らげたのだ」フェルディナンドは涙ぐんだ。「ピクルス減量法をさせていた。酢は消化にいいからな」

酢漬けのリンゴが犬の消化器官に適しているとは思えなかった。それを食べたライオンの胃にも……。

「酢に嫌気が差して逃げたのかもしれませんね」ガブリエルは中庭の奥へと続く大きなアーチに目をやった。

「あいつはピクルスが大好物だった」フェルディナンドが断言する。「とくにトマトのピクルスには目がなかった」

「次は酢漬けの魚を試してみるといいですよ」ガブリエルの視界の隅に、手を振りながら近づいてくる叔母の姿が映った。ふたりの叔母はどちらも、ひと癖ありそうな笑みを浮かべている。ガブリエルは慌ててきびすを返し、調理人の子供とぶつかりそうになりながら自室に逃げこんだ。

この城はどこも人でいっぱいだ。それも親類だのライオンだのゾウだの召使だの、なんらかの形でガブリエルに依存しているものばかりだ。ピクルスが大好きな犬も、最終的には彼の庇護《ひご》下にある。ベルウィックの話を聞くかぎりでは、神の庇護下に移ったのかもしれないが……。

「狩りに行く」ガブリエルは陰気な顔をした従僕のポールに告げた。廷臣たちの性的趣向を知りすぎているという理由で、宮廷を追われた男だ。

「それはなによりです」ポールはいそいそと乗馬服一式を出してきた。「鳥の回収役として、小姓をお連れになっていただけませんか？　ミスター・ベルウィックのフランス式の管理教育はなかなか厳しいらしいので、いい気分転換になると思います」

「そうだな」

「ミスター・バッキンガム・トルースにもお声をかけてはいかがでしょう？」ポールは長靴下とズボンが平行になるように並べた。

「それはいったい何者だ？」

「昨日、シャルロット王妃の手紙を持ってこられた紳士です。今夜にもあいさつがあるとは思いますが、ディムズデール卿が到着されたらご夕食は親族だけでおとりになるでしょうから、今のうちに会われたほうがよろしいかと」

「どんな男だ？」

「伝道師のようなとでも申しましょうか」

「勘弁してくれ」ガブリエルはうんざりした声を出した。「祖国の宮廷が宗教一色に染まってしまったというのに、ここまで浸食されたくない。おまえだってまっぴらだろう？　ばくが感化されたら、おまえもあのライオンも路頭に迷うんだぞ」

ポールはあいまいにほほえんだ。「殿下は大公殿下とちがって、他人の言葉に惑わされたりはしないでしょう。そもそも、ミスター・トルースの伝道活動は女性限定らしいのです。侍女には東翼に近づかないよう言い聞かせておきました。いたずら好きな方で、今朝などマリア・テレーズ殿下を口説こうとしていらっしゃいました。さすがに殿下は動じておられませんでしたが」

マリア・テレーズはドイツ製船舶のように質実剛健な、今年六〇歳になるガブリエルの叔母だ。

「おまえの言うとおりだといいが。それで、トルースはどうしてこの城に来たのだ？」

「負債のせいで、ロンドンにいづらくなったのかもしれません。派手なオレンジ色の長靴下は刺繍入りでしたし、小粒のエメラルドより値の張る上着をお召しでした」

エメラルドに詳しいポールの見立てにまちがいはない。

「わかった。ベルウィックには武器庫へ行ったと伝えてくれ。それから、そのトルースとやらを狩りに誘うんだ。叔父上も行きたがるかもしれないな」

ガブリエルは武器庫に入り、空気銃《ハース》の銃身を磨きはじめた。シカのような大型動物からキジのような小型動物まで、獲物に合わせて威力を調節できる機能性と美しさを備えた銃だ。小動物しか狩らないガブリエルでさえ、ハースの価値を認めていた。銃身にはマールブルク公国の紋章が刻まれている。

大公である兄の紋章だ。

ガブリエルの胸におなじみの安堵《あんど》がこみあげた。大公になるくらいなら、王子のままでいるほうがはるかに気楽だ。その証拠に、兄のアウグストゥスはしなびたトウモロコシのようにくえない男になってしまった。小国とはいえ、大公となって国をおさめるのは容易なことではない。とりわけ、ガブリエルとアウグストゥスのあいだに野心的な兄弟が三人もいる場合は。

大公の座ではなく、女遺産相続人を狙っている兄もいた。容姿端麗な兄ルパートは、目下のところナポレオンの妹にちょっかいを出しているらしい。

ガブリエルは口元を引きしめた。アウグストゥスの奇行さえなければ、今ごろはチュニスへ行き、伝説の都市国家カルタゴの発掘作業をしながら、ビギットスティフ教授と激論を闘わせていただろうに。

夏の雨にじっとりとした城で、年配の親類縁者と負債を抱えた客の相手をする代わりに、太陽の下で汗を流し、歴史的な遺物が略奪されないよう目を光らせていられたのに。

手元に目を落としたガブリエルは、あまりに力を入れてこすったせいで、ハースに刻まれた紋章が消えかかっていることに気づいた。

どれもこれも兄のせいだ。チュニスに発《た》とうとしていたまさにその夜、アウグストゥスの宗教心に火がついて、堕落していたり、優柔不断だったり、扱いにくかったり、異質だったりする者たちはことごとく宮廷から追放された。

すべては兄の自己満足のためだ。

ほかの兄たちは、とばっちりを受けたくないか、または関心がないかで、誰もアウグストゥスの愚行をとめようとしなかった。

割をくったのはガブリエルだ。イングランドの古ぼけた城を相続し、アウグストゥスのお眼鏡にかなわなかった者を引き受けるか、なにもなかったふりをしてチュニスに旅立つかの選択を迫られた。

ベルウィックも、フェルディナンド叔父上も、ピクルスが好きな犬も見捨てて……。

そんなことができるわけがない。

そういうわけで、彼は今、灼熱《しゃくねつ》の太陽の代わりにイングランドの長雨に見舞われ、持参金を携えたロシアの王女の到着を待っている。太古の遺跡が点在する発掘現場の代わりに、不信心者や異端者でいっぱいの城にいるのだ。

ガブリエルはカルタゴ伝説を信じてはいない。伝説の女王ディードーはウェルギリウス（ローマ最高の叙事詩人）が作ったおとぎ話にすぎないというのが彼の持論だ。しかし信じていないからこそ、歴史がゆがめられはしないかと不安だった。

ビギットスティフ教授は今ごろ、ずる賢い笑みを浮かべて、なんの変哲もない岩に〝カルタゴ〟と刻んでいるのではないだろうか。ディードーが炎に身を投じたときの薪《まき》の跡を発見したと言って、あやしい実地調査の結果を論文にまとめているかもしれない。ガブリエルは歯ぎしりをした。

だが、彼にはどうすることもできなかった。古くなったパンのように堅い宗教心を持つアウグストゥスとちがい、奇妙きてれつな叔父や、父のお抱えだった、どう考えても七五歳は超えている道化師など、子供のころから知っている人々が路頭に迷うのを見て見ぬふりはできない。

唯一の希望は兄が選んだ花嫁だ。きっと信心深くて、高潔なのだろう。その女性に城を仕切るだけの能力があれば、晴れてぼくはチュニスに行けるかもしれない。

ぼくが伴侶《はんりょ》に唯一求めるのは、自分が留守のあいだ城を任せられる女性かどうかということだ。色香に満ちた女性ならなおいい。いや、その点は外せない。

彼は再び銃を磨きはじめた。

8

ディムズデール卿とともに馬車に揺られて四時間、ケイトは彼がコルセットをつけていることを知って驚いた。男性がコルセットをつけるなど、想像もしていなかった。

「脇腹にくいこんで痛いんだ」ディムズデール卿が正直に言った。「でも、うちの従僕いわく、〝優美であることは苦痛に優先する〟から」

一方のケイトは体を締めつけるのが大嫌いなので、旅行服の直しが間に合わなかったことに心から感謝していた。ヴィクトリアの服はウエスト部分にかなりゆとりがある。

「だけど、詰め物は失敗だったな」ディムズデール卿は不満そうに言った。

「詰め物までしているの？」ケイトは彼の体に視線を走らせた。よく見ると、胸のあたりが不自然に盛りあがっている。

「近ごろはどんな服も詰め物をするのが常識だよ。言っておくけど、きみは家族も同然だからこんな話をするんだ。ところで、今のうちからヴィクトリアと呼んでもいいかな？　ぼくは名前を覚えるのが苦手だし、人前で混乱したくないから」

「どうぞ」ケイトは答えた。「妹はあなたをなんと呼ぶの？」

「アルジャーノンだ」彼は明るい顔になった。「きみもそう呼んでくれ。ヴィクトリアは初対面からぼくをファーストネームで呼んだんだ。彼女のそういうところを好きになった。直感したんだ」意味ありげに言葉を切る。

「なにを？」

「ヴィクトリアこそ運命の相手だと。実際、会ってすぐに親近感を覚えたし、彼女も同じように感じてるのがわかった」

ケイトに言わせればそれは運命ではなく、シャペロンの不在のせいだった。ヴィクトリアが親しげな口調で異性に話しかけたり、思わせぶりな態度をとったりするのをとめる人がいないだけだ。マリアナでは娘を煽《あお》りかねない。

アルジャーノンはケイトの好みではないが、妹が彼に惹《ひ》かれる理由は理解できた。マリアナとは正反対のほのぼのした雰囲気に安らぎを感じたのだろう。

「それにしても、早く到着しないかな」アルジャーノンはいらいらと言った。高い襟が耳たぶにこすれて不快そうだ。一方のケイトはクッションのきいた座席にもたれ、このまま永遠に馬車に揺られていてもいいと思った。いつもなら馬で領地を巡回している時間だ。

「叔父様に会うのが不安なの？」

「不安になる理由なんてないさ。王子といったって、イングランドでいうと小さな郡みたいな公国だからね。そんなちっぽけな土地が国として成立することすら不思議だよ」

「ヨーロッパ大陸にはそういう公国がたくさんあるんでしょうね」マリアナが新聞をとって

くれないので、ケイトの知識欲を満たすのは父の図書室から失敬した本だけだ。継母は本に関心がなく、何冊借りたところで気づきもしない。

「きみを紹介したら翌朝には城を発つつもりだったのに、舞踏会に出席するよう念を押されてしまった。きっと客が集まらなかった場合を心配してるんだろうな」アルジャーノンはケイトを見た。「母は、王子がきみを誘惑するんじゃないかと心配してた」

「わたしがヴィクトリアならね」

「それにしても、きみたちが本当の姉妹とは驚きだな」アルジャーノンが暗い声で言う。「ヴィクトリアの父上は大佐だとばかり思ってたよ。あのミセス・ダルトリーがきみの父上の愛人だったなんて、いまだに信じられない。母に知れたらとんでもないことになる」

ケイトは黙ってうなずいた。マリアナはいかにも愛人の立場が似合う女性だが、家族の悪口は言いたくなかった。

「あなたのお母様が今回の件を知ることはないわ。わたしは口をつぐんでいるから」

「ともかく、ぼくはヴィクトリアを愛してる。彼女と結婚しなきゃならないんだ。そのために王子の承認が必要なら、なんとかするしかない」

ケイトは励ますようにアルジャーノンの膝をたたいた。彼もいろいろ悩んだのだろう。アルジャーノンは頭はよくないが、まっすぐな性格をしている。マリアナが彼を娘の結婚相手として認めた理由もそこにあるのかもしれない。

「もう叔父上の土地に入ったはずだ。叔父上はランカシャーに広大な土地を所有してるんだ。

外国人にイングランドの土地を渡すまいとがんばってるんだろうね。オックスフォード大学を出てはいるけど、自分にも外国人の血が入ってるくせに」

「あら、あなただってそうでしょう？　お母様を通じて王子と血縁関係にあるんだから」ケイトは指摘した。

「母は……」アルジャーノンの声が尻すぼみになった。どうやら母親に流れる外国人の血については考えたことがなかったらしい。

「叔父様に会ったことはあるの？」

「幼いときに一度か二度ね。叔父といってもせいぜい一〇歳しかちがわないのに、結婚の承認をもらわなきゃならないなんてばかげてるよ。たくさんいる王子のひとりじゃないか」

「ちょっと我慢すればすむ話よ」

「叔父上は財政面での問題を抱えてるんだ。聞いたところによると、その婚約者というのが――」

アルジャーノンの声は、馬車の外から響いてきた音にかき消された。御者が大声を出して、馬車が右に急旋回する。車輪がきしんで路面を滑り、犬たちも息を詰めた。幸い馬車は横転せずにすみ、旅行鞄《かばん》やロザリーやアルジャーノンの従僕を乗せた後続の馬車に追突されることもなかった。

アルジャーノンはしわの寄った上着を引っぱった。「なにが起きたのか確認してくる。これは男の仕事だ」あどけなさの残る顔で宣言する。「きみは馬車のなかで待っていてくれ。

たぶん車軸かなにかに問題が起きたんだと思う」

アルジャーノンが馬車から出たあと、ケイトはボンネットを直すとためらわずに彼に続いた。馬をなだめる従僕と、膝に耳がつくほど深く頭をさげているアルジャーノンの姿が目に入る。

噂の王子らしき男性が、栗毛《くりげ》の馬にまたがっていた。太陽を背にしているため陰になっていたが、男性は肩幅が広く、引きしまった体つきをしており、全身に力がみなぎっている。ケイトが額に手をかざすと同時に、王子が馬から飛びおりた。長めの黒髪が肩の上ではねるさまは、まるでリチャード王かマクベスを演じるためにやってきた旅まわりの役者のようだ。

ところが彼の瞳を見た途端、ケイトが抱いた印象は一変した。かすかにつりあがったエキゾチックな瞳は、マクベスというよりも妖精《ようせい》王オーベロンだった。王子の話し方には独特のアクセントと、イングランドの紳士にはない傲慢《ごうまん》な響きがあった。

ケイトはぽかんと開けていた口を閉じた。幸いにも王子は彼女のほうを見ておらず、アルジャーノンのあいさつに対して鷹揚《おうよう》にうなずいていた。随行の男たちが馬をおりて王子の脇に立つ。左側の男は髪やひげをカールさせ、クジャクのごとく色あざやかな衣服を身につけていた。目の覚めるような赤のお仕着せ姿の少年もいる。どうやら狩りに出かけるところらしい。

王子がケイトのほうを向いて、乳搾りの女でも見るような表情をした。頭のなかでケイトの旅行服を脱がせ、シュミーズに押しこまれたストッキングをも発見できそうなくらい鋭い視線だ。

ケイトは軽く頭をさげた。ほこりっぽい道に飛びだして正式なおじぎをするつもりはさらさらなかった。

王子はにこりともせずに自分の馬へ戻ると、鞍《くら》にまたがって悠然と遠ざかっていった。村いちばんの大酒のみと言われる鍛冶屋《かじや》でさえ、これほど無礼ではない。

アルジャーノンのいらいらした声が響く。

「どうせぜんぶうちの馬が悪いんだ。さあ、もたもたしないで馬車を道に戻せ」

「シーザー！」ケイトは馬の足元で吠えている小さな犬を呼んだ。馬に蹴《け》られたらひとたまりもない。「おいで！」

アルジャーノンが従僕に合図するのを見たケイトは、慌ててとめた。

「シーザーは命令に従うことを覚えなければならないの」彼女がチーズの入った袋を出すと、たちまちフレディとココが腹をすかした子豚のようにスカートにすり寄ってきた。そこでさっと二匹にチーズをやって頭をなで、再びシーザーのほうを向いた。「シーザーもいらっしゃい」

チーズに気づいたシーザーが一目散に駆けてくる。

「手間がかかるな」アルジャーノンがぼやいた。

「まったくだわ」ケイトもため息をつく。

「それでも、こいつらは以前より聞き分けがよくなったみたいだ。ヴィクトリアは甘すぎたのかもしれない。愛犬に口を嚙まれるなんて、かわいそうに」

馬車のなかに落ち着くと、改めてアルジャーノンは言った。「あれが叔父上だ。王子の」

「見るからに王子だったわ」

「ヴィクトリアの素性がばれたらと思うとぞっとするよ」アルジャーノンが身震いした。

「王子の花嫁になるのはどんな方なの？」ケイトは王子の姿を思いだした。きっと異国の美しい王女を妻にするのだろう。真珠やダイヤモンドに身を包んだ王女を。

「ロシアの女性はみんな黒っぽい髪をしてるそうだ」アルジャーノンは知ったかぶりをした。

「さっき、きみを紹介するべきだったかもしれない。でも……」彼は手を振った。「着替えてからのほうがいいかなと思って」

アルジャーノンがケイトの外見を恥じる発言をしたのはそれが初めてだった。

「ごめんなさい」ケイトは謝った。

アルジャーノンがまばたきをする。「なにが？」

「ヴィクトリアとちがって、わたしは見せびらかしたい連れじゃないでしょう？　ヴィクトリアだったら、きっと王子も目を留めたはずだわ」

人生経験の少ないアルジャーノンはこの発言を額面どおりに受けとった。

「たしかにヴィクトリアが隣にいてくれたらと思うよ。でも、きみでよかったのかもしれない。王子がヴィクトリアを見たら……」アルジャーノンは最後まで言わなかった。

「ヴィクトリアはあなたに夢中よ」〝あの子はおばかさんだから〟と心のなかでつけ加える。ヴィクトリアとアルジャーノンはお似合いだ。どちらも単純で、楽天的で、地に足がついていない。「だいたいあの王子なら一〇〇万年かかったって、ヴィクトリアみたいな身分の低い女性とは結婚しないわ。公爵の娘でも納得しないいんじゃないかしら?」

窓の外を眺めていたシーザーが、通りすがりの馬車に向かってうなる。

「床におりなさい!」ケイトにしかられ、シーザーは素直に座席からおりた。けれどもフレディが座席に前足をかけてかわいく鼻を鳴らすと、彼女は隣に座るのを許した。フレディは震える体をケイトに押しつけ、顎を膝にのせた。

「それは不公平なんじゃないか?」アルジャーノンが指摘する。

「人生は不公平なものよ。フレディは吠えないから、ご褒美なの」

「賢いんだよ」

ケイトは目をしばたたいてフレディを見た。お世辞にも賢そうには見えない。

「王子のことさ。母の話では、オックスフォード大学で学位をとったらしい。古代史かなにかですばらしい成績をおさめたそうだ。ぼくなんか、大学に進学したいとも思わなかった」

血筋がよく、上等な乗馬服を着ているうえに頭もいいなんて、そんなことがあるはずない。王子というのはすべからく、近親婚で生まれているはずだ。

「大学というところはきっと王子に甘いのよ」ケイトは指摘した。「だって、〝殿下、まことに遺憾ながら、あなたには針ネズミほどの脳みそしかございませんので学位はさしあげられません〟なんて言えると思う？」

城に到着するまでのわずかな時間、ケイトは黒髪を風になびかせていた男性への敵意を静めようと努めた。彼は会釈すら返さなかった。

わたしは言葉をかける価値もないと思われたのだ。

ケイトのことを珍しい動物かなにかのように見ていた。

数日我慢すればすむ。そうしたら手直ししたドレスを持ってロンドンへ行き、理想の男性を見つけよう。

郷士のマムルークのような男性がいい。マムルークは〈ノコギリソウの館〉の近所に地所を持つ愛妻家で、九人の子持ちだ。あんなふうに誠実でまじめで、やさしい夫を見つけたい。王子みたいな男性はごめんだ。

ケイトは思わずほほえんだ。アルジャーノンがそれに気づく。

「ミスター・トルースのベストを見たかい？　背が高くて、縞《しま》の服を着てた人だ」彼はうらやましそうに言った。

「あなたのベストだってとてもすてきよ」

アルジャーノンは詰め物入りの胸を見おろした。

「そう思ってたけど、つまり今もそう思ってるけど……でも、あのベストは……」

ケイト同様、アルジャーノンにもほしいものがあるようだった。

9

城と聞いてケイトが思い浮かべるのは、父の蔵書にある挿し絵くらいだ。だからポメロイ城と聞いたときも、ひだ飾りのような屋根とすらりと伸びた尖塔《せんとう》、そして夕日を受けてバラ色に染まる煉瓦《れんが》壁を想像した。

だが実物は、要塞《ようさい》のごとく角張って男性的な建物だった。二本の塔はずんぐりと太く、高くそびえる厚い城壁が威圧的な雰囲気を醸しだしている。

ケイトたちを乗せた馬車は砂利道を通って石門をくぐり、外中庭でとまった。従僕の手を借りて外に出たケイトは、あまりの人の多さに、馬車の下で誰かつぶれているのではないかと不安になったほどだった。

城壁にはアーチ形の門がいくつも並び、人々はかしましくおしゃべりしながらそれぞれの方向へ歩いていく。山のように洗濯物を積んだ荷馬車が長い棒を持った男とぶつかりそうになった。厨房に向かうところだろうか、男が掲げた棒の先端には魚が一〇匹以上ぶらさがっている。そのうしろには生きた鶏が入った木箱を抱えた男がおり、箱の板の隙間から赤いとさかがのぞいていた。侍女が桶《おけ》から濁った水をぶちまけ、顔よりも大きなバラの花束を運んでいる少年たちにかかりそうになる。

ケイトたちは黒っぽいお仕着せを着た従僕について敷石の道を進み、さらに石門をくぐって内中庭に出た。

そこは別世界のように静かで美しい場所だった。厚い石壁が意志を持って、城内に住む人々を俗世の喧騒《けんそう》から守っているかのようだ。

夕日を受けて、城の窓がバター色に輝いている。中庭を歩く人々はフランスの宮廷の一員のごとく、ゆったりと洗練されて上品だった。

ふいにケイトは恐ろしくなった。こんなところでわたしはなにをしているの？　ぶかぶかの旅行服を着て、妹のふりをして……。

隣に目をやると、アルジャーノンもこわばった顔をしていた。ドイツ語やフランス語を操る優美な人々を前に気後れしている様子だ。

ケイトはアルジャーノンがかわいそうになった。「あなたは少しも負けていないわ。あそこの紳士なんておかしな格好をしているじゃない？」

正直なところ、ケイトにはおしゃれというものがよくわからなかった。くだんの紳士はアルジャーノンとちがって襟のない服を着ている。

ケイトの視線をたどったアルジャーノンは気をとり直したように表情を明るくした。

「なんて奇妙なボタンだろう！」

正面玄関では侍従長のミスター・ベルウィックが待っていた。彼はアルジャーノンを従僕に任せ、ケイトとロザリーを西翼の客間へと先導した。

通風口から差す細い光に長い廊下が照らされている。ベルウィックは静まり返った廊下をひたすら進み、馬に乗った騎士をモチーフにした古いタペストリーのかかった部屋を通り抜けた。ケイトはあらゆるものに目を奪われていた。外に面した窓のほとんどにはガラスがはまっていないが、冬はどうやって暖をとるのだろう？　雨が吹きこんだりはしないのだろうか？　好奇心に負けて足をとめ、開口部をのぞきこむと、内側に排水用の溝が設けられているのがわかった。壁の厚さはケイトの腕の長さほどもある。

ベルウィックが振り返ったので、ケイトは慌てて言った。

「窓の造りに興味があって」

「風がまともに吹きこんでこないよう傾斜がついているのです」ベルウィックは説明しながら歩きはじめた。「こちらが西翼です。ここは〈肖像画の間〉で、西翼のすべての部屋がここにつながっています。あなた様の寝室は突きあたりのひとつ手前の左側、中庭に面した部屋にしました。外側の部屋は夜になると少々冷えますので」

〈肖像画の間〉の両側には等間隔にドアが並んでおり、ドアは壁柱に挟まれていた。それぞれの壁柱のてっぺんにおどけた天使像を見つけたケイトの口から笑いがもれた。一体一体の表情がちがう。ケイトの部屋の両脇には、髪に花びらをつけたわんぱくな天使と、司祭のように気難しい表情の天使像がのっていた。

彼女は廊下の中央に立ってぜんぶの像を見まわし、それからベルウィックに視線を戻した。

「どうして天使ばかりなの？」

「一六世紀にイタリアを旅行したポメロイ一族の子息が彼の地の彫刻に惚れこんで、憐れな彫刻家をここへさらってきたことが伝えられています。彫刻家は無理やり連れてこられたことに憤慨し、城の者たちを天使に変えて、バター攪拌器《かくはん》のなかに逃げこんだきり消えてしまったとか」

「不思議なお話ね」

ベルウィックがうなずく。「こちらがあなた様の部屋です。ご用があればいつでも呼び鈴を鳴らしてください」彼は呼び鈴のひもの位置と使い方を説明し、ベッド下の錫《すず》製の浴槽を指し示した。それから部屋を見渡し、バラを活《い》けた花瓶をひとにらみして退出した。

「お嬢様」ロザリーが言った。「玄関からここまで一時間はかかった気がします。石床の冷たいことといったら、足が冷えてしまいましたよ。こんなところに住むのは遠慮申しあげたいです」

「あら、わたしはおもしろいと思うわ。おとぎ話の世界に入ったみたい」

「そうだとしても、わたし好みのおとぎ話ではないですね」ロザリーは答えた。「冬になったら恐ろしくじめじめするに決まってます。石壁の表面に水滴がつくでしょうし、長雨のときは黴《かび》くさくなるでしょうね。わたしは〈ノコギリソウの館〉のほうが好きです。木の家はあたたかで、廁《かわや》も衛生的だし。まったくもって廁というのはすばらしい発明です」

「でも、誰もが一度はお城に住んでみたいと思うものでしょう？」ケイトは夢見るように言った。「ポメロイ一族ってどんな人たちだったのかしら？〈肖像画の間〉に、鷲鼻《わしばな》で、鼻と口のあいだが広い男性の絵があったわね。あの人がイタリア人の彫刻家を誘拐したのかもしれない」

「誘拐なんて野蛮ですよ」ロザリーが言う。「けれど、お祭りでとても小柄なイタリア人の男性を見かけたことがあります。あの大きさならバター攪拌器にだって入れるかもしれませんね。ところで、従僕はいつ旅行鞄を運んでくるんでしょう？ 少なくとも、部屋が広くてほっといたしました。これならヴィクトリア様の衣装もおさまります」

きびきびしたノックの音に続いて、従僕たちが旅行鞄と、浴槽に入れる熱い湯を運んできた。ベルウィックが気をきかせてくれたのだ。

風呂の準備が整うと、ケイトは至福のため息とともに浴槽に身を沈めた。のんびりするのは久しぶりだ。この七年というもの、日曜もクリスマスもろくに休めなかった。

「お嬢様、ミスター・ベルウィックのお話では、食事のベルが鳴ったら、階段をいちばん下までおりて〈銀の間〉へ行かなければなりません。従僕が案内してくれるそうなので迷子になる心配はないとしても、ドレスがお体に合うかどうか不安で……」

ケイトはしぶしぶ浴槽から出た。タオルを手に寄ってきたロザリーを、手をあげて制する。

「子供じゃないんだから、自分でふけるわ」

「それは作法にかないません」ロザリーが反対する。

「どうして？ レディは自分で体をふいてはいけないの？ 他人に体をさわらせるほうがよ

っぽど無作法よ」

「お聞き分けください。レディは自分で体をふいたりしません」ロザリーはくいさがった。

ケイトはため息をついた。

「魔法の杖でもあるならともかく、今さらレディになれと言われても手遅れだわ」

「お嬢様はレディです。そういうふうに生まれついておいでなんですから」ロザリーはきっぱり言うと、ケイトの髪を編んで紫色の縮れ毛のかつらをかぶせ、宝石つきのくしを挿した。

クリーム色のドレスは全体に真珠がちりばめてある。ボディスの内側に縫いつけた胸ポケットに蠟《ろう》を固めたものを入れて、ロザリーは豊かな胸元を演出した。

「そんなにひどくないかもしれないわね」鏡を見たケイトは言った。

「ひどくないどころじゃありません。とってもお美しいです」ロザリーが反論する。

ケイトは横を向いた。蠟で持ちあげられたドレスの布が、床へ向かって軽やかに落ちている。裾から真珠のついた靴の先がわずかにのぞいていた。

ロザリーがひとり言のように言った。「ガラスの靴はまたの機会に。今夜は身内の食事会ですので、誰も足元には注目しませんから」

ケイトはもう一度、鏡に映る自分を批判的な目で見た。

「なんだかマリアナになった気分だわ」

「そんなことはありません」

「若作りしているもの」

「お嬢様は……」ロザリーは言葉を切った。「それほどお年を召しているわけではありません」

「実年齢は問題じゃないの」ケイトは抑揚のない声で答えた。「ただ、若いふりをするのがあさましい気がするのよ。盛りを過ぎた花だってことをわざわざ強調しているみたい。三〇代のふりをしているマリアナと変わらないわ」

「ご自分をおとしめるようなことをおっしゃらないでください。お嬢様はまだ二〇歳そこそこでしょう?」

「もう二三歳よ」ケイトは答えた。「しかも人生に疲れている。いくつになってもこういう格好が似合う人もいるでしょうけど、わたしはだめ。なんだか……ちぐはぐだもの」

「お嬢様、このドレスを直すのに、お針子は四時間もかけました。わたしも一生懸命に蠟を固めて作ったんです。それもこれも、みんなお嬢様のためなんですよ」

ケイトは肩をすくめた。「わがままを言ってごめんなさい。見た目なんてどうでもいいわよね。ヴィクトリアが結婚できるよう、王子に愛想笑いをすればすむことだもの」

「そして、舞踏会に参加するんです」ロザリーがつけ加えた。「舞踏会用のドレスは三着持ってきたんですが――」

「それについてはあとで話しましょう」ケイトは侍女の言葉をさえぎった。舞踏会のときは蠟でできた胸などつけたくない。しかし、ここでそう告げたら、ロザリーは夜も眠れなくなってしまうだろう。

10

「ディムズデールの金色の羊を見たぞ」夕食会の前、ガブリエルはベルウィックに告げた。

「彼女をコサックの羊と交換する話はなしだ」

「さようでございますか」ベルウィックが眉をあげた。「わたしはディムズデール卿のお姿を見ましたので、ひょっとするとと思っていたのですが」

ガブリエルは皮肉っぽく笑った。「ぼくもそこまで相手に困ってはいない。狩猟の途中で、愛犬の鳴き声を聞いたと勘ちがいした叔父上が、ディムズデールの馬車に突進したんだ。馬車のなかから現れたのはノミみたいに小さな犬の群れだった。金色の羊のほうもいまひとつだった。やぼったい格好をしていたし、気が強そうで、痩せすぎだ。ぼくにも好みはある」

「わたしは好ましく思いましたが。だいいち、犬は群れではなくて三匹だけです」

「自分の尻尾をぐるぐる追いかけるような犬だぞ。彼女と一緒にいたら、ぼくもそうなるかもしれない。まるで辻《つじ》強盗を見るような顔をされたよ。この髪が気に入らなかったのだろう」

ベルウィックがにやりとした。「あなたにつれない女性もいるのですね」

「少なくともひとりはいたことになる」

「ですが、夕食会のあいだはご辛抱を。彼女をあなたの右側の席に配置しました。今さら変更はできません。ほかの滞在者が食堂を使うので、本日は朝食室で食事をしていただきます。明日になるとさらに宿泊客が増えるでしょうから、大広間を食堂にするつもりです」

「なんだか張りきっているな」ガブリエルは生まれたときから知っている男を意外そうに見た。

「これが仕事ですから」

「おまえの能力を発揮できる場ができてよかったよ」

「あなたこそ、城主におなりになったのですから、もっと喜ぶべきです」

「残念だが、そんな気にはなれない。兄上からおまえを引き離せたのだけはよかったが」

「アウグストゥス大公もお人が悪い。親族を追放するなんて」ベルウィックは自分用にブランデーを注《つ》いでぐっとあおった。

「亡き父が大公の代役を山ほど残した事実を忘れたいのだろう」

「わたしなど代役のうちに入りません。アウグストゥス大公とはまったく似ていませんし」ベルウィックが反論した。

「兄上は母上に似ているからな。ぼくたちは父上にそっくりだ」

　ベルウィックの母は洗濯女で、ガブリエルの母は大公妃だが、どちらもそんなことは気にしていなかった。前大公は、ガブリエル誕生の数日後に生まれたベルウィックを正妻の子とともに育てた。ガブリエルにはほかにも異母兄弟がたくさんいる。

「前大公はお盛んでしたから」ベルウィックは言った。「べつに嫌っていたわけではありませんが」

「好き嫌いがわかるほど顔を合わせていないだけだろう。ブランデーをくれないか？」

ベルウィックはガブリエルにグラスを渡した。「それが幸いしたのです。アウグストゥス大公を見ればわかります。毎日一緒にいたらああなってしまう」

ガブリエルもベルウィックも、末の息子や戯れに手をつけられて生まれた子でいるほうが、長男よりよほどましだと確信していた。

「ディムズデール卿の婚約者が気にかかるのは、ご自分の婚約者のことが不安だからではないですか？」ベルウィックが言った。

「ディムズデールの婚約者はいかにも気が強そうだったからな」ガブリエルは答えた。「タチアナ王女もそうかもしれない」

「殿下は色香に満ちた従順な女性がお好みでしたね」

「おまえはちがうのか？」ガブリエルはむっとした。

「わたしは伴侶など求めていません。ただし、結婚するとしたら従順な女性はごめんですね」

「なぜだ？」

「すぐに飽きてしまうでしょう」

「だが、あの娘ときたら、気が強いだけでなく棒切れみたいだったぞ。一緒にいて楽しい相手とは思えない」

「そもそも妻というのは、一緒にいて楽しい相手ではありません」ベルウィックは眼鏡を外してスカーフを直した。「さて、下の階に行って夕食会の準備を監督してまいります。マールブルクから連れてきた料理人が辞めると言いだして困っております。それに、あと三人ほど下働きの女を雇わなければなりません。花嫁が決まって本当によかった。こういう派手な催しは費用がかさみますから」

「金がないわけじゃない」ガブリエルはぶっきらぼうに言った。

「城の修繕費もかさみそうですよ」

ベルウィックが去ったあと、ガブリエルはしばらくぼんやりしていた。マールブルク公国にとどまるくらいならイングランドのほうがまだましだ。祖国にいては、いつ政治家や軍人の陰謀に巻きこまれるかわかったものではない。

自分の城を持ててよかった。これは負け惜しみではない。

ガブリエルは二日前に戻ってきた『イオニアの遺跡』の原稿を読みはじめた。一言一句暗記しているので、本当は読み返す必要などない。

チュニス行きはあきらめろ、と彼は自分に言い聞かせた。そろそろ身支度を始めなければ。ポールの用意した夕食会用の上着に着替え、甥っ子にあいさつをするのだ。自分の城を持って、猛獣や叔父上や叔母上や異母弟や道化師を救うことができた。それでじゅうぶんではないか。

灼熱のチュニスで、ディードーの遺跡を発掘する夢など忘れてしまいたい。ガブリエルは幼いころからカルタゴ伝説に親しんできた。ローマを求めて航海に出たアイネイアースは、恋人だったディードーが炎に身を投じたことで、重い罪の意識を背負って生きなければならなくなった。

『イオニアの遺跡』は間もなく出版される。正式には二三日後に。

ガブリエルはため息とともに立ちあがった。

夕食会の時間だ。

11

「夕食は身内だけだって」アルジャーノンが緊張した声で告げた。「〝イン・ファミリー〟とかなんとか言ってた」

「身内《アン・ファミーユ》で、でしょう？」

「マールブルク語ではそう言うのかもしれない。ぼくにはひと言もわからないだろうけど」

「〝アン・ファミーユ〟はフランス語よ」ケイトは言った。

「フランス語？　それならイートン校で習ったはずなんだが……」

沈黙が落ちる。

「連中は、食事中もフランス語で話すつもりかな？」

「必要なときはわたしが通訳するから、心配しないで」幸いケイトは、父が亡くなる前にフランス語を習得していた。結局のところ、フランス語のわからないヴィクトリアよりも自分が来て正解だったのかもしれない。「それより、王子のことをもう少し詳しく教えてほしいわ」

しかしアルジャーノンは、母方の親族について知りたいと思ったことすらないらしかった。

夕食会はベルウィックいわく〝小さな朝食室〟で開かれた。通された部屋は小さいどころか、〈ノコギリソウの館〉のどの部屋よりも大きかった。上座で主人役を務めるガブリエル王子は、金色のボタンが並んだ紫のベストと濃紺の上着を身につけていた。ケイトのかつらの色と申し合わせたようにぴったりだ。

末席だとばかり思っていたケイトは、王子の右隣の席に案内され愕然とした。髪飾りやダイヤモンドのネックレスが、急にあざとく思えてくる。玉の輿を狙う娘のひとりに見られやしないかしら？

いいえ、卑しい女と再婚し、実の娘に持参金すら遺さなかったとはいえ、父は伯爵の末息子であり、わたしは伯爵の孫娘なのだ。

ケイトは顎をあげ、背筋を伸ばしてテーブルについた。王子は左隣のずんぐりした女性となにやら話しこんでいる。懸命に耳をそばだててみたが、女性がドイツ語を話し、王子がフランス語で答えていることしかわからなかった。ケイトの右隣の男性は反対隣の人と話しているので、ケイトとしては魚を咀嚼《そしやく》しながら王子の返答を聞いているしかなかった。

ずんぐりした女性の発言に対し、王子がそれは根拠がないとなじる。女性が言い返すと、王子はドイツ語に切り替えて反論した。ケイトは目を伏せ、ひそかに彼を観察した。

生まれながらの王子というのはこういう人をいうのだ。高貴な雰囲気のなかに、自分が望めば得られぬものなどないという傲慢さが感じられる。ガブリエル王子にはケイトが味わった苦労は想像もつかないだろう。子牛はもちろん、犬の世話もしたことがないにちがいない。

王子は……。

ケイトはもうひと口魚を食べた。

「なにを考えているのかな？」

独特のアクセントを持つ深い声が彼女の耳をくすぐった。

「この魚のことです」ケイトは嘘《うそ》をついた。

王子が訳知り顔で言った。「魚ではなく……ぼくのことを考えていたんじゃないか？」

厚かましい男性だわ。

「そうお思いになりたいのでしたら、ご自由に」ケイトは愛想よく答えた。

「ぼくの侍従長みたいな物言いをするんだな」

「ということは、ミスター・ベルウィックはイングランド人なのですか？」

王子が眉をあげる。「ベルウィックのことは生まれたときから知っている。ぼくたちは一緒に育った。どうして彼がイングランド人だと思うんだ？」

ケイトは肩をすくめた。

「イングランド人は、あなたが先ほどなさったような質問をしないからです」

「どうしてだ？　ぼくはきみのことを考えていた」

「あら」ケイトはパン屋で不当な代金を請求されたときに使う、冷たい声を出した。

「きみのかつらについて考えていたんだ」王子がいたずらっぽい笑みを浮かべた。「紫色のかつらなんて初めて見たよ」

「ロンドンやパリへはあまりお出かけにならないのですね」ケイトは言い返した。「今はこういう色がはやっているんです」

「かつらなしのほうがいいんじゃないか？」

適当に受け流すべきだと思いながらも、ケイトはいらだちを抑えきれなかった。「わたしの髪型を殿下がどう思われようと興味はありません。わたしが殿下の髪型に興味を持たないのと同じです」

「ぼくの髪型に興味はないのか？」

この男性ときたらどこまで厚かましいのかしら？　誰もが自分に夢中になると思っているの？

「興味ありませんわ」ケイトはきっぱりと答え、王子の髪をちらりと見た。「きちんとくしを通していないようですし、長すぎる気はしますが。ファッションに無関心で、ロンドンへもお出かけにならないのでしたら仕方ないでしょうね」

王子が声をあげて笑った。笑い声までエキゾチックだ。

「初対面のときから、きみはぼくの髪型が気に入らなかったんだろう？　まあ、髪の話題はこのくらいにしよう。ランカシャーの印象を聞かせてくれないか？」

「とてもすてきな場所だと思います。マールブルク公国と似ているのですか？」

王子がにっこりした。話題が自分のことに戻ったからだ。ケイトはあきれた顔をしてみせたが、自信過剰の王子には通じそうもなかった。

「こちらのほうが緑が多い。乗馬をしていると、田舎の風景とイングランド人の気質は対照的だなとつくづく感じるよ」

「どうしてですか?」いつの間にか魚の皿がさげられ、別の料理に変わっていた。正式な宮廷料理は二四種類の料理と一五種類のデザートが出てくるというが、ひょっとするとこれがそうかもしれない。

「イングランド人は己の繁殖力を隠そうとする」王子がケイトに笑いかけた。「一方、植物は次々と受精し、枝葉を伸ばす」

ケイトは唖然とした。「異性の前でそんな発言をなさるなんて」

「いけないかな? イングランドでは、かつらも植物も食事どきの話題としては不適切らしい。勉強になるよ」

「マールブルク公国では、未婚女性とそんなことについて話すのですか?」ケイトは向かいに座っているずんぐりした夫人に聞かれないよう声を落とした。

「あらゆる種類の熱い思いについてね」王子はさらりと答えた。「宮廷には恋の花が咲き乱れている。ほとんどは短命だが、それゆえにあざやかだ。目下のところ、自粛ムードではあるが」

「大公殿下が厳格な方なのですか? でも、あなたは……」ケイトは続く言葉をのみこんだ。自信過剰の男性をこれ以上つけあがらせても仕方がない。

「ぼくはなんだい？　続きが気になるな。兄は去年、敬虔《けいけん》な修道士を宮廷に招いた。その修道士は、二週間もしないうちに宮中の誰もが男女の戯れをあきらめるだろうと確信していたよ」

「殿下は例外だったのでしょう？」そう言ったあとで、ケイトは舌を嚙みきりたくなった。王子というのは、自分を話題の中心に据える才能があるのかもしれない。

「たしかにぼくは説教に免疫があった」ガブリエルがにやりとした。「兄のアウグストゥスはすっかり感化されてしまったが」

「その修道士はどうやってみんなを従わせたのですか？」

「男女の戯れを堕落の証と位置づけ、宮中の者の関心を異性から引き離すために、ある種の得点制度のようなものを導入したんだ。点数を増やすと永遠の命が手に入るというふれこみで」

ケイトはシカの肉を咀嚼しながら考えた。「そういう制度はとくに珍しくないのでは？」

「ああ。しかし普通なら適当にお茶を濁すところを、プランス修道士はごまかさなかった。はっきりと永遠の命を約束したんだ。さらに、聖書の一節を暗記した者にはささやかな褒美を出した」

「褒美？」

「女性たちに人気だったのは、みんなが白いローブをまとうなか、自分だけ銀糸のローブを着用できる特権だ。宗教に熱心でない者も、ファッションとなると夢中になる。誰もが競って点をとろうとした。プランス修道士が、大勢の前で聖書を暗唱した者には加点すると発表したものだから、ますます競争が激化した」

「犬をしつけるときと同じですね。ご褒美は永遠の命ではなくて、チーズですけれど」

「ぼくはチーズが嫌いだから、落ちこぼれたのかもしれないな」

また彼自身のことに話題が戻った。ケイトは返事をする代わりに食べ物を口に運んだ。

「どう落ちこぼれたのか聞きたくないのか？」王子が追い打ちをかける。

「夜は永遠に続くわけではありませんから」ケイトは愛想よくほほえんだ。「お兄様の宮廷についてもっとお聞きしたいですわ。得点制度に反対する人はいなかったんですか？」

「大公自身が興味を示したからには、反対などできない。宮廷とはそういうところだ」

「息苦しそうですね」

「正直言って、大変だった。兄は制度に賛同しない者たちを宮廷から追いだした。それで、ぼくがここにいるというわけだ」

「あなたの宮廷でも同じ制度を採用しているのですか？」

「ぼくの宮廷？　そんなものはない」

ケイトは周囲を見渡した。「高い石壁に、エリザベス女王の御代《みよ》までさかのぼれる由来のあるタペストリー、美しい中庭、大勢の召使。ここはお城ではないのですか？」右側に控えている従僕にほほえみかけた。「シカのお肉はもういいわ。ありがとう」

「城と宮廷はちがう」王子が言った。

「そうなんですか？」ケイトは甘い声で言った。「もちろん殿下がそうおっしゃるのなら、そのとおりなのでしょう」王子がむっとするのを見て、わずかに気分がよくなった。

「宮廷には王がいる」王子が指摘する。「王でなければ、大公でもいい。とにかく国をおさめる者がいる。ぼくはなにもおさめていない。だからここは宮廷ではない」

「結構なことではありませんか。自分が有能かどうかと、思いわずらう必要がありませんもの」

「どうせぼくは役立たずだと言いたいんだろう？」

「それはやってみなければわかりませんわ。ご長男に生まれなかったのは殿下のせいではありません。国をおさめる責任もなく、物価に疑問を覚える必要もないなら、それに越したことはないと思います」

「王子は物の値段を知らないと思っているのか？」王子が皮肉っぽくほほえむ。ケイトは言いすぎたかもしれないと後悔した。

「物の値段はご存じなくても……」ケイトは慎重に言葉を選んだ。「ほかに大事なことをたくさん知っていらっしゃるのでしょう？」

王子が彼女のほうへわずかに体を寄せる。「ミス・ダルトリー、女性の価値はルビーよりも高いという。それはいい女に限るのだろうか？　プランス修道士に尋ね忘れたので教えてほしい」

「ルビーよりも高いのはいい女だけです」ケイトは答えた。

王子がほほえんだ。この傲慢な笑みで、何人の女性を口説いてきたのだろう？

「それで、きみはどちらなんだ？」

ケイトはわがままな子供をなだめるように王子の腕をたたいた。

「女性の値段など尋ねるものではありません。払いきれるわけがありませんから」

そのとき、ケイトの右隣にいた年配の男性が彼女のほうを向いた。

「戦争博物館をお造りになったそうですね？」ケイトは年配の男性に声をかけた。「前々から、ミルクの瓶はなにかに役立つと思っていたんです。いいえ、話の邪魔などなさっていませんわ。わたしもガブリエル王子も退屈していたので」

ミス・ダルトリーの後頭部を見ながら、ガブリエルは目をしばたたいた。声をあげて笑いたい気分だ。王子に魅了されない女性などいないと思っていた。たとえそれがイングランドの女性であっても。

ところがミス・ダルトリーは、ガブリエルを頭の悪いうぬぼれ屋と決めつけたようだ。軽《けい》蔑《べつ》しきったまなざしや、小さくて形のいい鼻をつんとあげるしぐさを見ればわかる。

だいいちディムズデールの婚約者は〝社交界の花〟と評判なのに、実物は美人と形容するには鼻が長すぎる。目の下にはくまができているし、眉だって宮廷の女性たちのように優美な弧を描いてはおらず、なんだかでこぼこしていた。ただ、瞳は抜群にきれいだ。奇妙な色のかつらによく合っている。

かつらの下の髪はどんな色なのだろう？　眉があたたかみのある茶色だから、栗色だろうか？　もしかすると色気のない短髪か？　いや、彼女には短い髪が似合うかもしれない。それなら、高い頬骨も映えるし……。

叔母の不機嫌そうな咳払《せきばら》いでわれに返ったガブリエルは、自分を戒めた。ベルウィックの分析どおり、まだ見ぬ婚約者への不安ゆえに他人の婚約者が気になるのだろう。

タチアナ王女の鼻はあんなに長くないし、目つきはもっとやさしいはずだ。

それでも、ミス・ダルトリーに独特の色気があるのは否めない。

だが、彼女は従順だろうか？

ガブリエルは愛想のいい笑顔で叔母に向き直った。

ミス・ダルトリーが従順なわけがない。

12

「本当にもうやすむのかい？」食事が終わり、大広間に移動したあとでアルジャーノンが尋ねた。「旅慣れてないから疲れるのはわかるけど、それにしても早すぎないかな？」

〝旅慣れてない〟とはうまい表現だ。実際は旅行する機会など与えられなかった。

「あなたは残って楽しむといいわ。わたしは目立たないほうがいいのよ。ミスター・トルースはヴィクトリアと面識があったみたい。あいさつがないと怒られるところだったわ」

アルジャーノンが肩をすくめた。「こんなに客がいるとは思わなかった。念のため、みんなに愛想よくしておいたほうがいいだろうね。いずれにせよ、叔父上はきみを気に入ったみたいでひと安心だ。ヒンクル卿の話では、社交界の連中は異国の王子に興味津々らしいよ」

〝叔父上〟について話すアルジャーノンの口調はこれまでと明らかにちがった。周囲にもてはやされたせいだろう。今後も、王子と血縁だというだけで、あちこちから招待を受けるはずだ。

「それじゃあ、また明日の朝に」そう言って、ケイトは出口に向かった。大広間は人でごった返しており、いくつもの会話が同時進行している。あと少しで出口にたどり着くというところで、きらびやかな女性がケイトの前に立ちふさがった。

年のころは四〇歳くらいで、目がちかちかしそうなほど派手な身なりをしている。長い髪を頭のてっぺんで巻いてピンク色の粉をはたいてある。群青色の瞳とのとり合わせが斬新《ざんしん》で、洗練された雰囲気を醸しだしていた。

「ちょっと、あなた！」女性が言った。

女性を迂回《うかい》しようとしていたケイトは、ぴたりと立ちどまった。

「あなたのこと、知っているわ」

〝妹と勘ちがいなさっていませんか？〟と返すわけにもいかず、ケイトは過剰な笑みを顔に張りつけた。

「あら、もちろんです。ご機嫌いかがですか？」

「そういう意味じゃなくて」女性は宝石がついた扇をもどかしげに振った。「あなたは誰なの？　ああ、誰だったかしら？」

ケイトは膝を折るおじぎをした。「わたしは――」

「そうよ！　ろくでなしのヴィクターにそっくりなんだわ！」女性は愛情深い声で無礼な発言をした。「鼻と目なんてそっくりそのままじゃない」

「父をご存じなんですか？」ケイトは面くらった。

「とてもよく知っていたのよ」女性がにやりとした。高貴な女性には珍しい、いたずらっぽい笑みだ。「あなた、キャサリンでしょう？　どうしてわかるか不思議じゃない？」

ケイトは急に周囲の目が気になった。けれど、相手の女性は彼女に話す隙を与えてくれそうにない。

「なぜかっていうとね、わたしがあなたの名付け親《ゴッドマザー》だからよ。ずいぶん昔の話だわ。時が経つのは本当に早いわね。前に会ったときは、ぷっくりして耳が大きな赤ん坊だったのに」女性はケイトをまじまじと見た。「今はほら、お父様に生き写しじゃないの！　ただし、そのかつらは感心しないわ。気を悪くしないでね。でも紫のかつらなんて、ヴィクター譲りの瞳の色が台なしよ」

ケイトの首筋がほてった。

「胸の詰め物もだめね。大きすぎるわ。首から袋をつるしているみたい」

ほてりが耳元まであがってくる。

「あの、もうさがろうかと思っていたんです。失礼させていただきます」ケイトは再びおじぎをした。

「あら、気を悪くしたの？　短気ね。ヴィクターの唯一の長所は穏やかなところだったのに。そのほかはまるでだめだったけど」

ケイトは目をしばたたいた。

「わたしの部屋に行きましょう。ベルウィックが尖塔の一室をあてがってくれたの。雲の上にいるみたいで快適よ。ハトが窓に糞《ふん》をするのはいただけないけど」

「でも、わたし……あの、あなたのお名前は？」ケイトはようやく尋ねた。

女性は美しく整えた眉をつりあげた。「わたしのこと、お父様から聞いていないの？」

「話す前に亡くなったのではないかと……」

「あの人ったらまったく！　ちゃんと話すと約束したのに。なんでも教えてあげるけれど、ここではだめよ。お城のなかはゴシップに飢えた人でいっぱいだから、わざわざ火に油を注ぐことはないわ」

ケイトは足を踏んばった。「それで、お名前は？」

「レディ・ウロース。ヘンリエッタと呼んで。あそこでヴュルテンベルクの王子と飲んでいるのが夫のレミンスターよ。かわいそうに、ブランデーを勧められたら断れないの」ヘンリエッタがケイトの手首をつかんだ。「さあ、自己紹介は終わりよ。行きましょう」

彼女はケイトを連れて階段をあがり、廊下を進んでさらに階段をあがると、自室に入るなりケイトをベッドに座らせて勝手にかつらをとった。

「まあ、ヴィクターと同じ髪の色じゃない！」

ケイトは竜巻にさらわれた気分だった。「父のことをよく知っていらしたんですか？」

「もう少しで結婚するくらいにはね」ヘンリエッタはさらりと答えた。「結局、彼は求婚してくれなかったけど。最初に会ったときのことは今でもよく覚えているわ。フォーチュン劇場で、『オセロ』の幕間《まくあい》だった。ヴィクターがオセロなら、わたしはデズデモーナになりたいと思ったものよ」

「そのとき、母はいなかったんですか？」ケイトは亡くなった母が憐れになった。マリアナに踏みつけられ、レディ・ウロースにも無視されたなんてあんまりだ。

「あの人が奥様に出会う前のことだから」

「ああ、なるほど」少しましな気分になる。

「ヴィクターといると楽しかった」ヘンリエッタがうっとりした表情を浮かべた。「だけど、あなたのお母様はそのころから彼に目をつけていたのね。数カ月もしないうちに、彼女のお父様がヴィクターを弱ったマスみたいに釣りあげたの。ヴィクターはお金がなかったから」

「なるほど……」ケイトはまたしても言った。

「ヴィクターはとてもハンサムだった。つやのある髪、あなたと同じ瞳と高い頬骨。もし求婚されていたら、わたしは結婚していたと思うわ」

ケイトはうなずいた。

「それで、あの人が浮気をしたら急所をぶち抜いていたでしょうね。結論としては、結婚しなくてよかったのよ」

ケイトの口から笑いがもれた。父が女性に対して不誠実だったことが裏づけられたからといって笑うのは不謹慎だが、とまらなかった。

「ヴィクターにもどうしようもなかったんでしょう。女性に誠実でいられない男っているのよね。ガブリエル王子にはもう会った？　あの人も同類よ。どんな女性も彼をつなぎとめておくことはできないと思うわ。浮気症の男は遊ぶには楽しいけれど、近づかないほうが利口よ。わたしは三回結婚しているからわかるの」

「最初のご主人はお亡くなりになったんですか？」

「もうずいぶん昔の話だわ」ヘンリエッタは言い、謎《なぞ》めいた笑みを浮かべた。「あなたのお父様とわたしは――」

「深い間柄だったのでしょう？」

「まさか。そうなったほうがよかったのかもしれないけど、当時はふたりとも若くて、愛だの夢だの青くさいことを語り合っているだけだったわ。わたしにはたいして持参金がなかったから、ヴィクターは求婚できなかったの」

自分の父親について知れば知るほどケイトは幻滅した。

「なんだか『ロミオとジュリエット』みたいね。もちろん、誰かを刺したり毒をのんだりはしなかったわよ。彼はあなたのお母様と結婚して、それでおしまい」

「母のこともご存じだったんですか？」

ヘンリエッタはケイトに背を向け、鏡台の前のスツールに腰をおろした。

「お母様は体が弱くて社交界に出てこられなかったから……」

「両親がどうやって知り合ったのかずっと疑問だったんです。母はよく寝こんでいましたので」

「厳密には知り合ったわけじゃないの。あなたのお母様がハイド・パークを通りかかったヴィクターに興味を持たれて、そこから先は彼女のお父様が動いたから」

ケイトはさらに落ちこんだ。

「そのあと、わたしも結婚したわ」ヘンリエッタはケイトのほうへ顔を向けた。「べつに悲劇ではないのよ。わたしは夫と恋に落ちたし、ヴィクターもあなたのお母様に恋をしたと思う。結婚後も何度か顔を合わせたわ。もちろん、密会ではないわよ」

ケイトはうなずいた。

「あるとき、ヴォクスホールであなたのお父様とダンスをしたの。わたしは流産したばかりで……前にも流産していたから、お父様の肩で泣いたわ」

ヘンリエッタの手を握って励ますべきだろうか？　だが、彼女はそういう慰めを必要としていないように見えた。

「そうしたらヴィクターがわたしに、自分の子供の名付け親になってほしいと言ったの」

ケイトは引きつった笑みを浮かべた。

「それを聞いたときは、彼を殺してやりたかったわ。もちろん洗礼式には出席した。断れるわけがないでしょう？　でも、あの人の無神経さに腹が立って……。昔の恋人の赤ん坊の名付け親になっても、流産の悲しみが癒《い》やされるわけがないのに」

「鈍感な人だったんです」母の死後、沈んでいる娘のもとへやってきて、晴れやかな顔で再婚を宣言するような人だ。「ですが、悪気はなかったと思います」

「もちろんよ。ただあのときは子供を失った悲しみで胸がいっぱいで、それがわからなかった。だから洗礼式のあと、あなたのことは忘れてしまおうと思ったの。あなたなんて存在しないんだと思いこもうとした。でも、こうして再会したわ」

そこで、ケイトは思いだした。

「あの、今回わたしは、わたし本人として来ているわけではなくて……」

「あら、そうなの？」ヘンリエッタは鏡を見ながら鼻先に粉をはたいた。「わたしも別人になりたいと思うことがあるわ。紫のかつらをかぶらなきゃならないなら考え直すけれどね」

「たしかにかつらも変装の一部ですけど……」ケイトは事情を打ち明けた。ヘンリエッタは騒いだりとがめたりせず、〝本当にヴィクターはどうしようもないわね〟などと相槌《あいづち》を打ちながら聞いてくれた。

「つまり今のあなたは、アルジャーノンという能天気な男と婚約した異母妹を演じているわけね。そのアルジャーノンは、王子に結婚を認めてもらうためにここへ来た。なぜなら、ヴィクトリアが母親と同じ尻軽女だから」

「ヴィクトリアは尻軽女じゃありません。恋に落ちただけです」

「恋ねえ……」ヘンリエッタはうさんくさそうに言った。「あなたは結婚するまで恋に落ちないでちょうだい。ろくなことにならないから。わたしが結婚抜きで恋に落ちたのはヴィクターとだけよ。あのときばかりは自分を抑えられなかった」

ケイトはにっこりした。

「ご心配なく、レディ・ウロース。わたしは恋に落ちたりしませんから」

「ヘンリエッタよ」

「そんな親しげには呼べません」

「なぜ？　わたしが年をとっているから？」

「そうではなくて――」

「わたしくらいの年になれば、好きに呼ばれる権利はあると思うわ」ヘンリエッタはダイヤモンドの指輪がいくつもはまった手を振った。「恋なんてくだらない話題はやめにしましょう。それにしても今年の社交シーズンは、外国になんて行かないでロンドンにいればよかった。尻軽な母親と娘にばったり会った際に、〝わたしのキャサリンはどこ？〟って問いただしてやれたのに。ともかく、肝心なのはあなたに立派な結婚相手を見つけることね。この茶番が終わったら、さっそく候補を探しましょう」

ケイトはようやく味方を得た気がした。ヘンリエッタはふっくらしていて肌が白く、群青色の瞳はいかにも誠実そうだ。

「ちょっと、泣きだすんじゃないでしょうね？　涙は勘弁してよ」

「泣いたりしません」

「それならいいの。誰か気になる人はいる？　賢明にも、あなたは妹の婚約者を奪う気はないみたいね」

「理想はあります」ケイトは即答した。「どんな人と結婚したいかはわかっているんです。父みたいな人で、でも、父とはちがう人。父はあまり家庭的じゃありませんでしたから。それから田舎暮らしを好む人。わたし、実家が好きなんです。田舎にあって、美しくて、大きすぎなくて、それでいて子供がたくさんできてもじゅうぶんな広さがあって」

「お父様みたいな人で、浮気をしない男がいいわけね」ヘンリエッタはずばりと言った。

「ヴィクターはあなたのお母様の持参金でそこそこの土地を手に入れたと聞いたけど――」

「わたしにはちょうどいい広さです」ケイトは口を挟んだ。「貴族と結婚したいなんて大それたことは思っていません。地方の地主でじゅうぶんです。田舎に住んでくれるなら商人でもかまいません」

「わたしが名前をつけた娘が商人と結婚するなんて冗談じゃないわ」ヘンリエッタがきっぱりと言った。「あなたは伯爵の孫娘よ。あなたのお母様だって、病弱ではあってもれっきとしたレディだった。だから、あなたもレディなの」

父が他界して屋根裏へ追いやられて以来、ケイトは自分をレディだと思ったことがなかった。喉元に熱いものがこみあげる。

「ごめんなさい。やっぱり泣きそうです」

「まあ、誰にでも泣きたいときはあるわね」ヘンリエッタはスツールから立ちあがり、銀のトレイにのっている白濁した液体をふたつのグラスに注いだ。「あなたの洗礼式のあと、わたしもバケツがいっぱいになるほど泣いたわ。あなたがわたしの子供だったらと思った」

「本当に？」ケイトは涙をぬぐって会話に集中しようとした。

「あのあと、ヴィクターとは二度と口をきかなかったの」ヘンリエッタが暗い声で言う。

「なのに、忘れることはできなかった。憎らしい男よね」

「ごめんなさい。父は本当にいい加減な人だったみたいです。女性に関しては、父と正反対の夫を希望します」

「さあ、これをおあがりなさい」ヘンリエッタは自分の酒をあおった。「わたし、どこへ行くときもこのお酒と一緒なの。唯一、夫に飲まれる心配がないから」

ケイトはグラスに口をつけた。レモンの風味がつんと鼻に抜ける。

ヘンリエッタがにやりとした。「リモンチェッロというのよ。強烈でしょう？　ソレントで知り合った男性に教えてもらったの。マニン卿っていう人。彼とは別れたけど、リモンチェッロは手放さなかった」彼女はほほえんだ。「あなたのことに話を戻しましょう。まずまずの土地を持っていて、道徳観念のある夫がほしいわけね。べつに難しい条件じゃないわ。わたしも似たようなことを考えていたものよ。まあ、現実はそのとおりにはならなかったけど」

ケイトはにっこりしてリモンチェッロのグラスを口に運んだ。ヘンリエッタは率直で愉快な人だ。「だけど、わたしには持参金がないんです。母が遺してくれた持参金は吹けば飛ぶような額ですし……」

ヘンリエッタがグラスを置いた。「そんなはずはないわ。キャサリン、ところでキャサリンでいいのかしら？　ヴィクトリアも似合わないけど、キャサリンもなんだかしっくりこないのよね」

「父にはケイトと呼ばれていました」

「ケイト、ぴったりね！　それじゃあ、ケイト、なぜ持参金がないの？　洗礼式から数えると、二三歳になっているはずよね。うるさい子供が二、三人、膝にのっていてもおかしくない年なのに、どうしてひとり身なの？　べつに高望みをしているわけじゃないし、醜いわけでもないのに」

ケイトはグラスを空けた。「お話ししたとおり、父は再婚してすぐに他界したんです。全財産を新しい妻に遺して」

「ヴィクターならやりかねないわ。遺言書を作成しなかったのね。でも彼が手に入れた土地なんて、お母様の遺産と比べたら豆粒みたいなものでしょう？」

ケイトはぽかんと口を開けた。「なんですって？」

ヘンリエッタが憐れむようにほほえんだ。「お父様から聞いていないの？」

「なにをですか？」

「あなたのお母様は遺産相続人だった。あなたのおじい様は娘のためにヴィクターを買ったの……ヴィクターは彼女の財産に魅せられたんでしょう」

「だとしたら、父が使ってしまったんですね」ケイトはため息をついた。「母が遺してくれたお金はほんのわずかな額ですもの。父が使ったのでなければ、継母のマリアナが使ったのかもしれない」

「継母があなたのお金に手をつけられるとは思えないわ。ヴィクターでさえ手を出せないと文句を言っていたくらいだから。夫に調べさせましょう」

「マリアナが不法に使ってしまったとしても、それについてはなにもできません。彼女のことは嫌いだけど、家族ですから」

「まあいいわ」ヘンリエッタが言った。

「いいって？」

「あなたの名付け親はわたしだもの。過去はともかく、今は名付け親になってよかったと思っているわ」ヘンリエッタがケイトの頬に一瞬だけ手をあてた。「あなたさえよければ、その義務を果たしたいの」

ケイトの視界が涙で曇った。「光栄です」

「よかった」ヘンリエッタは立ちあがった。「それじゃあ、今日のところは部屋に戻りなさい。わたしは睡眠不足だと手がつけられなくなるのよ。レミンスターも下でブランデーを飲んでいるとなると、野獣が二匹になるわ。夫婦で暴れたらこのお城がつぶれるかも」

ケイトは立ちあがりかけて躊躇《ちゅうちょ》した。

「いらっしゃい」ヘンリエッタがぶっきらぼうに言って腕を広げる。

ケイトの母親は骨張っていてレモンの香りがしたが、ヘンリエッタはやわらかく、フランスの香水の香りがした。

母が死んで初めて、ケイトは心から安らげる場所を見つけた気がした。

13

自室に戻って寝る準備をしようと呼び鈴のひもに目をやったケイトは、あまり眠くないことに気づいた。

過去の記憶が次々と脳裏をよぎる。沈みがちな母と、そんな母に対する父の礼儀正しい態度。父はずっとヘンリエッタを思っていたのだろうか？　それともマリアナと新しい恋に落ちたのだろうか？

ケイトの心は、母とヘンリエッタのあいだで揺れた。父は、ふたりの女性のひたむきな恋心を踏みにじってお金を選んだのだ。

どうにも眠れそうにないと思い、ケイトは散歩に出た。大広間からもれる光に照らされた玉石の上を、犬たちに引っぱられて歩く。中庭へ出るとさすがに薄暗かったけれど、壁際に大きな檻が並んでいるのがぼんやりと見えた。犬たちはそちらに向かってどんどん進んでいく。チェリーデリーの忠告を思いだしたケイトは一度立ちどまった。犬たちの興奮がおさまったところでチーズをやり、再び歩きだす。すると今度は、三匹ともケイトの脇をついてきた。

「いい子にしていたら、明日はほかのお客様の前へも連れていってあげるわね」実際はいい子でなくても連れていかなければならない。ヴィクトリアはどこへ行くにも犬と一緒だった。犬は変装の一部なのだ。

話しているあいだ、犬たちはじっとケイトを見あげていた。そんな三匹がだんだんいじらしく思えてくる。ケイトのお気に入りはフレディだ。羽虫から暗い場所までなんでも怖がる弱虫な犬だが、素直だし、一緒に寝るとあたたかい。

近くで見ると、檻は予想以上に大きかった。壁につるされたランタンの光も檻の奥までは届いていない。犬たちは最初の檻の前でぴたりととまり、くんくんと地面をかぎはじめた。なにが入っているにせよ、強烈なにおいだ。

「あの王子はいったいなにを飼っているのかしら？」シーザーが檻に向かって小さくうなり、フレディはケイトにぴたりと身を寄せた。彼女がランタンのほうに手を伸ばしたとき、暗闇《くらやみ》から大きな手が伸びて、先に明かりをとりあげた。

「誰？　あ……あなた！」ケイトは小さく叫んだ。オレンジ色の光のなかにガブリエル王子が立っていた。長めの黒髪はうしろで束ねられているが、いく筋かは頬にかかっている。

「これはライオンの檻だ」王子はさらりと言った。「ちなみに向こうはゾウとその相棒のサル。果樹園にはダチョウとヤギもいる」王子がランタンをかざすと、檻の奥に横たわるライオンが見えた。まぶしかったのか、ライオンは一度まぶたを閉じてからゆっくりと開き、鋭い歯をのぞかせてあくびをした。

「物騒ですね」

「すごい牙《きば》だろう？」王子が自慢げに言う。

ライオンは、退屈した表情で再びまぶたを閉じた。フレディがケイトのくるぶしにぴたりと身を寄せてぶるぶる震えている。さすがのシーザーも彼女の背後に隠れた。

「犬を檻に近づけないほうがいい。叔父上の犬を食べてからというもの、このライオンは吐いてばかりいる」

「ピクルスが好物の犬のことですか？　なんてことでしょう！　フェルディナンド殿下は、愛犬が戻ってくると信じていらっしゃるのに」

「きみならピクルスしか食べられない生活に戻りたいかい？」

「ピクルスばかりじゃいやですけれど、だからといってライオンの檻に飛びこんだりはしません」

「きみはいつも冷静なんだろうな」

ケイトはぴくりとした。褒められたのか、けなされたのか、判断がつかない。説明を求めるのも癪なので、黙ってゾウの檻へ向かった。

王子はランタンを掲げてあとをついてきた。「ゾウの名前はリサだ。檻では狭いから、果樹園に専用の囲いを造る予定でいる。ただ、上部が空いた囲いでは、サルが逃げるかもしれないが」

サルは長い腕をゾウの脚に巻きつけて眠っている。

「逃げないと思います。あのサルはリサを愛しているみたいですから」

「それを愛と呼ぶなら、ぼくはそんなものはいらないね」王子は笑いを含んだ目をして答えた。

ケイトはくすくす笑った。「わかります。いくら相手のことが好きでも、わたしは他人の脚にくっついて眠りたいとは思いませんもの」

「きみはぼくの甥と熱愛中なんだろう？」

「もちろんです」その答えはケイト自身の耳にも白々しく響いた。

「果樹園にディムズデール用の囲いを造って、きみがそばを離れないかどうか試してみようか？」

ガブリエル王子の笑顔はひどく魅力的だった。

「アルジャーノンが屋外の生活に耐えられるとは思えませんけれど」

「そういえば、トルースがきみは病気だったと言っていた。どこが悪かったんだ？」

ケイトの思考は一時停止した。一瞬のちに、丸々とした妹の頬を思いだす。

「たいしたことじゃありません」

「瀕死《ひんし》の病ではないと？」

「そんなに具合が悪そうに見えますか？」ケイトはむっとした。

王子が彼女の顎に手を添えて顔をのぞきこむ。

「目の下にくまができているし、頬の肉も落ちている。あまり体調がよさそうには見えないな」

ケイトは目を細めた。「王子でいらっしゃるのに、口が悪いんですのね。どんな人ともあたりさわりない会話をする訓練を受けられていないんですか？」

王子が肩をすくめた。「美人を前にすると、つい本音が出るんだ」

「光栄ですわ」ケイトは皮肉っぽく言った。「〝きみは死にそうな顔をしている〟というのがあなたの本音ですか？」

王子の指が彼女の唇にふれる。ケイトは改めて王子を観察した。がっしりとした肩幅に憂いのある口元、行き場のない活力を持て余しているかのようだ。

「人の言葉尻をとらえて皮肉を言うのはやめるんだ。きみはとても美しい。もう少し肉がついたほうがいいとは思うが」

王子の指が唇から離れた。美しいという言葉を聞いて、ケイトはお菓子をもらった子供のような笑顔になった。王子が檻にもたれて満足そうな顔をする。

「ところで、こんなところでなにをなさっているんですか？　大広間に戻って、ちやほやされなくていいのかしら？」

ケイトのぶしつけな発言に、王子は長い間を置いてから答えた。

「ライオンがピクルス犬を吐いていないか心配だったんだ。それにぼくの経験から言えば、イングランド人は誰のこともちやほやしない」王子は壁にランタンをかけた。「よかったら教えてくれないか？　ディムズデールとはどこで出会ったんだ？」

ケイトは一瞬、考えたあと言った。

「ウエストミンスター寺院で出会って、ひと目惚れしたんです」

「ひと目惚れ……あのディムズデールに？　きみはアルジャーノンと呼んでいるようだが」

「そうです。愛しているんですもの」

「きみが本当の愛を知っているなら、あいつとは結婚しないだろう」

「わたしはアルジャーノンを愛しています」ケイトは繰り返した。

「きみが相手では、あいつは二〇歳の誕生日を迎える前に食われてしまう」王子はそっけなく言った。「まだ尻が青いからな。そこを気に入っているのかもしれないが」

「失礼なことをおっしゃるんですね。王子という肩書きがなければ、あなたの花嫁になってくれる女性なんていなかったでしょうね」それは嘘だった。彼に求愛されてぼうっとならない女性はいない。もちろん、ケイト以外は。

彼女は数歩進んで振り返った。「ご自分でもそうお思いになりませんか、殿下？」

次の瞬間、背後から抱きすくめられた。力強い鼓動が伝わってくる。焚《た》き火をおこしたときのような、野性的でさわやかな香りがした。

「もう一度言ってごらん」吐息がケイトの首筋にかかる。

「放してください」彼のほうに向き直ったのが失敗だった。かえってキスを誘っているみたいになってしまう。ケイトは誰ともキスをした経験がなかった。尊大な王子に初めてのキスを許すつもりはない。

王子がくぐもった声で言った。「ちょっと味見するだけだ、ミス・ヴィクトリア・ダルトリー」彼の唇が首にふれ、ケイトの背筋に震えが走った。

彼女は靴のかかとで王子の足を踏みつけ、身をよじって離れた。

城の窓からもれる光が、王子の姿をぼんやりと照らしている。

「あなたは最低よ！」ケイトは歯をくいしばった。

「お気に入りの靴になんてことをするんだ」

彼女は数歩あとずさった。

「靴のことより、自分の常識のなさを心配したほうがいいわね」

「それなら、常識を教えてくれ」

「わたしには関係ないことだわ」ケイトは感情のこもらない声で言った。

「怒りっぽいんだな」

王子がいらだった表情を浮かべたので、突然ケイトは愉快な気分になった。

「ジャガイモの入荷が遅れることを知ったお店の主人みたいな顔をしないで」

「きみは自分をジャガイモにたとえるのか？」

「この国では、見ず知らずの女性にキスをしてまわる習慣はないの。シーザー、おいで」

シーザーはライオンが眠っていることに気づいて急に強気になり、鉄格子のにおいをかいでいる。

「ライオンの夜食にされちゃうわよ」

「なぜだめなんだ？」

王子の目元にひと房の髪が垂れかかっている。もしかすると彼は本当に、望む女性とキスができるのかもしれない。ケイトの胸にヘンリエッタの言葉がよみがえった。

〝女性に誠実でいられない男っているのよね〟

彼女はゆがんだ笑みを浮かべ、穏やかに言った。「すべての女性があなたみたいな男性を好むわけではないのよ。まったく、王子というのは誰もがそんなふうに傲慢なの？」

王子がケイトのほうへ歩いてきた。その顔は欲望というより、好奇心に輝いている。

「マールブルクの宮殿を訪れた女性はみな、最初に出会った王子とキスをしたいと思っているとか？」

「そんなことはない」

「それじゃあ、なぜわたしにキスをしようとするの？」

「きみが暗がりにいるからだ」

それは否定できなかった。「犬の散歩よ」

「シャペロンを連れていないうえに、ぼくと言葉を交わした。ベルウィックによると、今回の滞在には、侍女しか同行していないそうだね」

継母が家庭教師を首にしたせいだ。「侍女は今、おなかの具合を悪くしているの」

「というより、犬の散歩にもシャペロンが必要だということを失念していたんじゃないのか？　宮廷の娘たちはけっしてひとりでは出歩かない。ムクドリの群れのように、どこへ行くにも誰かと一緒だ」

父が亡くなった翌日に家庭教師が解雇された。ひとりで出歩いてはいけないと教えてくれる人もいなかった。けれど、ここでそんなことを言うわけにはいかない。

「たしかに侍女を連れてくるべきだったわ。でも、すべての女性が王子とキスをしたいと思っているわけではないの」

王子がケイトを見つめた。

「こんなことを言っていても時間の無駄ね」ケイトはつぶやいた。「シーザー、おいで！」

シーザーはライオンにうなり続けている。

「おいでったら、おばかさん」ケイトはシーザーを抱えあげた。

「きみを……誘惑したい」

王子の言葉に、ケイトは唖然として振り返った。「わたしの話を聞いていなかったの？目に入った女性を手あたりしだいに誘惑するなんてできないと言っているのよ！」

「花嫁がいなければ、きみとの結婚すら考えたかもしれない」

ケイトは鼻を鳴らした。「思ってもいないことを口にすべきじゃないわ」

王子が一歩前に出て、夜の闇のように黒い瞳で彼女を見おろした。なんてすてきな口元だろう。

「やかましい女は嫌いでしょう？」ケイトは言った。「あなたは王子よ。そのへんにいる娘とこんな会話をするべきじゃないわ。娘の父親に、責任をとれと銃を突きつけられても文句は言えないんだから」

「きみのお父上のことかい？」

「父は亡くなったわ」ケイトは胸が痛んだ。「でも、あなたは父によく似ている。わたし、あなたのような男性には免疫があるの」

「それで、ディムズデールみたいな男に走ったのか。お父上はきみたちの結婚を認めたのか？」

「父が亡くなったのは何年も前よ。ともかく、あなたはおかしいわ。わたしと結婚なんてできないくせに、思わせぶりなことを言って。わたしが本気にしたらどうするの？　じきにロシアから花嫁を迎えるんでしょう？」

「遺産相続人と結婚しなければならないのは事実だ」王子はあっさりと言った。「だが、きみだって遺産相続人だろう？　ぼくにとっては身分はどうでもいい。金持ちならいいんだ」

視線をケイトの胸元に落とす。「金持ちで、色香に満ちた女性であれば」

ケイトはシーザーを抱え直し、蠟でできた胸を隠した。

「あなたほどぶしつけな人は見たことがないわ」

「年を重ねることは、新たな発見に出合うことでもある」

わたしが年増《としま》だと皮肉を言っているのだろうか？

「あなたは女性を誘惑するとき、しょっちゅう持参金の話をするの？」

「いつもはもっと別の欲望について語るよ」

「わたしは婚約しているし、お金持ちでもないわ」ヘンリエッタがほのめかしていた母の遺産などあてにならない。

王子が眉をあげる。「それは聞いていた話とちがうな。ディムズデールはそのことを知っているのか？　彼はきみに、しかるべき財産があると考えているらしいが」

「もちろん知っているわ。アルジャーノンはお金の額で態度を変えたりしないもの」

「そうかな？　ぼくの甥なんだから、愛情は二の次なんじゃないか？」

「あなたの場合は、二の次どころか最下位でしょう」

「きみだってそうだろう？」王子が明るく言った。

「ところで、いつになったら暗闇で襲いかかられる心配なしに、犬の散歩を続けられるのかしら？」ケイトはシーザーを地面におろした。

「もう大丈夫だと思う。きみが美しいと言ったのは本当だ」ケイトが戸惑っているうちに、王子は乱暴に彼女を抱きしめて顔を近づけてきた。

情熱的に唇が重なる。唇を通して、彼の体内で鬱積《うっせき》していた活力が流れこんでくるかのようだった。キスというのは軽く唇をふれ合わせるものだと思っていたのに、王子のそれはまったくちがう。

炎の味だ。ケイトはもっと味わいたくなって、みずから口を開いた。全身に震えが走る。

王子が熱っぽくなにかささやいた。

本当は平手打ちをすべきところだが、そんなことをしたらキスが終わってしまう。腰にあてがわれた大きな手が離れてしまう。ケイトはいつの間にか夢中で応《こた》えていた。未熟ながらも、自分が積極的に反応していることはわかる。

頭のなかで理性が警告を発していた。城に来た理由を思いだしなさい、相手が誰であるかを忘れてはならない、と。

ケイトは抵抗した。王子の手に力がこもる。情熱の炎は最後にぱっと燃えあがり、そして消えた。

最初にケイトの頭に浮かんだのは、彼のまつ毛が驚くほど長いということだった。そのあと、自分の反応が王子のうぬぼれを助長したであろうことに気づいた。きっと、イングランド女性も楽に手なずけられると思われただろう。

なにか痛烈な言葉を放ってやろうと口を開きかけた瞬間、王子が悔しげに言った。

「ちくしょう、きみがロシアの王女ならよかったのに」

そのひと言で、ケイトのいらだちは消えた。

「あなたは……」そこで口をつぐんだ。彼をいい気にさせてはならない。

ケイトは自分から上体を寄せ、王子と軽く唇を合わせた。

「さっきみたいなキスがしてもらえるのなら、わたしも遺産相続人になりたいわ」

王子がケイトの顔を両手で包み、絞りだすように言った。「もう一度だけだ」

再び唇が重なった。濃厚な蜂蜜《はちみつ》のような甘さのなかに、ぴりっとする野性味がまじっている。ケイトの背筋に震えが走った。

ふいに王子が体を離した。

「いけない人ね」ケイトはゆっくりとつぶやいた。

王子が得意げにほほえむ。

結局、相手の思いどおりになっていることに気づいて、ケイトはため息をついた。

「王子も……役に立つことはあるみたい」

「そんなことはない」ガブリエル王子はいくぶん硬い声で答えた。「ぼくは役立たずだ。これ以上キスをされないうちに、きみは部屋へ戻ったほうがいい。次からは必ず侍女を同行させるように」

14

　翌朝、目を開けたケイトがいちばんに思いだしたのは王子とのキスだった。まだ夜が明けたばかりだが、頭ははっきりしている。彼女は、憐れっぽく鳴いて上掛けの下に隠れようとするフレディを引っぱりだし、ロザリーを従えて朝の散歩に出ることにした。

「さあ、おいで」ケイトは犬たちに呼びかけた。「今日はひもをつけないわよ。ライオンを見に行きましょう。いい子にしていないと食べられちゃうから」

　静まり返った中庭に足音が響く。ひんやりとした空気のなかに幽玄とそびえる古城を振り返ったケイトは、身を震わせて足を速めた。

　彼女たちに気づいたライオンがあくびをして立ちあがり、鉄格子に近づいてきた。百獣の王と呼ぶにふさわしい迫力ある姿を期待していたのだが、目の前のライオンは古い敷物のようにくたびれ、うっとうしげな顔で檻のなかを往復しては重そうに頭を振った。

「なんて恐ろしい！」ロザリーが甲高い声を出した。

　ケイトは前に出て鉄格子のにおいをかぎはじめたシーザーを呼び戻し、ご褒美のチーズをやった。

「召使たちはこのライオンのことばかり話してました」ロザリーが言った。「何匹ものペットが犠牲になったとか。シーザーたちが無事でなによりですわ」

「食べられてしまうとしたら、シーザーが真っ先でしょうね」

鉄格子の向こうのライオンが物ほしげな顔をしているように思えたので、ケイトはチーズを投げてやった。ライオンはうさんくさそうにチーズをかぎまわったのち、ぺろりと平らげた。

「ぞっとしますね」ロザリーが言う。「フレディを見てください。死ぬほど怯えているじゃありませんか。こんな獣はほっといて、ゾウでも見に行きましょう。おいで、フレディ。化け猫には近寄らないほうがいいわ」ロザリーが角を曲がってゾウの檻のほうへ消えても、ケイトはライオンを眺めていた。

「おはようございます、ミス・ダルトリー」背後から声をかけられて振り向くと、ベルウィックがほほえんでいた。

「おはよう、ミスター・ベルウィック。わたしたち以外に起きている人がいるとは思わなかったわ」

「ライオンの様子を見に来たのです。昨日よりも元気そうですね」ベルウィックがのんびりと言う。

「このお城について少し質問してもいいかしら？」

「なんなりと」ベルウィックは檻に寄りかかった。

「昨日の夜の様子からして、週に二〇〇本以上は蠟燭《ろうそく》を消費するんでしょう。城内で蠟燭を作っているのかしら？　パン職人はいるんでしょうけど、ほかにはどんな職人がいるのかと思って。たとえば、鍛冶屋はいるの？」

高襟に飾りボタンがついたお仕着せを着たベルウィックは、執事のなかの執事といった雰囲気だ。彼の目がきらりと光るのを見て、ケイトは既視感に襲われた。どこかで会ったことがあるような……。

「ご推測どおり、城には専用の蠟燭工房がありますが、数についてはもっとたくさんです。行事のない週でも、三〇〇本以上の蠟燭を消費します。それに加えて、アルガンランプを置いている部屋もあります。今度の舞踏会では、夜明けまで燭台の明かりが切れないよう、さらに多くの蠟燭を使うでしょう」

「すごいわ」ケイトは言った。「召使の数は？　何人くらいいるの？」

「そうですね、四人追加してひとり辞めたので、合計で一三七人です」

「主な収入源は借地代かしら？」そう尋ねたあとで、ケイトは真っ赤になった。「ごめんなさい。ぶしつけな質問だったわ」

ベルウィックが眉をあげる。「イングランド人は金銭の話を嫌いますね。おっしゃるとおり、周囲の土地を小作人に貸して地代を集め、城の維持管理にあてていますよ。ただ、この城に住んでいる者の数を考えると、それだけでは不足だと殿下はお考えです」

「王子の財政状況を探ろうとしたわけじゃないのよ」

「そうだったとしても、問題はありません。マールブルクでは貧しい王子も珍しくありませんから。ガブリエル王子のように、大公でもないのに城を所有している例はまれです」ベルウィックが肩をすくめると、きっちり束ねられた髪が乱れて眉にかかった。

その瞬間、ケイトのなかでベルウィックとガブリエル王子の面立ちが重なった。同じ型から鋳造したかのように。コインをふたつ並べたように。

ケイトはぽかんと口を開けた。

ベルウィックがケイトの表情に気づいて片方の口角をあげた。王子とそっくりな笑い方だ。

「あの……」ケイトはわれに返った。

「本日の午後、庭園でピクニックを予定しています」ベルウィックは眉ひとつ動かさなかった。「ほかの動物も見たいというレディたちがいましてね。生け垣迷路の向こうにも動物がいるのです。湖でボートに乗るのも楽しいでしょう」

いつの間にか、ライオンは眠っていた。

「この子にはもう少し大きな檻が必要なのではないかしら？」王子と血縁関係にあると思うと、なぜかベルウィックに親しみがわいた。

「どのくらい大きな檻が適切だと思われますか？」

「そうね、豚小屋を例にとると、二メートル四方の囲いに雌豚と生まれた子豚たちをすべて入れることは可能でも、そんなことをする農夫はいないわ。囲いは大きければ大きいほど、豚のためにいいとされているからよ。ところがこのライオンは、子供のいない雌豚よりも小さい檻に閉じこめられている」

ケイトが視線をあげると、ベルウィックは面くらった顔をしていた。

「レディが豚小屋について論じるなんておかしいわよね」ケイトはため息をついた。

「そんなことを誰が決めたんです？」ベルウィックがつぶやいた。「たしかにオックスフォードで出会った数少ないイングランド女性は、広範囲にわたる話題を好ましくないと考えていましたが」

「まあ、あなたもオックスフォード大学で学んだの？　それとも、殿下のつき添い？」

「学生でしたよ」ベルウィックは明るく答えた。「殿下の従者でもありました。お互いに都合がよかったので。わたしは哲学を、殿下は歴史学を専攻しました。共通の選択科目は女性学です。ふたりとも若かったのですよ」

ケイトはにっこりした。「哲学は今の仕事に役立っているの？」

「どうでしょうか。ただ、複雑な事態に直面したときは、哲学的に考えるようにしています」

「理性を失わないとか、そういう意味？」

「ガブリエル王子のご親族はみなさん独特ですからね」ベルウィックはうんざりした声を出した。「ミスター・ティピットにはもうお会いになりましたか？」

ケイトは眉根を寄せた。「顔が青白くて太めの人かしら？」

「ええ。彼の仕事はソフォニスバ殿下のために読むことです。羽根飾りが大好きな、ガブリエル王子の叔母上にあたる方ですよ」

ケイトは気難しい顔をした女性を思いだした。「読書係がいるなんてすてきね」

「ミスター・ティピットが読むのは本ではなく手相です。少なくとも、本人はそう言っています」ベルウィックは控えめに疑念を表明した。「いずれにせよ、彼はフェルディナンド殿下のせいで心を病んでしまいました。殿下は自分の思いどおりの結果が出るまで、何度でも手相を見させたのです」

「そんなにしょっちゅう結果が変わったら、手相の信頼性が損なわれてしまうわ」

「黒髪の女性と結婚して、一一二歳まで生き、多くの幸運に恵まれると言われても、フェルディナンド殿下は満足されません」

「そこで哲学の出番なわけね？　あなたの身内の厄介な人を……」ケイトは口をつぐんだ。フェルディナンド殿下がベルウィックの血縁と決まったわけではないのだ。

「そうです」ベルウィックはさらりと認めた。「ミス・ダルトリー、あなたは鋭い」

「そんなことはないわ」ケイトはベルウィックに親近感を抱いた。「複雑な事情を抱えているのは王室にかぎらないというだけよ」

ベルウィックはケイトをじっと見つめてうなずいた。そのとき、ロザリーが戻ってきた。

「キャサリン様！　ゾウを見てくださいませ」ロザリーは大声で呼びかけた。名前をまちがえたことに気づいてもいない。「ちっちゃなサルがしがみついているんですよ。あんなにかわいい生き物は見たことがありません」

「あのサルはこの城の人気者です」ベルウィックが応じた。

ケイトはロザリーの失言に気づかれたのではないかとベルウィックの表情を探ったが、そこにはなんの変化も見られなかった。

ライオンには慎重だったシーザーもゾウには強気な態度を見せ、鉄格子のあいだをすり抜けると、サルに向かって大声で吠えたてた。

ゾウが神経質に足踏みを始める。

「ゾウはネズミが嫌いなんです。あの犬は小さいから、ネズミと区別がつかないかもしれません。踏みつぶされてもおかしくありませんよ」ベルウィックは淡々と言った。

「シーザー！　戻ってきなさい！」ケイトは慌てて叫び、チーズを必死で振った。

しかし、勇敢なシーザーは愚かでもあった。大声で吠えればサルが落ちてくると信じているらしい。

ベルウィックがため息をついた。

「失礼」檻についている小さな箱から鍵《かぎ》をとりだしてドアを開け、彼はシーザーをひょいと抱えあげた。

「次からはちゃんとひもをつけるわ。この子にあるのは度胸だけなの」ケイトは言った。

「知恵はないと？」

ケイトはうなずいた。「これまで見たかぎりでは皆無ね」

ベルウィックが眉をあげる。

ケイトは執事のチェリーデリーと冗談を言い合っているときのような親しみのこもった笑みを返した。

「でも、雄だから仕方がないのよ。脳みそのない雄はときどきいるから」

ケイトとロザリーは、ベルウィックの笑い声に送られて中庭をあとにした。

15

ピクニックの開始は日差しがやわらぐ時間帯からだった。

ケイトはサクランボ色のかつらに、同系色のスカートと愛らしいチュニックをまとった。スカートは三層になっていて、いちばん上の布はサクランボ色、二層目は青、いちばん下はクリーム色だ。胸の詰め物は遠慮したかったのだが、ロザリーにそのままではドレスが台なしだと言われた。

「でも、蠟が溶けて変形したらどうするの？　外は暑いから体がほてるかもしれないでしょう？」

ロザリーはケイトの抵抗を一蹴《いっしゅう》した。

「では、ほてらないようになさってください」

ケイトはアルジャーノンと連れだって城の裏手にある大理石の階段へ向かった。白い階段の先には、生け垣を利用して作られた迷路や白鳥の浮かぶ湖など、庭園と聞いて思い浮かぶありとあらゆるものがあり、テラスではオーケストラが音楽を奏でている。この旋律はワルツだろうか？　ステップを知らないケイトでさえ踊りだしたくなる軽快なメロディーだ。

「あの噴水はどうして水がつきないのかな?」アルジャーノンの視線の先には半魚馬《マーホース》の石像がいくつも並び、口から水を噴きだしていた。

「ミスター・ベルウィックに尋ねてみたら? このお城のことをとてもよく知っているのよ」

「召使に教えを乞《こ》うなんて冗談じゃない」アルジャーノンがうろたえた顔をした。「きみはヴィクトリアを演じてるんだってことを忘れないでくれ。未来の妻に下品なまねをしてもらいたくない」

「知りたいことがあれば尋ねるわ。それのどこが下品なの?」ケイトは言い返した。「お高くとまって感じ悪いわね。偉大な叔父上に尋ねても、疑問の答えは得られないわよ」

「実際に尋ねるとは言ってないじゃないか」アルジャーノンが不機嫌そうに反論する。

ケイトはため息をついた。舞踏会を目前にして、昨日より客人が増えたようだ。

「待って」階段をおりはじめた婚約者に呼びかけた。「ヴィクトリアの知り合いに会うかもしれないわ。あなたがあいさつしてくれないと」

アルジャーノンはケイトの全身に目を走らせた。「昨日よりもヴィクトリアらしいね」そこではっとする。「犬は?」

「ロザリーと留守番よ。あの子たちは――」

「犬がいなきゃだめだ」アルジャーノンが従僕に向けて指を鳴らした。「ヴィクトリアはいつも犬と一緒なんだよ。あの犬たちは彼女の一部だ。きみ、ミス・ダルトリーの部屋から犬を連れてきてくれ」彼は従僕に告げた。「ここで待っているから、大至急だ」

三匹を待っているあいだに、ケイトはガブリエル王子を見つけた。黄褐色の服を着て、若い娘たちに囲まれている。あちらには近づかないほうが無難だ。

「すごいな」アルジャーノンが感心した様子で言う。

「なにが？」ケイトは湖を眺めているふりをした。

「ミスター・トルースの上着ときたら、背中に五本もタックが入ってる」アルジャーノンは自分の上着の袖を引っぱった。

「こんな遠くからそんなに細かいことに気づくあなたのほうがすごいわ」ケイトは犬を連れてきた若い従僕を振り返った。「どうもありがとう」それから犬に視線を落とす。「シーザー、やかましく吠えないでね。ココ、噴水に近づいちゃだめよ。フレディは……」彼女は小さな耳とつぶらな瞳を見た。フレディはケイトに会えてうれしそうだ。「あなたはそのままで完《かん》璧《ぺき》ね。さあ、いらっしゃい」

アルジャーノンと並んで階段をおりるあいだも、ケイトは犬たちに自分の脇を歩かせるのにかかりきりで、取り巻きから逃れた王子が階段の下で待っていることに気づかなかった。

「ミス・ダルトリー」昨日の出来事などなかったかのように、王子は礼儀正しく言った。

「殿下」ケイトも深く膝を折る。

「やあ、甥っ子」王子がアルジャーノンに向き直った。

アルジャーノンは言葉に詰まったあと、膝に鼻がつくほど深くおじぎをした。

「叔父上」

「ミス・ダルトリー、ボートに乗ろう」王子はケイトの手を掲げて唇をつけた。

王子がこんなに美しい瞳をしているなんて……女性に対する罪だ。

「そうですね。のちほどぜひ」ケイトは手を引き抜こうとした。

「いや、今だ」王子はそう言うと、アルジャーノンには目もくれず、ケイトを連れて芝生を横切りはじめた。

「どういうつもり？」ケイトはスカートに絡まりそうになる犬のひもを直しながら尋ねた。

「ボートで湖に出るんだ」

サヤインゲンの形をしたボートの船尾には、さおを手にした従僕が控えている。

「こんなことをしたら、アルジャーノンが……婚約者が気分を害するわ」そう返しつつも、ケイトは手袋をとって水にふれたい衝動と闘っていた。湖はどこまでも青く澄んでいる。

「手袋なんてとってしまえばいい」彼女の思考を読んだかのようにガブリエルが言った。

「湖上なら人の目を気にする必要もない」

「どうしてわたしを誘ったの？」ケイトは誘惑に耐えきれず、右の手袋をとった。

「あそこのレディたちがなにを話していたか忠告しておこうと思ってね」ガブリエルはシルクやサテンに身を包んだ集団を顎で示した。

「なにを話していたの？」ケイトはシーザーのひもを王子に渡した。「あなたが持っていてくれない？　フレディはおとなしいし、ココはお行儀がいいけど、シーザーは魚を追いかけて湖に飛びこむかもしれないから」

「犬は嫌いなんだが……」ガブリエルはシーザーのふわふわした尻尾を見た。

「わたしもよ」ケイトはにこやかに言ったあとで、自分の役まわりを思いだした。「この子たちは別だけど」

「彼女たちは、たった二カ月できみが別人のようになったと噂していた」ガブリエルが船べりにもたれていたずらっぽく目を輝かせた。「ちょっと前までは、つくべきところに肉がついていて、もっと魅力的だったとかなんとか」

「なんて失礼な人たちなの。わたしは病気だったのに、そんなふうに言うなんて意地悪だわ。ご忠告ありがとう」

「それで、きみは誰なんだ？」ガブリエルがケイトのほうへ身を乗りだした。

「見て、魚よ！」

「ヴィクトリア・ダルトリーではないんだね」彼がケイトの手をとってひっくり返し、親指でゆっくりと手のひらをなぞる。ケイトは視線をあげた。

「まめができているな。社交界の花の手のひらにまめはないはずだ。たとえ病みあがりだとしても」

「それは……」ケイトは言葉に詰まった。

「あててみせようか？」王子が罪作りな笑みを浮かべる。「さっきベルウィックと話したんだ」

「ベルウィックと？」

「ぼくたちが兄弟だと気づいたんだろう？」

「そうかもしれないと――」

「ぼくも同じ結論に至った」ガブリエルは勝ち誇った顔をした。「つまり、きみはヴィクトリア・ダルトリーではない。愛人の子で、なんらかの事情でヴィクトリアの身代わりをしている。そう考えれば、すべての謎が解ける。手のひらのまめも、犬も、憐れな甥っ子にそっけない態度をとるわけも、ふっくらとして色白でないことも、豚小屋に詳しい理由も」

「愛人の子ですって？」ケイトはうろたえた。この状況で、愛人の子は妹のほうだと主張するのはばかげている。

「医師に日光浴を勧められたのだろうと言った娘もいた。以前は雪のような肌をしていたのに残念だと」

「自分の容姿に自信がないからそんなことを言うのよ」

「そうかもしれないな」ガブリエルはにんまりしている。

「なんだか楽しそうね」ケイトは皮肉を言った。

「きみはぼくの身内だよ。アルジャーノンが麗しのヴィクトリアと結婚すればそうなる」

「すばらしいこと」ケイトは水面のスイレンをすくいあげた。船尾をちらりと見ると、従僕は湖の上を行き交うボートを避けるのに必死で、盗み聞きする余裕はなさそうだった。「王子様と身内だなんて夢みたい」

「ぼくの国では、人口の半分が身内だよ。それで、本当の名前は？　ベルウィックはキャサリンではないかと言っていた」

やはりロザリーの失言を聞いていたのだ。

「そのとおりよ」ケイトは認めた。「ケイトと呼ばれるほうが多いけど」

「ぼくはガブリエルだ」

「殿下と呼ばれることのほうが多いんでしょう？　わたしもそれに倣うわ」

「ここなら誰も聞いていない」王子はもはや嘲《あざけ》るような目をしていなかった。「それで、色白のヴィクトリアはどうしたんだい？」

「シーザーに唇を嚙まれたの」

船べりに前足をかけ、飛びかかるものはないかと水面を見つめている犬を、ガブリエルは意外そうに見た。

「その子には野性的な面もあるのよ」

「この際だから、湖に突き落としておこうか？　もじゃもじゃの毛が水を吸って、石みたいに沈むだろう。あのチビ犬には負けるが。毛先についているのは宝石か？」

「ただのガラス玉よ」

ガブリエルはココに顔を寄せてじっくり観察した。

「いや、これはスターサファイアだ。物価に疎いぼくでも、宝石も含めたこの犬の価値が、城の郊外にある別荘ひとつ分になることぐらいわかる」

ケイトは当惑してココを見つめた。「だからこんなにふんぞり返っているのね」

「腰にチップを挟んだサーカスの踊り子みたいだな。ヴィクトリア本人にお目にかかれなくて残念だよ。気が合ったかもしれないのに」

「あなたも飼い犬に宝石をつけるの？」

「犬は飼っていないが、ライオンならいる」

「あのライオンに必要なのは、宝石よりも広い檻よ」ケイトは顔をしかめた。

「おや」ガブリエルが周囲を見渡した。「いつの間にか、ぼくたちは注目の的になっていたみたいだ」

ケイトが顔をあげると、周囲はボートでいっぱいだった。その乗客のほとんどが、首を伸ばしてケイトたちのボートに注目している。

「うっとうしいったらないわね」ケイトはつぶやいて手を水から出した。だが、ふくものがない。「ねえ、ハンカチを持っていない？」ガブリエルに尋ねた。

「いいや」王子が愉快そうに答える。

「おつきの者があらゆる備品を持って控えているのかと思っていたわ」

「きみだって持っていないじゃないか」

「持てないのよ。手提げ袋《レティキュール》のなかはチーズでいっぱいだから」

「それでこんなにおいがするんだな。レディは普通、もっとフランス風の香りがするものだ」

「わたしの場合は乳製品のにおいね」ケイトは認めた。「ところで、フランス風の香りってどんな香り？」

「花みたいな香りだよ」ガブリエルがにやりとした。「もしくは汗のにおいだな。人による」

ケイトは自分から質問しておきながら、彼の返答を聞くよりも、スカートで手をふいたらしみになるだろうかと考えていた。

「ちょっとあっちを向いていて」彼女はすばやく三層になったスカートを持ちあげ、リネンのシュミーズで手をふいた。

ガブリエルはそれを見ていた。視線を感じて顔をあげたケイトに謎めいた笑みを返す。

「あっちを向いていてと言ったのに！」彼女は慌てて足首までスカートをさげた。

ガブリエルがケイトのほうへ身を乗りだす。「かわいらしい靴だね」

サクランボ色のシルクで作られた靴はかかとが低く、ケイトも気に入っていた。

「ありがとう」彼女は落ち着いた声で答えた。脚を見られたのはともかく、靴は見られるためにある。

ガブリエルがケイトの手をとって、唇に持っていった。その瞳が誘うように輝く。

「足首はもっとすてきだ」

「ただの足首よ」

「男に気安く足首を見せてはいけない」

「わかっているわ」ケイトは手を引き抜こうとした。「納屋で育ったわけじゃないもの」

王子にじっと見つめられると、胃が浮くような感覚に襲われた。

「冗談抜きで、気をつけないとだめだ。きみみたいに細くて美しい足首を目にすると、男はあらぬ妄想を抱いてしまう」ガブリエルはケイトの手を返し、ほんのわずかなあいだ、手のひらに唇をあてた。

「あらぬ妄想って？」ケイトは思わず尋ねた。

「足首のくびれは、ウエストのくびれや、腿の曲線や、背中のラインや……そういったことを連想させるんだ」ガブリエルがケイトの胸をじっと見つめた。

ケイトは忍び笑いをもらした。

「なにがおかしい？」

「ごめんなさい」彼女は笑いをとめられなかった。

「なぜ笑う？」

ケイトは蠟でできた胸をわざと突きだした。

ガブリエルが不思議そうな顔をする。

「アルジャーノンは胸に詰め物をしているけれど、あなたは？」ガブリエルの胸部に目をやったケイトは答えを知った。詰め物など入れなくても、アルジャーノンの二倍はたくましい。

「詰め物はしていない」

「アルジャーノンは、腿にも薄く詰め物をしているの」ケイトは辛抱強く言った。

「どちらかというと、下半身は自前でじゅうぶんそうだったが。それがなんの関係が……もしかして」

ガブリエルがケイトの胸元を凝視する。

ケイトはにんまりした。

「殿下、足首をもとに女性の体型を推測するのは、やめたほうがいいと思うわ」

ガブリエルは彼女の胸から視線をあげ、意外にもにっこりした。ケイトの体が熱くなる。

「年寄りのヤギみたいな目をしないで」

「きみが胸を見ろと言ったも同然じゃないか」

「あなたが見ている胸は本物じゃないわ」

ガブリエルが鼻を鳴らした。「詰め物なんていらないのに」

ケイトは思わず笑みをもらした。

「わたしが甥の婚約者じゃないとわかったからって、誘惑していいことにはならないのよ」

「それは承知している」ガブリエルは元いた場所に戻った。「誘惑しているわけじゃない」

「ほっとしたわ。あなたは王子で、じきに花嫁を迎えようとしているんだもの。わたしは乳搾りの娘なのよ。芳醇《ほうじゅん》なチーズの香りがするでしょう」

ガブリエルは声をあげて笑った。

「正直に言うと、きみをディムズデールから奪おうと思っていたんだ。愛犬に宝石を買い与えるヴィクトリアならね」

「なぜお金にこだわるの？　ベルウィックは地代だけでもやっていけると言っていたわ」ケ

イトは尋ねた。

「叔母上たちは質素な暮らしを好まない。金はいくらあっても邪魔にはならないし」

金色の光が湖を斜めに照らしている。もう四時だ。ガブリエルの頰にひと筋の髪がかかっていた。彼は尊大かもしれないが、欲深くは見えない。

ケイトが黙っていると、ガブリエルが続けた。

「しかも、金は自由を与えてくれる」

「自由ですって？」ケイトは繰り返した。「自由ってどんな自由のこと？　あなたはライオンではない――」

「ライオンのことは忘れてくれ」

ガブリエルのいらだった声に、ケイトは眉をあげた。

「すまない。いつもはこんなふうじゃないんだが……」少年のように顔をしかめる。

「どうやらわたしはあなたの悪い面を引きだしてしまうみたいね」

「ともかく、ぼくは金がほしい。そして、城や叔父上や叔母上やライオンを妻に任せて、旅に出たい」

「旅に出るってどこへ？　マールブルクに帰るの？」

「まさか」

「それならどこ？」

「ディードーとアイネイアースという名前を聞いたことがあるかい？」

ケイトは首を振った。「歴史上の人物？　それともなにかの文学に出てくる人？　わたしはまともな教育を受けていないの。フランス語は話せるし、シェイクスピアはほとんど読んだけれど、ほかのことは恥ずかしいくらい知らないのよ」

「豚小屋の広さは知っているのに」

「ええ、そういう知識なら山ほどあるわ。それでディードーがどうしたの？　すてきな名前とは言えないわね」

「ディードーはカルタゴの女王だ。アイネイアースと恋に落ちたが、彼は神との約束に従って、ローマに行かなければならなかった。恋人が去ったことを嘆いたディードーは、火葬用の薪に火をつけて、自殺したんだ」

「愛のために焼身自殺を？」

ガブリエルがうなずく。

「そんなのは作り話だわ」ケイトはきっぱりと言った。「女はそれほど愚かじゃないもの。ねえ、手袋のボタンを留めてほしいんだけど、従僕に誤解されるかしら？　ひとりでは上までとめられなくて」

「従僕よりも、ほかのボートに乗っている野次馬のほうが問題だな。ぼくの隣に座るといい。見られないように注意してボタンを留めてあげよう」ガブリエルは右側にずれて、ケイトの座る場所を確保した。

ケイトは立ちあがって向きを変え、彼の隣に腰をおろした。

腿と腿がふれ合う。ガブリエルの瞳に昨夜と同じ輝きが宿った。

「さあ、手を出して」

ケイトはおずおずと右手を差しだした。小さな真珠のボタンが肘の上まで並んでいる。ガブリエルが腕に顔を近づけた。間近で見ると、彼の髪は漆黒ではなかった。耕したばかりの大地の色に、栗色の筋がまじった色をしている。

〝耕したばかりの大地の色〟という比喩《ひゆ》自体、レディらしくないけれど……。

「わかっていると思うが……」ガブリエルは最後のボタンを留めながら言った。「レディは紳士の横に座ったりしない」

「相手が王子でも？」

「王女になりたいなら別だ」

「なりたくないわ」ケイトは即答した。

「わかっているよ。ケイト？」

「なにかしら、殿下」

「ガブリエルだ。ディードーについてもっと知りたくないか？」

「べつに。その人って愚かな女性みたいだから」

「ディードーはずっと、文学の世界でしかその存在が認められていなかった」ガブリエルは彼女の答えを無視して続けた。「ところが、実在の人物である可能性が浮上したんだ。今この瞬間も、彼女が建国したかもしれない都市国家カルタゴの発掘調査が進んでいる」

ガブリエルの声からは静かな情熱が感じられた。

「だったら、あなたもその調査に行けばいいでしょう」

「行けないんだ。城がある」

「お城がどうしたの？」

「なにもわかっていないんだな。兄のアウグストゥスは、信仰の浅い者をまとめて宮殿から追放した」

「ライオンとゾウも？」ケイトは尋ねた。「追いだされたのがココならわかるわ。自分以外は崇《あが》めそうにないから。でも、ゾウですって？　それにあのサルも？」

「たぶん、大公妃が動物のにおいを嫌ったんだろう。ともかく、ほうりだされた連中はまとめてぼくの庇護下に入った」

「その面倒を見るために、ロシアの王女と結婚するの？」

「そうだ」ガブリエルがぶっきらぼうに答える。「持参金のこともあるし、妻がいれば城を任せられる」

「そろそろ湖畔に戻りましょう」ケイトは立ちあがり、王子の向かいに腰をおろした。「つまりあなたが結婚するのは、寄せ集めの家族を妻に押しつけて、そのカルタゴとやらに行くためなの？　ちなみにカルタゴっていうのはランカシャー州にあるんじゃないわよね？　イングランドの女性が愛のために焼身自殺をするなんてありえないから」

「きみならそんなことはしないだろう。いずれにせよ、結婚なんてそんなものだ」ガブリエルは従僕に向かって岸に戻るよう合図した。「王女のほうだって城と王子を手に入れられるんだ。きみは興味がないようだが」

「あなたは本気でヴィクトリアを誘惑しようと思っていたの？　あの子はアルジャーノンに夢中よ。しかも、アルジャーノンはあなたの甥でしょう？」

「それはそうだが、あいつに義理は感じなくてね。まあ、きみに会ったのだから話は別だ」

「わたしは関係ないわ」

「ぼくの予想どおり、きみとヴィクトリアが姉妹なら、ぼくときみは将来的には親族になる」ガブリエルが指摘した。

「ということは、ふたりの結婚を承認してくれるのね？　アルジャーノンが喜ぶわ。あなたが認めたとなれば、今日じゅうにここを発てるもの。意地悪な毒舌家がうようよしているところに長居したくはないし」

「だめだ」ガブリエルが言うと同時に、舳先《へさき》が大理石の船着き場にぶつかって鈍い音をたてた。

ケイトは目をしばたたいた。聞きまちがえたのかもしれない。「今、だめって言ったの？」

「舞踏会までは滞在してもらう」ガブリエルが腕組みをした。

「おかしなことを言わないで。いつヴィクトリアでないことがばれても不思議じゃないのよ。あなたに事実を知られた以上、ここに残る理由はないわ」

「ぼくが残ってくれと言ったんだから残るんだ」

「あなたに従う義理もないのよ」

ガブリエルが岸に飛び移って片手を差し伸べる。ケイトはしぶしぶ彼の手をとった。

「ディムズデールはぼくの言いつけに逆らえない」

悔しいがそのとおりだ。ケイトは従僕から犬を受けとって礼を言った。

「それじゃあ、殿下、取り巻きのところへ戻ってちょうだい」

「ダンスをしよう」ガブリエルが手を差しだした。

「暑さで頭がどうかしたの？　こら、シーザー、おとなしくしなさい！」シーザーは岸に向かってくる白鳥を敵の来襲と錯覚したらしい。

「踊ろう」ガブリエルがくいさがった。

「殿下……」

「ガブリエルだ！」彼が歯をくいしばる。

王子のいらだった表情を見て、ケイトはくるりと目をまわした。

「ガブリエル」小さな声で言う。「わたしは乳搾りの娘なの。家庭教師をつけてもらえたのはほんの三、四年で、ダンスなんてまったく覚えていない。ヴィクトリアの知り合いの前で、みっともないまねはしたくないの」

「舞踏会ではどうするつもりだ？」

「犬のひもが絡んで足をひねったふりでもするわ」それが聞こえたかのように、シーザーがひもを引っぱる。「シーザー！」

ケイトの声に、シーザーが振り返った。ケイトは犬にお座りをさせ、ご褒美のチーズをやった。

「殿下」ベルウィックがふたりの前に現れた。「そしてミス・ダルトリー」彼女の名前をわざとらしく強調する。「お邪魔して申し訳ありません。ダゴベルト伯爵夫人が到着されまして、殿下にごあいさつをしたいと」

「ここで待っていてくれ」ガブリエルはケイトに告げると、振り返りもせずに離れていった。

「冗談じゃないわ」ケイトはつぶやいた。「みんないらっしゃい」元気に跳ねるココを先頭に、ケイトはガブリエルとは反対の方向へ歩きだした。ココの毛に張りついたスターサファイアに夕日が反射して、輝く首輪のように見える。

この宝石の代金にはきっと、コテージの屋根の修繕費と持参金があてられたのだ。マリアナがわたしの持参金に手をつけないはずがない。

犬がつけているスターサファイアが、わたしの持参金のなれの果てなんだわ。

16

誰かが名前を呼んでいる。しかも本名を。

振り返ったケイトは、迷路の端で手を振るヘンリエッタを見つけた。今日は胸元にひだ飾りのついた紫と緑の前衛的なドレスを着ている。ひだ飾りがなければ、胸の先が見えてしまいそうだ。

「こっちへいらっしゃい!」ヘンリエッタが呼びかけた。「湖の上で殿下といちゃいちゃしていたでしょう? 憐れな婚約者が骨をなくした犬みたいにうろついていたわよ。みんな、あなたの貞操が危ういと噂をしていたわ」

「声を落としてください」ケイトは言った。「人に聞こえてしまいます」

「あら、心配ないわ。気づかなかった? 湖のせいか、このあたりは音が響かないの。ついさっきもレディ・バンタムの夫婦喧嘩《げんか》に耳をそばだてていたんだけど、レディ・バンタムの鼻の下にひげが生えていることと、バンタム卿の愛犬が弱虫だってことしか聞きとれなかったわ。どっちもとっくに知っているっていうのに」

「ひげですって?」ケイトは驚いてきき返したあとで、犬たちのことを思いだした。「シーザー、おいで」

「まあいやだ！　それって犬？」ヘンリエッタが顔をしかめる。「飼っているなんて言わないでよね。動物は苦手なの。ロンドンの屋敷にも連れてきてほしくないわ」

「この子たちはヴィクトリアの犬です」

「まさかあなたの妹の鼻を嚙みきろうとした？」ヘンリエッタは眉間にしわを寄せて小さな犬を見おろした。「万が一、襲われたときのために、短剣を貸してあげましょうか？　胸の谷間に挟んで大きさを強調するために持ち歩いているんだけど、先端はじゅうぶん鋭いわ」

フレディが愛らしい表情でケイトを見あげる。

「この子はフレディで」ケイトは言った。「宝石をつけたのがココ。それであそこの頑固者がシーザーです」シーザーは目下、スズメを威嚇していた。敵と遭遇したときの訓練だろうか。

ヘンリエッタはしばらく犬たちを眺めた。「とりたてて凶暴にも見えないわね。あの了なんてちょっとかわいいじゃない」ココを指さす。「気品があるし、自分の価値を知っているって感じ。女にとっていちばん大事な資質よ」

「ココはうぬぼれが強いだけです」ケイトは声をあげて笑った。

「うぬぼれるだけの自信があるってことだわ」ヘンリエッタは扇を振った。「それが男を引きつけるのよ。毛のあいだできらきらしているのは宝石？　それともガラス玉？」

「宝石です」ケイトが言った。

「噂の継母は……マリアナだったわね、犬に宝石をつける趣味があるの？　ヴィクターを好きになったこと以外にも共通点がありそう。宝石つきの犬なんてしゃれているもの。わたしも大型犬を手に入れて、体じゅうにエメラルドをちりばめようかしら？　いいと思わない？」

「それより、迷路に挑戦しませんか？」ケイトは人のいないところに行きたい一心で、生け垣迷路の入口へ向かった。

「あんまり歩きたくないわ。ここに立っていたのは日陰だからよ。この靴は生け垣のあいだをうろうろするようにはできていないの」

「なんだかはきにくそうですね」

「でも、足首がきれいに見えるわ。年をとるって最低よ。昔と変わらない部分を強調しなきゃならないから」

「足首は変わらないんですか？」

「胸もね」ヘンリエッタがうなずく。「子供を産んだらオレンジが垂れさがったみたいになっていたでしょうけど、幸か不幸か子宝に恵まれなかったのできれいなままなの。同年代の友達の胸なんて、しわの寄ったプルーンみたいなんだから」

「わたしの場合、垂れたりしぼんだりする胸もありません。ご存じのとおり、これは蠟ですし」ケイトは言った。

「わたしだって蠟は入れているわ。〝おっぱいの友〟って呼んでいるの。だけど、あなたのは大きすぎて不自然よ」ヘンリエッタはいたずらっぽく笑った。「まあ、男は見た目重視だから、おっぱいの友を否定はしないわ。ところで、あなたにぴったりの相手を見つけたの」

ケイトは足をとめた。「本当に？」

「ええ。なかなか仕事が速いでしょう？　わたしの二番目の夫だったバーソロミューのはとこで、なぜかレミンスターとも血縁関係にある人。ところでレミンスターときたら、もう酔っ払っているのよ。無理やりボートに乗せて、夕食会の時間まで上陸させないでくれって従僕に頼んだのに。そうすれば、食事のときにエスコートできないなんてことにならないと思って」

「ご主人に腹を立てているんですか？」

「べつに」ヘンリエッタが答えた。「欠点は承知で結婚したんだもの。彼はよくやっているほうよ。お酒は飲みすぎるけれど……」意味ありげにケイトを見た。「夜のお務めは果たせるもの」

ケイトは鼻を鳴らした。

「あら、通じたのね。うれしいわ。生娘が相手だと気を遣うのよ」

「箱入り娘というわけでもありませんから」

「気にすることはないわ。あなたの妹みたいにならなければ、結婚前に楽しむのも悪くないわよ。初夜に悲鳴をあげることさえ忘れなければいいの」

「そういう意味じゃありません！」ケイトはむきになって否定した。

ヘンリエッタが肩をすくめる。

「貴族の結婚式で花嫁の純潔にケーキを賭《か》けていたら、一生ケーキにありつけないわよ」

ケイトはヘンリエッタの発言について考えてみた。亡くなった母は、女性にとって真の財産は純潔だと言っていた。どうやらヘンリエッタの意見はちがうらしい。

「わたしはヴィクトリアみたいにはなりたくないんです」

「妊娠する可能性を教えなかった母親が悪いのよ」ヘンリエッタが言った。「あなたの妹は善戦したわ。広大な領地と若さを持っていて、自分に夢中になっている男を手に入れたんだから」

「でもアルジャーノンは、マリアナに責任をとれと迫られるまで求婚しませんでした」

「あなたの妹が求婚されてもいないのに相手のほしいものをあげてしまうからよ。まあ、いずれにせよ、結婚までこぎつけたんだからいいじゃない」

「わたしは運が悪いからマリアナみたいになるでしょうね。未亡人のふりをして、田舎で子供を育てるんだわ」

「あら、わたしに出会ったんだもの。運は悪くないはずよ」ヘンリエッタが励ます。「さっき、ディムズデール卿にあなたがケイトだって知っていると言ってやったの。そうしたら彼、ヴィクトリアのすばらしさをとうとうと語りはじめたわ。恩知らずにも、あなたが婚約者の評判を汚しているって憤慨していたわよ。殿下と寝て、あの男をもっと怒らせてやったら？」

「未来の義理の弟を不機嫌にさせるためだけに、そんなまねはできません」

「だけど、悪くないでしょう？」ヘンリエッタが言った。「殿下は七月のパリみたいにきらきらしているもの」

「わたしにはまぶしすぎます。彼は誘惑するつもりなんてないと言いながら――」

「あら、誘惑するに決まっているじゃない。そうしてはいけない理由がある？　結局のところ、彼は王子なのよ」

「だからといって、目についた女を片っ端からベッドに誘う権利なんてありません」ケイトは言った。「シーザー、そっちへ行っちゃだめ」

ふたりはいつの間にか迷路の反対側に出ていた。大きな囲いのなかに、毛むくじゃらのヤギがうようよして悪臭を放っている。もうひとつの囲いにはダチョウがいた。

「あの鳥を見てよ」ヘンリエッタが言った。「背の低い男が一生懸命に首を伸ばして、女性の胸元をのぞこうとしているみたいな格好だわ。さっさと湖畔に戻って、わたしが推薦する花婿を探しましょう」

「なんという名前の人ですか？」ケイトはシーザーのひもを強く引いた。「おいでったら、このおばかさん」

「あなたの未来の夫？　ダンテよ。その犬を自由にしてやったら？　あのダチョウが、ウサギをのみこむヘビみたいに丸のみするかも。シーザーを食べれば、二、三日は餌なしでやっていけるでしょうね」

「手はかかるけれど、わたしはこの子たちのことが結構好きなんです」ケイトは自分に言い聞かせるようにつぶやいた。

「ねえ」ヘンリエッタがのんびりと言った。「宝石のついた子をちょっと貸してよ。動物は嫌いだけど、宝石の子なら許せるかも」

ケイトはココのひもをヘンリエッタに渡し、湖のほうへと戻りはじめた。途中、何人かの客とすれちがったが、ヘンリエッタの迫力に怖《お》じ気《け》づいて、誰もヴィクトリアと称する人物の急変については言及してこなかった。

「その……ミスター・ダンテにわたしをどう紹介するおつもりですか？　ヴィクトリアと名乗ったら、あとで面倒なことになるでしょう？」

「真実を打ち明ければいいじゃない」ヘンリエッタが言う。「ダンテは困っている人を見捨てられないたちなの。だから、あなたが力を貸してほしいと言えば断れないわ。子供のころ、トチの実遊びでさえずるをしない子だったから、あなたが妹になりすましていることについてはいい顔をしないでしょうけど。エキゾチックな名前をしているからといって、イタリア男じゃないのよ。あの子はダンテなんて名前より、ジョンくらいの平凡な名前のほうがふさわしい性格なの。派手なたちじゃないから」

ふいにガブリエルの顔が脳裏に浮かび、ケイトはかぶりを振ってそれを追い払った。

「完璧ですね。わたしは派手な人は嫌いです」

「ダンテなら金銭的にも困っていないし、遺産目当てじゃないかと警戒する必要もないわ」

「わたしには遺産なんてないので、心配ありません」ケイトは遠慮がちに名付け親を見た。

「昨日の夜、考えたんです。もし母がお金を遺すならわたしに言ったはずだって。父がロンドンにいるあいだ、ずっとふたりで過ごしていたんですもの。刺繍や、最敬礼の仕方や、フォークとナイフの使い方など、いろいろと教えてもらいました」

「きっと話すきっかけがなかったのよ」

「母は日に日に弱っていきました」ケイトの喉に熱いものがこみあげた。「それでも死ぬなんて思いませんでした。ある朝、寝室に行ったら、冷たくなっていたんです」

「わたしを泣かせる気?」ヘンリエッタが洟をすすった。

「いえ……」ケイトは大きく息を吸った。「ただ、たくさん遺産があるなら、話してくれたと思うんです」

「まだまだ時間があると思ったのかもしれないわ。誰もが時間は無尽蔵にあると錯覚しているものよ。それが突然、失われるの」ヘンリエッタの言葉に、ケイトは唇を噛みしめた。

「最初の夫はわたしよりも年上だった。若かったわたしはあちこち遊び歩いたけれど、彼を愛していないわけじゃなかった。いいえ、愛していたのよ。夫が亡くなったときは、何日も泣いたわ。彼以外の人と過ごしたすべての時間を後悔した」

「お気の毒に……」ケイトはヘンリエッタの腕にふれた。

「つまり、そういうことよ」ヘンリエッタがケイトを振り返る。その目は涙ではなく、生命の光に満ちていた。「いつまで一緒にいられるかなんて誰にもわからない。あなたの偽の婚約者だって、明日死ぬかもしれないわ」

「そんなことになったらヴィクトリアが――」

「いいから最後まで聞いて」ヘンリエッタはケイトの言葉をさえぎった。「人は終わりを見据えて生きるようにできていないの。お母様はあなたと一緒にいるのがうれしくて、残された時間を計算しなかった。忍び寄る死を見まいとした。だから、あなたに遺産について話さなかったのよ。わたしからすればむしろ、お父様がなにも言わなかったことのほうが不思議だわ」

「母が亡くなったとき、父は持参金の話をしていました。でも、わたしは悲しみに沈んでいて、聞く耳を持たなかったんです。そうしたら父はマリアナを連れてきて、気づいたら父も他界していました」

「男っていうのはどうしようもないわね。そばにいてほしいときに、いてくれたためしがないんだから」

ケイトとヘンリエッタは湖畔に出た。

「ダンテはバーソロミューにそっくりなのよ」ヘンリエッタが言った。「レミンスターの前の夫に。どこまでもまともな人だった。ダンテを見つけたら静かなところへ誘導するから、事情を打ち明けなさい」

「待ってください！」ケイトはヘンリエッタの腕をつかんだ。「こんな姿で会いたくありません」

「それじゃあ、どんな姿で会いたいわけ？」

「せめてかつらをつけていないときにしてください」ケイトは必死に言った。

「昨日のよりはましよ」ヘンリエッタが言う。「サクランボ色のかつらなんて初めて見たけど、悪くないわ」

「別の日にするわけにはいかないでしょうか？　妹のふりをしていないときに」

「だめ、悠長に構えていられないの。エフィー・スタルクがいるから。彼女はもう二二歳で、いい年なのよ」

「わたしは二三歳です」

「あら、そうだったかしら？　エフィー・スタルクときたら、結婚を焦るあまり、テーブルの下でベッカム卿の股間《こかん》をまさぐったらしいわ。驚いたベッカム卿は犬に嚙まれたと勘ちがいして、彼女の手をフォークで突いたんですって。そういう女をダンテに近づけたくないの」

「ロンドンへ行くまでは会いたくありません」

ヘンリエッタは振り返ってケイトを見据えた。

「わたしはただ、もっとましな格好をしていたいだけなんです。その……ミスター・ダンテに会うときは」

「ダンテはミスターじゃないわ」ヘンリエッタが憤慨した。「あなたをイタリア商人と引き合わせるとでも思う？　ダンテ・エドワード・アストリー、ハサウェイ卿よ」

「……いやだわ、蠟が溶けてきたみたい」ケイトはあたふたと言った。「かつらのせいで暑くて。ああ、犬なんて連れてくるんじゃなかった」

「たしかに頬が上気しているわ。やっぱりそのかつらもだめね」

「部屋に戻ります」ケイトはきっぱりと言った。「ココを返してください」

「この子はしばらく預からせて。歩き方が気に入ったの。この子だって、狭い部屋に閉じこめられているより、お客様に宝石を見せびらかすほうがいいでしょう」

ケイトが視線を落とすと、ココはヘンリエッタのドレスに寄り添って座っていた。紫と緑の縞のドレスに自分の毛が映えることを承知しているかのようだ。

「それじゃあ、あとで部屋に連れてきてください」

「夕食会のときは、別のかつらにしなさい」ヘンリエッタが言った。「ダンテと同じテーブルにつけるよう、ベルウィックに頼んでおくわ。ところで、まともなかつらは持っているの？」

「持っていません」ケイトは困った顔でつけ加えた。「わたしの自慢は髪だけなんです。ですから、ハサウェイ卿に会うのはもう少し待ってもらえませんか？」

「髪だけが自慢？　あなた、ココを見なさいよ」

ケイトは言われたとおりココを見た。

「こんなに虚栄心の強い犬は見たことがないわ。だけど、そこがこの子の魅力よ。みんなこの子を無視できない。自慢できるのは宝石だけだなんて、この子が言うと思う？　髪だけなんて言っていたら、本当にそうなってしまうのよ。あなたの瞳はとても印象的だわ。ヴィクターと同じ色をしている。彼はライオンみたいに豊かなピーチブロンドの髪と、うっとりするような青緑の瞳の持ち主だった」

「ヴィクトリアは、緑のかつらのほうが目の色を引きたてると言ってくれました」

「だったら、それをかぶりなさい。わたしはベルウィックに話をつけるわ。あなたは勇気をかき集めるのよ。食べごろのダンテを、エフィーにさらわれないように」

17

ガブリエルはいらだっていた。ダゴベルト伯爵夫人にあいさつをしたあと、再び取り巻きに囲まれてしまったからだ。厚化粧の娘に言い寄られて我慢の限界に達した彼は、そばを通りかかったトルースの腕をつかみ、さも重要な要件があるふりをして娘たちの輪から抜けだした。

「それはミス・エミリー・ギルですね」トルースが言った。「彼女を責めてはかわいそうです。即物的な性格は父親譲りですし、しもぶくれの顔は母親譲りですから」

「しもぶくれかどうかはともかく……」ガブリエルは足早に歩きながらつぶやいた。「彼女ににらみつけられたせいで、思わずのけぞって湖に落ちそうになった」

「去年の犠牲者はこのぼくです」トルースはあっけらかんと言った。「ぼくが遺産はすべて、恵まれない子供たちに寄付するつもりだと言ったら、ミス・ギルはぱったり寄りつかなくなりました」

「きみは遺産相続人なのか？」

「父には一〇〇歳まで生きてほしいですけど、いずれぼくは子爵になります。ミス・ギルのような娘が群がってくるのはそういう理由からです。ぼくの顔がダカット金貨にでも見えるのでしょう。あなたの場合は冠つきの金貨ですから、彼女たちも簡単にはあきらめないでしょうね」

「ところで、ミス・ダルトリーを見なかったか？」

「レディ・ウロースと一緒に、生け垣迷路のほうへ行くのを見ました。レディ・ウロースは魅力的な女性ですね。恐ろしく派手ですが、女王のように超然としている。あれで、あと二〇歳若ければ」

「ぼくたちも迷路に行こう」

ガブリエルの言葉に、トルースが眉をあげた。

「なにも言うな。助言はうんざりだ」ガブリエルはうなるように言った。

「笑顔で距離を詰めるのは、女性の常套手段です」トルースはそれだけ言うと、生け垣迷路へ足を向けた。

だからこそケイトに惹かれるのだ、とガブリエルは思った。彼女は愛想笑いもしなければ、おべっかも使わない。おかしなかつらをかぶっているし、レディでもない。

だが、そんな女性を追いかけてどうする？　この茶番が終わったら、愛人にでもするつもりか？

ケイトは愛人になどなりたがらないだろう。あんなに気性が激しくて率直な女性が、田舎の別荘でおとなしくしていられるわけがない。ガブリエルの脳裏に、彼女の待つ別荘へと馬

ところまで。

を駆る自分の姿がありありと浮かんだ。別荘に到着し、馬から飛びおりてケイトに抱きつ
く迷路の中心に到着して振り返ると、うしろをついてきているはずのトルースの姿がなかった。小さな噴水に陽光が降り注いでいる。マーホースの口から、弧を描いた水が丸い受け皿に落ちていた。

ガブリエルは水しぶきがかからない場所を選んで腰をおろし、いったいどうしてしまったんだと自分に問いかけた。

甥の婚約者の姉を愛人にできるわけがない。だいいち、彼女にはまったくその気がなさそうだ。ガブリエルは自分を常識的な人間だと思っていた。ベルウィックに指摘されたとおり、これは現実逃避なのだろうか？

タチアナ王女が到着すれば、サクランボ色のかつらで若作りした娘に気を散らされることもなくなるかもしれない。

生け垣の向こうからトルースが現れ、噴水を見て落胆した表情を浮かべた。

「これだけ歩いて噴水とは……もっとちがうものを期待していましたよ」彼は手袋と上着を脱いだ。「それにしても暑いですね」

「たとえば、なにを期待していたんだ？」

「石でできていてもかまわないですから、長椅子がほしいですね。そこに美しい女性が座っていたらなお結構。ただし、それは石ではだめです」

「独身男の考えそうなことだな。ぼくは結婚を控えているんだ」

「たまには物わかりのいい妻もいますよ」

「きみは結婚しないのか？」

「するわけがありません」トルースが大理石の土台に腰をおろした。「ああ、水しぶきが顔にかかって気持ちがいいな。それにしても殿下は、婚約者のことをお忘れになったのかと思っていました」

「忘れるはずがない。二、三日中に到着するんだ」ガブリエルは暗い声で言った。

「肖像画をご覧になったのですか？」

「いいや」

「ということは、未来の花嫁がどんな顔をしているか、見当もつかないわけですか。古風ですね。まあ、ぼくごときが口を出すことではありませんが」

「こっちも同じだ。すべてはぼくがイングランドへ向かう船に乗っているあいだに、兄が決めたことだからな」

しばし沈黙が落ちた。

「外見がすべてではありません」トルースが言う。「ミス・ダルトリーがいい例です。初対面のときは見た目がいいだけの小娘に思えましたが、大病をしたせいか気骨があります。それに棒切れみたいに痩せてはいても、大人の色気がある。殿下も以前の彼女をご存じでしょう？」

「いや」答えるガブリエルの声が低くなった。トルースは手のひらに水しぶきを受けるのに夢中で、声の変化には気づいていなかった。

「迷路まで追いかけてこられるのですから、ミス・ダルトリーの魅力にはお気づきになっているはずです。これほど様変わりするとは、よほどの大病だったのでしょう。変わらないのは胸だけです。あれはたぶん――」

ガブリエルはいきなりトルースを噴水の台座に押し倒した。「それ以上言うな」

トルースが目を見開く。「ど、どうなさったのです？」

ガブリエルはびくりとして手を緩めた。

「本気なんですね？」トルースが上体を起こした。「彼女を略奪するのもいいでしょう。王子だからといって、高潔なふりをする必要はありません」

「すまなかった」

トルースは立ちあがり、上着を拾った。

「驚いただけです」

「自分でも驚いた。それに、甥の花嫁を奪うつもりはない」

「それならなぜむきになられたのです？」

いい質問だ。

「いずれにしろ、ぼくは彼女には嫌われている」

「女性に嫌われるのはなにも初めてではないでしょう？」

ガブリエルは弱々しくほほえんだ。

「ミス・ギルに襲撃されて、神経質になっているのかもしれない」

「ミス・ダルトリーとご一緒のときは、目が輝いておられましたよ」

返す言葉が見つからないまま、ガブリエルは迷路を戻りはじめた。

18

「どうしてレディ・ダゴベルトと座らなければならない？」

両切り葉巻をふかしていたベルウィックがガブリエルに向き直った。

「四歳児みたいなことをおっしゃらないでください。伯爵夫人は招待客のなかでもっとも身分が高い方ですし、殿下を子供のころからご存じです。殿下の右隣は彼女以外に考えられません」

「ケイトの隣に座りたい。今日も身内《アン・ファミーユ》での会食にしろ」

「できません」ベルウィックが言った。「ミス・ダルトリーは、名付け親のレディ・ウロースやハサウェイ卿と同じテーブルにつかれます。愛人の子を妃《きさき》……もしくは愛妾にしようという殿下の妄想を打ち砕くのは忍びないのですが、レディ・ウロースは彼女とハサウェイ卿を引き合わせようとしているようです」

「ケイトは愛人の子だ。貴族と結婚できるものか」

「しかし、レディ・ウロースがふたりを隣り合った席に座らせるために二ギニー払ったのは事実です。レディ・ウロースは貴族ですから、ミス・ダルトリーの生まれについてはどうとでもなります。そもそも愛人の子ではないのかもしれません」

「彼女に関しては謎だらけだ」ガブリエルは言った。「レディ・ウロースが名付け親なら、なぜ手にたこができるような生活を送らなければならない？」

「あなたが彼女にのぼせあがっていることだけははっきりしていますね」ベルウィックが言った。「状況を整理してさしあげましょう。聡明《そうめい》なミス・ダルトリーはあなたに興味を示さない。一方のあなたは、じきに到着する婚約者の影に怯え、けっして花嫁にできない女性を追いかけている。よくある話ですよ」

「トルースがケイトの胸について発言したときは、やつの首をへし折りそうになった」ガブリエルは暗い声で言った。「悪いことをした」

「自覚があるなら、これ以上は愚かな振る舞いをなさらぬよう。殿下は将来への不安を紛らせたいだけなのです。責任もとれないのに、未婚女性にちょっかいを出すべきではありません。レディ・スタルクは、娘をハサウェイ卿の隣に座らせるために四ギニー払いました。つまり、ミス・ダルトリーにはライバルがいます。あなたにかまっている場合ではないのです」

　ガブリエルは眉をひそめた。

「レディ・スタルクの娘というと、エフィー・スタルクだろう？　ケイトの敵じゃない」

「ミス・スタルクは良家の子女ですし、おそらく持参金もあるでしょう」ベルウィックが指摘する。

「だったら、ぼくがケイトの持参金を用意する」

「さっきまで誘惑しようとしていたくせに、今度はハサウェイ卿との結婚をあと押しするのですか？　だいたい持参金にあてる金もないでしょう？　ライオンの餌代の支払いすら心もとないのに」

「ぼくが言いたいのは、エフィー・スタルクはケイトの足元にもおよばないということだ」

ベルウィックはため息をついた。「ミス・ダルトリーのことは忘れてください」

「そうだ、おまえが持参金を用意しろ。ケイトのテーブルだけで、六ギニー儲《もう》けたんだろう？」

「あなたのテーブルはもっと儲かります」ベルウィックがにやりとした。「適齢期の娘たちはそろって、タチアナ王女の船が沈没すればいいと思っているようです」

「だったら、ぼくが未婚のままでいるほうが儲かるわけだ」

「見ず知らずの女性と結婚するのは気が進まないでしょう。わかっていますよ、ガブリエル」ベルウィックが声をやわらげた。

ガブリエルは異母弟を見つめた。名前で呼ばれるのは久しぶりだ。

「タチアナ王女がいやなんじゃない。まだ結婚したくないだけだ」

「ならば、チュニスに逃げたらどうです？　こちらは残された者同士、なんとかやっていきますよ。結婚式を目前に逃げだした花婿はあなたが最初じゃありません」

一瞬、ガブリエルは本気でそうしたいと思った。責任も約束もなげうって、チュニスへと逃れられたらどんなにいいだろう。しかし、彼は首を振った。

「約束は約束だ。この城にはタチアナ王女の持参金が必要だし、王子としての誇りを失いたくない。そろそろポールのところへ行かないと。身支度には最低でも一時間とってくれと、口がすっぱくなるほど言われているからな」

城には一〇〇人近くの貴族が集まっていた。食堂の長テーブルは六人から八人掛けの円テーブルに変わり、ベルウィックはみずから食堂の入口に立って、案内役の仕事ぶりを監督していた。

すべてが滞りなく進んでいる。軍隊でもこうはいかないだろう。ガブリエルはそんなことを考えながら、レディ・ダゴベルトをエスコートしてメインテーブルへ向かった。レディ・ダゴベルトが娘のアラベラを紹介する。

「はじめまして」ガブリエルはレディ・アラベラ・ダゴベルトに会釈した。アラベラがとってつけたような笑みを返す。女性たちがおしゃべりを始めると、彼はあくびを嚙み殺して適当に相槌を打った。今晩の話題は、フランス軍の海上封鎖がドレスの丈に与える影響についてだ。

ケイトのテーブルは見ないようにしたが、笑い声はいやでも耳に入ってきた。どうやらハサウェイ卿はなかなか愉快な人物らしい。ガブリエルは低くうめいた。

アラベラがびくりとする。けれどガブリエルがほほえむと、彼女もたちまち笑顔に戻った。

食堂の反対側に座るケイトはハサウェイ卿に好感を抱いていた。彼はミスター・トルースのように洗練されてはいないものの、素朴で楽しい人だ。広い肩幅にカールした前髪、成熟した男性の落ち着きと、いたずらっ子のような笑顔を備えている。問題は、彼の左側に陣取っているミス・エフィー・スタルクだった。

ヘンリエッタに聞いたとおり、エフィーは必死だった。なにかにつけてハサウェイ卿の腕にふれ、それに対するハサウェイ卿の反応も悪くない。

ネズミみたいにつぶらな瞳だわ、とケイトは意地悪く考えたが、エフィーが愛らしい娘であることは否定できなかった。やわらかそうな金色の巻き毛に丸みを帯びた顎をしていて、歯並びだって悪くない。

「あなたって幸運だわ」エフィーはケイト扮《ふん》するヴィクトリアに向かってうらやましそうにほほえんだ。「婚前旅行でお城に滞在するなんて、とってもロマンチックだもの」

「ぼくの叔父上が気を遣ってくれてね」アルジャーノンが、王族と血縁があるのは自分であることを強調する。

「そうなの」ケイトは遠慮がちに答えた。なんだか妹宛《あて》の花束を盗んでいるような居心地の悪さがあった。

エフィーがハサウェイ卿のほうを向いた。

「ハサウェイ卿、クロツグミのことをもっと詳しく教えてくださいな」

ケイトは目をしばたたいた。

「これは思いがけない催促だ」ハサウェイ卿がいたずらっぽく目を輝かせる。

「ええ。でも、妙に心惹かれたわ」ケイトはエフィーに向かって言った。「たとえば〝カラスのこと〟だと不吉な感じがするけれど、〝クロツグミのこと〟だと焼きたてのパイを連想するもの」

「〝王様は蔵で金勘定、女王様は広間でパンに蜂蜜〟……マザー・グースだね。では〝ミノタウロスのことをもっと詳しく教えてくださいな〟では？」ハサウェイ卿がちゃかす。

ケイトは声をあげて笑ったが、エフィーは話についてこられない様子だった。

「五歳の女の子がおとぎ話をせがんでいる場面が浮かぶわ。ミノタウロスではなく、巨人なら？」

「巨人だと、祭りで取っ組み合いをしている男たちを想像するな」ハサウェイ卿が調子を合わせる。

「大女は？」

「それって、レディ・ダゴベルトのことじゃない？」ヘンリエッタがにやりとした。伯爵夫人は貫禄《かんろく》のある体格をしている。

レディ・スタルクが居心地悪そうに身じろぎした。彼女もレディ・ダゴベルトとよく似た体型だった。

「わたくしが思うに……」レディ・スタルクが口を開いた。「娘はハサウェイ卿のお屋敷にクロッグミが異常発生した件について尋ねたのだと思うわ」

「クロッグミの異常発生ですって？」ケイトは思わず口を挟んだ。「ハサウェイ卿、罰があたるようなことでもなさったの？」

ハサウェイ卿が朗らかに笑った。「身に覚えがありすぎて、どれだかわからないよ。ただ、カエルの異常発生ではなかったという点が重要だ」

エフィーが真剣な表情でケイトを振り返った。「ミス・ダルトリー、これは冗談ではないのよ。軒先に巣を作ったクロッグミは、畑に入ろうとする召使を攻撃してきたかと思ったら、今ではお客様まで標的にするようになったんですって」

ケイトはほほえんだ。「クロッグミがそこまで凶暴になるなんて。ハサウェイ卿、クロッグミがあなたの家の軒に巣をかけた原因に心あたりは？」

「さて、どうだろう。家政婦から苦情は聞いていたものの、それほど深刻には考えていなかった。ただ、教区司祭が訪ねてきた際に、鳥が……その……」

「なんなの？」エフィーが困惑顔で尋ねる。「司祭の頭をつついたとか？」

ハサウェイ卿がかすかに顔を赤らめた。

「司祭に糞を落としたんでしょう？」ケイトは助け船を出した。「真っ黒な司祭の服に点々と糞のあとがついている様子は……きっとチェス盤みたいだったでしょうね」

レディ・スタルクがはっと息を吸った。「不謹慎な！」

エフィーはぽかんと口を開けている。

ヘンリエッタが声をあげて笑った。「どうやらクロツグミの出現は神のご意志ではないみたいね。糞をつけられた司祭が感謝するとも思えないし」

「場をわきまえてちょうだい」レディ・スタルクはすべてケイトのせいだとばかりに彼女をにらみつけた。

「まあ、いいではないですか。つかまえてツグミパイでも作りますよ」ハサウェイ卿が仲裁に入る。「司祭の災難を言いあててくれてありがとう、ミス・ダルトリー」

ケイトは叫んだ。「ああ、クロツグミは殺さないで！　鳥にしてみれば、雛《ひな》を守っているだけなんですもの。もうじき巣立ちの時期だわ。巣立ったあとで、召使に巣をとり除かせれば大丈夫よ」

「そんなことをしたって、また巣を作るさ」アルジャーノンが訳知り顔で言った。「撃ち殺さなきゃだめだ。まあ、ぼくの婚約者は心がやさしいからそんなことは許さないだろうが」そう言って、レディ・スタルクをにらんだ。

ケイトは驚いた。アルジャーノンがかばってくれるとは思いもしなかったのだ。

「ぼくがカエルの異常発生に悩んでいても、同じことを言うのかい？　日常的にカエルを食するフランス人なら、カエルの大群は天からの恵みと思うんじゃないかな」ハサウェイ卿が言った。

「あなたの庭に跳びこんできたカエルは、残らず料理すべきだと思うわ」ケイトはにっこり笑ってつけ加えた。「でもその場合、わたしを食事に招待しないでね」

「だけどフランス人だって、カエルのパイは作らないでしょう？」エフィーがまじめな声で尋ねる。

ハサウェイ卿がエフィーを見てほほえんだ。なんでも真に受ける彼女をかわいらしいと思っているふうだ。「それ以前に、領地内で銃を振りまわしたりはしないよ」

エフィーが小さく叫んだので、みんなが彼女に注目した。

「銃を振りまわすなんて、想像しただけで恐ろしいわ。弾が人にあたるかもしれない」

「鳥を撃つための専用の散弾なら、あたっても死なないのよ」ケイトは答えた。「お尻に散弾があたって、二週間も座れなかった従僕がいるの。みんなにさんざんからかわれていたわ。だって、従僕はバースという名前で……」彼女の声は尻すぼみになった。

「本当に愉快な人だ」ハサウェイ卿が言った。バースと尻《アース》の類似に気づいてくれたらしい。

「従僕の名前なんて、いちいち覚える必要はないわよ」レディ・スタルクが高慢に言い放った。「わたくしは召使は全員、ジョンと呼ぶわ。それでじゅうぶんよ」

長いあいだ召使と家族の中間の立場で暮らしてきたケイトにとって、これは衝撃的な発言だった。

「わたしはちゃんと名前で呼ぶわ」エフィーが慌ててとり繕った。「身分が低い者を気にかけるのは、わたしたちに与えられた使命ですもの。相手が鳥だとしても、堕落した者だとしても」

「あら、あなたのところの従僕は堕落しているの？」ヘンリエッタが口を挟む。「うちで堕落していうのは夫くらいよ」

一同はヘンリエッタの向かいに座っているレミンスターに目をやった。レミンスターがケイトに目配せをする。「妻はこういう性格なので、堕落でもしないとやっていけなくて」

レディ・スタルクが鼻を鳴らす。ケイトはレミンスターを魅力的だと思った。ヘンリエッタはレミンスターを飲んだくれとなじるが、魚料理よりもシャンパンを楽しんでいるのは、ヘンリエッタも同じだった。

19

「今宵《こよい》の余興は、フェルディナンド殿下による海軍を題材にしたショーです。みなさま、湖畔へお移りください」ベルウィックが告げた。

「この暗いのに外へ出ろというの？」レディ・スタルクが不服そうに鼻を鳴らす。「わたくしと娘は失礼して、部屋へさがらせてもらうわ」

「よろしければ、娘さんをお預かりするわ。年を取ると、夜風は体にこたえるものね」ヘンリエッタが猫なで声で言った。

レディ・スタルクが憤慨して大きく息を吸う。

「あら……お召し物に緊急事態発生だわ」

ヘンリエッタの言葉を聞いて、レディ・スタルクは自分の胸元に目を落とした。ボディスのひだ飾りから魚眼のような胸の先端がのぞいている。彼女は慌ててナプキンを胸にあてがった。

「エフィー、行くわよ！」レディ・スタルクはシーザーをしつけるケイトのような口調で言い、椅子から立ちあがった。

「お母様、わたしは余興を見たいわ」エフィーが静かではあるもののきっぱりとした口ぶりで言った。「レディ・ウロースが一緒にいてくだされば安心だもの」

「大事な娘さんをお預かりするのですから、ぼくたちも細心の注意を払います」そう言うハサウェイ卿も、すでに立ちあがっていた。レディ・スタルクの胸の先端が見えた瞬間に、レミンスターともども椅子から飛びあがったのだ。女性が席を立つのなら自分たちもそうするのが当然だという顔をして……。

「余興といっても、そう長くはかからないでしょう。すぐに室内へ戻るわ」ヘンリエッタが割って入った。

「そういうことなら」レディ・スタルクは胸元でナプキンを押さえたまま言った。「エフィー、その余興とやらが終わったら、わたくしの部屋に来るのよ」

「はい」エフィーはぱっと顔を輝かせた。


「例の噂はでたらめですね」ヘンリエッタと並んで食堂を出るとき、ケイトは小声で言った。「エフィーが男の人の大事なところをさわったとは思えません」

「あの様子じゃ、どこをさわるべきかもわかっていないでしょうね。わたしの誤解かもしれないわ。でも、ダンテが好青年なのは認めるでしょう？　あなたたちはなかなか気が合ったみたいじゃない。エフィーと結婚したら、ダンテはどうなると思う？」

「幸せになるでしょうね。冗談は通じないかもしれないけど、エフィーはかわいい人です」

「誰かが合図しないと、笑うこともできないのよ」ヘンリエッタは落胆をにじませた声で言った。「わたしはダンテを気に入っているの。幼いころは膝にのせて、お話をしてあげたんだから」そこで目を細めた。「もちろん、当時はわたしもほんの子供だったけれど。年寄りだなんて言いふらしたら、ただじゃおかないわよ」

「ただじゃおかないって、どうするんですか？」ケイトは尋ねた。

「あなたの弱点はわかっているわ。犬は嫌いと言いながらかいがいしく三匹もの世話をして、他人のライオンを大きな檻に移せと助言し、クロツグミをパイにしないでくれと主張する。あなたを従わせたかったら、ココを道にほうりだすと脅すだけでいいんだわ」

「ココの首にはわたしの持参金がくっついているんですもの。助けないわけにはいきません」ケイトは狼狽《ろうばい》した。マリアナも、従僕や家政婦やチェリーデリーを首にすると脅して彼女を従わせていた。

ふたりは戸外に出て、湖へ続く大理石の階段をおりた。たいまつの明かりを受けて、階段の表面が真珠のように輝いている。

「ところで、ココはどこですか？　わたしの部屋に戻ってきませんでしたけど？」

「あの子なら、さっきから一緒よ」ヘンリエッタは得意げに言った。「食事のあいだもまったく吠えなかったのだから、賢い子ね。ココ、出ていらっしゃい」彼女が呼ぶと、スカートのなかから白くて小さな生き物がぴょんと飛びだして、盛んに尻尾を振った。

「首のまわりになにをつけているんです？」

「わたしのドレスに合うリボンと花よ」ヘンリエッタが答える。「あの宝石もすてきだけれど、レディがいつも同じ装いでいるわけにもいかないでしょう？　だからルピナスの花に替えさせたの。とてもきれいだし、今日のドレスにぴったりだから」

「葬儀用の花輪から首を出しているみたいです」ケイトは指摘した。

「セイヨウスグリみたいな色のかつらをつけた女に言われたくないわね」ヘンリエッタが応酬する。

「かつらをつけないと、妹ではないことがばれてしまいます」

「どこかの密偵みたいな口ぶりだこと」ヘンリエッタは言った。「さて、エフィーをどうやって出し抜くつもり？　あの娘《こ》ったら、ダンテにべったりよ」

ケイトは肩をすくめた。

「あなたときたら、二三歳にもなってひとり身なのも無理はないわね。レミンスター、来て」

ふたりのやや後方を千鳥足で歩いていたレミンスターが追いつき、ヘンリエッタとは反対側のケイトの横に並んだ。「なんだい、愛《いと》しい人」レミンスターが妻に呼びかける。

それを聞いたケイトは胸が高鳴った。こんな目をして〝愛しい人〟と呼んでくれる夫なら、飲んだくれでもかまわない。

「この子に常識を教えてやって。いい年をして、まだ結婚を渋っているのよ」

レミンスターの目がきらりと光った。

「ぼくの妻は結婚が好きなんだ」彼はケイトの腕をとった。「だから、何回もするんだよ」

「先立つ男が悪いのよ」ヘンリエッタが横槍《よこやり》を入れる。

「きみには結婚したいと思う相手がいないのかい？」レミンスターはケイトに尋ねた。

〝ガブリエル〟という名前が浮かび、ケイトは愕然とした。わたしはなにを考えているのかしら。あのキスのせいだわ。

「とくにいません」

「トルースなんてどうだろう？」レミンスターが言った。「あいつとはオックスフォードで同じ寮にいた。やつはいずれ子爵になる」

「あなたもオックスフォードで学ばれたのですか？」

「この人は哲学と歴史で優等をとったのよ」ヘンリエッタが得意げに言った。「そうそう、自分より能力の劣る男と結婚しないことも大事ね。うまくいかないから」

「もしヘンリエッタがオックスフォードに入っていたら、史上初の三科目優等をとっただろう」

「三つ目の科目はなに？」ヘンリエッタが尋ねる。

「誘惑学さ」レミンスターがささやく。

ケイトがくすくす笑うと、エフィーと一緒に前を歩いていたハサウェイ卿が、冗談を聞き逃したことを悔しがるような表情で振り返った。

「トルースなんてだめよ」ヘンリエッタは言った。「冗談じゃないわ。ああいう手合いはぜったいに浮気をするんだから」

「そうして、みんなぼくの妻に恋をする」レミンスターが歌うように言う。

ヘンリエッタはケイトにぶつからないよう夫の体をつついた。「だったら、わたしのベッドに誰も迷いこんでこないのはどういうわけなの？　それはそうと、ケイトにはむしろ……彼なんかがいいと思うわ」ハサウェイ卿の背中を顎で示した。

「本気かい？」レミンスターが信じられないという声を出す。

「いけないかしら？」

「食事のときの会話を聞いていたからね」レミンスターが答える。「祖母があの場にいたら、ミス・ケイトはぼくのヘンリエッタにそっくりだと言っただろう」

「洗礼式のとき、わたしが抱いていたんだもの」ヘンリエッタが言った。「うつったのかもしれないわ」

「そしてきみは、ほどほどの相手と結婚して幸せになれる女性じゃない。くだんの男がやさしいのは否定しないよ。だが一〇年後には、夕食の席で昨今のブーツは縫製が悪いと愚痴をこぼし、食後は暖炉の前で居眠りをするようになる」

「そこまで言うことはないでしょう。意地悪ね」そう言いながらも、ヘンリエッタは笑っていた。

「わたしはかまいません」ケイトは言った。「結婚に多くを期待していませんから。夫が居眠りをするなら、わたしも向かいの椅子で居眠りします。わたしをほうっておいて、よその女に砂糖漬けのプラム《シュガープラム》を食べさせようとする人でなければ満足です」

「男性のシンボル《シュガープラム》？」ヘンリエッタが繰り返した。「大胆なことを言うのね、ケイト」

「ケイトですって？」突然、エフィーが振り返った。「ミス・ダルトリーの愛称ですか？　なんだかぴったりだわ」

「身内の愛称よ」ヘンリエッタはにっこりした。「わたしはこの子の名付け親なの。だから好きに呼ぶ権利があるわけ」

「それでぼくのことは、シュガープラムと呼ぶんだ」レミンスターが言った。

またしてもエフィーがきょとんとしているので、レミンスターはつけ加えた。

「まあ、プラムほどふにゃふにゃじゃないが」

ケイトは忍び笑いをもらした。

「小さくもないしね」ヘンリエッタがうれしそうにつけ加えた。


階段の下では、ベルウィックが待っていた。

「みなさんがいちばん乗りですので、特別席にご案内しましょう。湖畔で見るよりもずっと迫力がありますよ。なんといっても、余興に参加できるのですから。どうぞこちらへ」ベルウィックの案内で、ケイトたちは華麗な船の前に移動した。高く張りだした船首には精巧な彫刻が施されている。座席はふかふかしており、背もたれの角度も調整できた。

「小型のヴァイキング船みたいだな」レミンスターが言った。

「ヴァイキングというより……」ケイトは父の本で見た挿し絵を思いだした。「衰退期のローマ風では？」

「ねえ、ヴァイキングって誰のこと？」ヘンリエッタが口を挟む。

「きみの祖先さ」レミンスターは妻の耳元に唇を寄せてなにかささやいた。ヘンリエッタがレミンスターの背中をぴしゃりとたたく。

「さっき、ご主人はなんて言ってらしたんですか？」ケイトはヘンリエッタのあとを追って船に乗りこんだ。

「乱暴がどうとか、強奪がどうとか……。さすがのわたしだって、その気のない相手を襲ったりしないわ」ヘンリエッタは船尾の座席に腰をおろし、ココを膝に抱いた。

「なんだかココと気が合っているように見えますけど」

「この子とは心が通じ合っているの。やさしい子よ」ヘンリエッタがココの耳をかく。

「わたしにはなつかないのに、あなたに抱かれるととてもいい表情をするんですね。フレディもわたしをそういう目で見てくれます」

「犬でも男でも、無償の愛は大歓迎。そういう愛情を注いでくれる相手なら、いくらいてもかまわないわ」

ハサウェイ卿が乗船してきてケイトの隣に座った。続いて、アルジャーノンがケイトの向かいにエフィーと並んで腰をおろす。レミンスターは妻の隣に陣取り、ゆったりと脚を伸ばした。

「海軍に関するショーなんてめったにないから楽しみだな」

「このあとはどうなるの？」エフィーは背もたれに寄りかかりもせず、背筋をぴんと伸ばしていた。「湖畔から見るほうが安全じゃないかしら？　夜の湖って、真っ暗で怖いわ」

ちょうどそのとき、湖畔にいる従僕がたいまつに火をつけ、船の船首にとりつけた。その炎が青に変わるのを見て、エフィーが悲鳴をあげた。

「心配はいらないよ、ミス・スタルク」アルジャーノンが言った。「青いだけで、化け物じゃないから」

「でも、なぜ青いの？」エフィーがか細い声で尋ねる。

答えに窮したアルジャーノンのあとをレミンスターが継いだ。

「油に特殊な粉をかけたんだろう。ほら、赤い炎の船もある。赤と青、それぞれ四艘《そう》ずつだ」

アルジャーノンは安心させるようにエフィーの腕をぽんぽんとたたいた。

「女性というのは実に繊細だ。ぼくの婚約者と同じだね」

「そうは言ってもあなたの婚約者は、まったく動じていないみたいだけど」エフィーはケイトを見て眉根を寄せた。

ケイトは遅ればせながら気の弱いふりをしようかと思ったが、できなかった。

「きっとこの船は小艦隊の一部なのよ。青の艦隊の」

「なにをするつもりかな？　この船には動力が――」

ハサウェイ卿の発言の最中に船が大きく揺れ、見えない手に引っぱられるように湖面を滑りだした。当然ながら、エフィーがまたもや悲鳴をあげる。アルジャーノンは彼女の手をとって何度もたたいた。

「そんなに強くたたいたら、あざになってしまうわ」ケイトは注意した。

「魔法よ！」エフィーが叫ぶ。

ハサウェイ卿は首を伸ばして船の外を確認した。「魔法ならロマンチックだが、ロープで引っぱられているだけだよ。反対側の岸に人がいるんだろう」

「見て！」ケイトは言った。「ほかの船も動きだしたわ」

四方から、赤と青のたいまつを掲げた船が湖の中心に集まってくる。

「衝突しないのかしら？　それに、うしろ向きに進むなんて気持ちが悪いわ。馬車に乗るときだって、進行方向と逆に座らないようにしているのに」エフィーが情けない声を出す。

「ぼくは泳げるから心配いらないよ」アルジャーノンが宣言した。

「衝突なんてするもんですか」ヘンリエッタが言った。「でもね、レミンスター、万が一のときはココも忘れずに助けてちょうだい。そうしなければ、おぼれたほうがまだましだったと思うはめになるわよ」

どうやらココが〈ノコギリソウの館〉に戻ることはなさそうだ、とケイトは思った。ヴィクトリアが犬たちに執着していなくてよかったのかもしれない。

一艘の船がすぐ脇を通り抜ける。赤い炎が興奮した乗客の顔を照らしだしていた。そのなかに王子の姿はない。ケイトはそんなことに気づいた自分が情けなくなった。

「船と船のあいだは三センチ程度しかないな」レミンスターがさらりと言う。

「ぎりぎりですれちがうよう計算されているんだ。湖畔からの眺めはさぞ見事にちがいない」ハサウェイ卿が感嘆の声をあげた。

数分ですべての船が湖を渡りきり、反対側の岸に到着した。

満面に笑みをたたえた従僕がケイトたちの船に結ばれたロープをたぐり寄せる。

「すばらしい！　これほどタイミングよくすれちがうためには何日も練習したんだろう？」

ハサウェイ卿は従僕をねぎらった。

「何週間もです」従僕が誇らしげに答える。

「どうして衝突しないんだ？」

「思うに……」レミンスターが口を開いた。「湖面ぎりぎりに渡したロープに沿って船を動かしているのだろう。この湖は楕円形《だえん》だから、ほかの船と交差しないよう進路を微妙にずらしているんだ」

従僕がうなずいた。「今度は逆方向に進みます。先ほどとはちがって行き先がわかっているのですから、安心してお楽しみください」

ケイトはガブリエル王子のことから気をそらそうと、右手を覆っていた手袋をとって湖面を指先でなでた。

「まさか手袋をとったの？」エフィーがぎょっとした顔できいてきた。

「ええ」ケイトは濡れた手をあげ、青い光めがけて水滴を飛ばした。「きれいでしょう？」

船が湖畔を離れ、水上でダンスを踊りはじめる。

エフィーは自分の手袋に目を落とし、膝の上で固く手を握りしめた。

「あなたもとればいいわ」ヘンリエッタがやさしく促した。「お母様には内緒にしておくから」

「でも、レディは……」エフィーは異議を唱えかけてやめた。ケイトに悪いと思ったのだろう。

「レディは常に誇り高くあるものよ」ヘンリエッタが宣言した。「人目を気にしてびくびくするほうがみっともないわ」

エフィーは迷った末に手袋を外し、アルジャーノンに渡した。最初、水の冷たさに悲鳴をあげたものの、船が進むにつれて表情が緩む。ほかの船とすれちがったときなど、ケイトをまねてたいまつに向かって水しぶきを飛ばし、驚く乗客の顔を見てくすくす笑った。

この船にも王子はいない……。ケイトはがっかりした。どこかの男爵夫人と湖畔にいるのだろうか？

次にすれちがった船はかすかに横揺れしていた。

「あの人たち、やけに騒がしいわね」ヘンリエッタはレミンスターの肩に頬をつけたまま言った。

「船上でシャンパンを飲んでるぞ」アルジャーノンがけしからんとばかりに声をあげる。

「ぼくとしたことが乗る船をまちがえたな」レミンスターがぼやくと、ヘンリエッタは夫の鼻をつねった。

「連中はわざと船を揺らしてるんだ」アルジャーノンは赤いたいまつを掲げた船を見送った。

「愉快な人たちね」エフィーは今や手首まで水につけている。これほど開放的な気分になるのは初めてらしい。

次に近づいてきた船はさらに大きく横揺れしていた。

「乗客は若い男ばかりだ」ハサウェイ卿が言った。「女性の目がないせいで、歯どめがきかないんだな。完全に酔っ払っている」

「しらふなのはぼくたちだけなんて言わないでくれよ」レミンスターが情けない声を出した。

「あっ、ほら!」アルジャーノンが前方を見つめた。「男が飛びこんだ。ロープにつかまってる」

「愚かなまねを」ハサウェイ卿があきれた声で言った。

「この遊びははやるかもしれないな。城には退屈した連中がたくさんいるし、水もたっぷりある」レミンスターが冷静に分析する。

「水に落ちたやつが湖畔に向けて泳ぎだした」アルジャーノンは実況中継を続けた。

「いや、ひょっとして……」レミンスターは急に真剣な表情になって背筋を伸ばした。「愛しい人、今夜もダイヤモンドをたくさんつけているのかい?」

「いいえ」ヘンリエッタが答える。「今日は大粒のエメラルドよ。このイヤリングは……」

彼女はすばやくイヤリングを外した。「落ちそうだから、あなたに持っていてもらったほうがいいわね」イヤリングを夫に渡し、ココをきつく抱きしめた。おとなしいココが抗議の声をあげる。「ハサウェイ卿、ケイトをよろしく。ディムズデール卿はエフィーよ」

「なぜそんなことを?」エフィーが警戒して尋ねる。「どういう意味ですか?」

「レミンスターは勘が鋭いの」ヘンリエッタが言った。「彼が――」

そのとき、一艘の船がケイトたちの船に衝突した。反動で船が反対側に大きく傾く。

エフィーが悲鳴をあげた。さすがのケイトも冷静ではいられなかった。水面が迫ってくる。

そう思った瞬間、湖に投げだされた。

水は冷たかったが、心臓発作を起こすほどではなかった。一瞬、頭上に船が覆いかぶさってくるところを想像して身をすくめたものの、自分が水中にいることに気づいて水面に出ようと水を蹴った。

なんとか水から顔を出し、息を吸って咳《せ》きこむ。必死で足をばたつかせながら周囲を見まわしたが、先ほどまで乗っていた船は見あたらなかった。波立つ水面にたいまつの炎が揺れている。

わたしの船……船……あった!

船まではかなりの距離がある。ケイトは悪態をついた。

「やはりきみはレディとは言えないな」背後で笑いを含んだ声がした。

悲鳴をあげると同時にたくましい胸に引き寄せられ、彼女は気づくと湖の上で仰向けにされていた。

「大声を出さないでくれ」耳元で再び声がした。「ほかの男に救助されたかったのか?」

「ほかの男?」ケイトは口のなかの水を吐いた。「ハ、ハサウェイ卿が助けてくれるはずだったのに」

「あいつなら石のように沈んだ」ガブリエルは力強く水を蹴った。「……と言いたいところだが、ぼくの船も転覆したから詳しいことはわからない。たぶんほかの娘を助けているのだろう」

「まあ」ケイトは暗い声で言った。「わたし、おぼれ死んでいたかもしれないのね。ヘンリエッタは無事かしら?」

「レディ・ウロースは船から落ちなかった。ウロース卿が絶妙のタイミングで反対側に移動してバランスをとったんだ。ミス・スタルクも無事だと思う」

「みんな、心配しているでしょうね。もう少し速く泳げない?」

「背泳ぎで、しかもきみを引っぱって泳いでいるんだぞ。これが精いっぱいだ。みんなはぼくがきみの救助に向かったことを知っているから大丈夫だよ。そもそも、レディ・ウロースの命令で助けに来たんだ」

「わたしも水を蹴りましょうか?」

「ただでさえスカートが邪魔なんだ、動かないでくれ」

ケイトはしばらく黙っていたが、やがて口を開いた。「岸は近いの?」たいまつの光は遠ざかっていくように見える。

「そう距離はないが、そちらから上陸したら対岸まで戻らなければならない。遠いほうの岸を目指している」

「でも、そっちには船がないわ」ケイトは肩越しに振り返った。

「文句を言うな。いくら痩せていようと、人を引っぱって泳ぐのは大変なんだ」

「ヴィクトリアじゃなくてよかったわね」ケイトは言った。

「まったくだ」そう言うと同時に、なにかにぶつかる音がしてガブリエルがうめいた。湖岸に築かれた大理石の船着き場に頭をぶつけたらしい。

「もう大丈夫よ」ケイトは体をひねって大理石につかまった。

ガブリエルは岸にはいあがると、ケイトをつかんで引きあげてくれた。

「助かったわ」ケイトはぶるぶる震えていた。「寒くて死にそう。でも、あなたがいなかったらどうなっていたかと思うと……本当にありがとう」自分の体に腕をまわし、湖に目をやった。「みんなは反対岸にいるのね」

ガブリエルが歩きはじめたので、ケイトもよろめきながら立ちあがった。腕くらいとってくれてもいいのにと思ったが、彼はすぐにしゃがんで地面に伸びているロープをつかみ、引っぱりはじめた。

ケイトはガブリエルの隣に立った。

「船をたぐり寄せるの？」全身びしょ濡れで震えがとまらず、頭もろくに働かない。

ガブリエルの背後で、勢いよく引かれたロープが生き物のようにのたうった。

「ロープが……あたらないように……気をつけるんだ」彼は息切れしていた。一艘の船が波を切って近づいてくる。赤いたいまつを掲げてはいるが、最初と比べて火の勢いはだいぶ小さくなっていた。

船を見たケイトは安堵のあまり泣きそうになった。「向こう岸からも引いてくれるかしら？」そう尋ねたあとでつけ加える。「答えなくていいわ。息があがってしまうもの」たいまつの炎に、筋肉質の腕とロープをたぐる骨太の手が浮かびあがっていた。

ガブリエルは農夫のように屈強で、戦士のごとく気高かった。

大きな音とともに水しぶきがあがり、船が船着き場にぶつかった。

「乗るんだ」ガブリエルは肩で息をしながら船に飛びのり、ケイトのほうへ手を差しだした。ケイトは足を滑らせつつも、なんとか乗船した。

「座ってくれ。すぐに向こう岸へ引っぱってもらえるだろう」

「わ、わたし……」ケイトは歯をがたがたいわせながら言葉を発そうとしたが、ガブリエルの膝に抱きあげられると、なにを言おうとしていたのかさえ忘れてしまった。彼のぬくもりに喉を鳴らしてしまいそうだ。

「あなたの体ってあたたかいのね」なにか言わなくてはとケイトは焦った。「船はもう動いているの？」

「ああ」ガブリエルは彼女をきつく抱きしめた。「まだ寒いかい？」

「さっきほどではないわ」

「もう少しあたたかくなる方法があるんだが」ガブリエルが低い声で言う。ケイトは答えを求めて顔をあげた。それはおやすみのキスを求める子供のように自然なしぐさだった。ガブリエルの唇が彼女の唇に重なる。

三度目のキスだわ、とケイトはうっとりと思った。前の二回の探るようなキスとはちがい、そろって炎のなかに身を投じるような、情熱的なキスだった。背筋を熱いものが駆けのぼる。ケイトはびくりとして体を離そうとした。

背中にまわされた腕に力がこもった。ガブリエルが唇をこすらせ、舌先で彼女の唇をなぞった。反射的に口を開いたケイトは唇を軽く嚙まれ、抵抗する気力を失って彼にしがみついた。

ガブリエルはついばむようなキスを続けた。ケイトが太い首に手をまわし、頭を引き寄せて無言で懇願すると、彼は満足げにうめいて舌を絡めてきた。

ふいにガブリエルが体を引く。

「岸が近づいてきた。これ以上続けていると、誰かに見られるかもしれない」

ケイトはうなずいて視線をあげた。たいまつの炎が端整なガブリエルの顔に陰影を生んでいる。濡れた髪をうしろにかきあげた彼は、まるで村を襲って乙女の純潔を奪うコサックの戦士だった。一方のケイトは戦士にさらわれる、助けてくれる者もいない乳搾りの娘だ。

彼女は咳払いをしてガブリエルの膝からおり、隣に移動した。

「あ、あたためてくれてありがとう」

ガブリエルがケイトの胸に視線を落として眉をひそめたので、何事かと下を向くと、蠟製の詰め物が無残なありさまになっていた。左側はなんとか胸の位置にとどまっているが、右側はひしゃげてウエストあたりまでずり落ちている。抱えられて泳いだとき、彼の腕があたったのだろう。

ケイトはうろたえて、最初に頭に浮かんだことを口走った。「ヘンリエッタはこれを〝おっぱいの友〟なんて呼んでいるのよ。ちょっと目を閉じていて」

ガブリエルが素直に目を閉じた。

「レディが困っているときに、にやにやするなんて紳士じゃないわ」ケイトはボディスから蠟をとりだした。つぶれたほうを出すのは難しかったが、奥まで手を突っこんでなんとか引っぱりだした。

船が岸に到着した。湖畔にいる人々がこちらに注目しているのを感じたが、たいまつが消えているので誰が誰かはわからなかった。

「もういいわ」ケイトはボディスを可能なかぎり元の位置に戻した。

ガブリエルが目を開ける。

「にやけないで」

「仕方がない」

うつむいたケイトは、胸の頂が濡れた布を押しあげていることに気づいた。頬にかっと血がのぼる。

「不用になったものはぼくが処分しよう。召使に見つかったら、なにを言われるかわからない」

ケイトはしぶしぶ蠟を差しだした。ガブリエルが蠟の塊をひっくり返して眺める。

「きみにこんなものは必要ない。興味深いことには変わりないが」

「よろしかったら記念にどうぞ」湖畔に目をやると、ベルウィックが毛布を手に立っていた。

「あの毛布をもらってきて。ドレスが体に張りついたままじゃ、船をおりられないから」

「〝おっぱいの友〟もないことだし」ガブリエルがからかう。

ケイトが得意のにらみをきかせると、ガブリエルは立ちあがり、笑いながら船をおりていった。

そしてすぐに戻ってきて、ケイトの体に毛布をかけてくれた。

「かつらもなくなってしまったな」彼はケイトを見おろした。「さしずめ濡れネズミだ」

一方のガブリエルは、水もしたたるいい男だ。だが、そんなことを言うつもりはない。

「あなたは……」彼女は言いかけてやめた。濡れネズミなどと皮肉を言っておきながらも、ガブリエルがとてもやさしい目をしていたからだ。

「ありがとう」ケイトは言った。「あなたがいなければおぼれていたかもしれない。助けてくれて感謝しているわ」

彼の瞳に奇妙な光が宿った。「ぼくは平手打ちされても文句は言えない。きみが弱っているのにつけこんで、キスをしたんだから」

ケイトはすばやく立ちあがって船首に向かった。それを見たベルウィックが、湖畔から手を差しだす。船をおりる直前、彼女はガブリエルを振り返った。

「弱みにつけこんだのは、わたしのほうかもしれない」ケイトはガブリエルだけに聞こえる声で言った。

ガブリエルが目をしばたたく。「だったら、望むところだ」

20

翌朝、ケイトはかなり遅くまで寝ていた。前の夜は目をつぶるたびに、ウエストまでずり落ちた蠟で作った胸や、情熱的なキスのことを思いだして、なかなか寝つけなかった。

ロザリーがやってきて、ミス・スタルクが朝食を一緒にとりたいと言っている、と告げた。

「それからレディ・ウロースが、今日は部屋を出ないようにとおっしゃってました」彼女は重々しく言った。「お嬢様は今や話題の的です。船が転覆する原因を作った若者たちは、深く反省してお詫《わ》びの品を送ろうと計画してるそうですよ」

「冗談でしょう?」ケイトは驚いた。

「本当ですとも。ほかの人たちはすぐに救助されましたが、お嬢様は湖を泳いで渡らなければなりませんでした。人魚みたいだったと、みなが噂してます」

「人魚どころか死んだ魚みたいに浮いていたら、ガブリエル王子が岸まで引っぱってくださったのよ」

「この際、細かいことはどうでもいいんです。レディ・ウロースとミス・スタルクはウロース卿の機転で転落するのを免れたので、湖に落ちたのはお嬢様と犬だけです」

「ココは無事なの？」

「お嬢様を助けようとしたディムズデール卿が船の反対側に飛びこんでしまったのですが、そこで殿下がお嬢様の救出に向かったと聞き、ココを助けたそうです。レディ・ウロースは湖畔にいてもわかるほどの声で、殿下に命令されたのだとか」

「アルジャーノンは婚約者ではなく、犬を助けたわけ？」ケイトはむっとして上体を起こした。

「レディ・ウロースはかなりご立腹でした。今朝など、ハサウェイ卿にずいぶん冷淡な態度をとっていらして……」ロザリーがカーテンを開けると、窓の向こうに晴れ渡った空がのぞいた。「なんでもほかの方々もいる朝食の席で、〝船の上でぼけっと座っている暇があったら、飛びこむくらいの誠意があってもよかったんじゃないの〟とおっしゃったそうです」

ケイトは思わず笑ってしまった。

「そこでウロース卿が、ディムズデール卿が犬を救出してくれたおかげで、新しいブーツをだめにせずにすんだ、などとおっしゃったからもう大変です！　かっとなったレディ・ウロースは、ニシンでウロース卿の頭をたたいたんですって」

「まあ！」ケイトは言った。「結婚生活ってずいぶん刺激的なのね」

「レディ・ウロースの侍女が言うには、あのおふたりは一事が万事、その調子だそうです。なにかと口喧嘩をなさっては、ウロース卿が宝石を贈って仲直りするのの繰り返しだとか。結局、仲がよろしいのですね」

「エフィーが訪ねてくるなら、起きようかしら」ケイトはあくびをした。

「大変な目に遭われたのですから、ガウンをはおって髪を整える程度でいいでしょう。お熱はありませんか？　殿下が、お抱えの医師に診察させてはどうかとおっしゃってます」

「このお城にはお抱えの医師までいるの？」ケイトは上掛けから脚を出した。

「殿下と一緒にイングランドへ渡ってこられたそうです」ロザリーは思いだし笑いをした。「ミスター・ベルウィックったら、〝愚か者の船に乗ってきた〟とおっしゃったんですよ。なんでもお国の大公殿下は、宮廷に仕えてた者の半数を追いだしたとか。ご自分の理性も船に乗せてしまわれたにちがいありません」

「お医者様に診てもらう必要なんてないわ」ケイトは顔を洗いながら言った。「エフィーと朝食をとったら、お風呂に入って着替えたいの。ちっとも寒くないから大丈夫よ」

「入浴だなんてとんでもない！」ロザリーが反対した。「ゆうべはベッドが壊れるのではないかと思うほど震えていらっしゃいました。どうぞお座りください。髪をとかして、うしろでまとめましょう。ミス・スタルクとお食事をされたら、すぐにベッドへ戻っていただきます」

　心配性のロザリーは、太陽がさんさんと照っているにもかかわらず暖炉に火をおこし、その前に朝食のテーブルをしつらえた。ケイトと向かい合わせに座ったエフィーは、ケイトが行方不明のまま、船が真っ黒な湖を岸に向かったときの様子を熱っぽく語った。一連の出来事でケイトに親近感を持ったようだ。

「あなたが死んでしまったかと思ったの」エフィーは大げさな口調で言った。「水は凍えるほど冷たかったでしょう?」

「幸いにも、生き延びたわ」ケイトはバターを塗ったトーストに手を伸ばした。屋根裏部屋で七回も冬を越したせいで、寒さに耐性ができたのだろう。しかし、エフィーにそんなことを言うわけにもいかない。

「レディ・ウロースは船の上で立ちあがって、必死で水面を捜していたのよ」

「ココはどうしていたの?」

「あの子なら船のすぐ脇を上手に泳いでいたわ。ディムズデール卿に助けられたときはびしょ濡れで、子猫ほどの大きさになっていた。レディ・ウロースときたら、自分の子供が水に落ちたみたいな心配ぶりで――」

「結局、わたしはどこで見つかったのかしら?」

「しばらくあと、船からはかなり離れた場所に浮きあがったわ。もう一艘の船に頭をぶつけなくて本当によかったわね。その船の人はみんな湖に落ちたけれど、殿下以外はすぐに船にあがってきたの。レディ・ウロースが最初にあなたを見つけて、〝今すぐケイトを助けなさい!〟って殿下に叫んだんだから」エフィーはくすくす笑った。「王子様に命令する人がいるなんてびっくりしちゃった。殿下は言われたとおり、あなたを助けに行ったわ」

「おかしいわね」ケイトは言った。「水面に顔を出すまでそれほど時間が経ったようには思えなかったのに、船はかなり遠くにあったわ」

エフィーが考えこんだ。「岸にいた従僕は、状況を知らないままロープを引き続けていたから。でも、わたしにはなにもかもがゆっくりに感じられたの。湖面に赤や青の光が反射して、あなたの姿はどこにもなくて、殿下もずいぶん心配していらしたわ」

「心配していたかどうかなんてどうしてわかるの？　殿下は水のなかにいたのでしょう？」

「レディ・ウロースが〝ケイトが落ちた〟と叫んだとき、殿下の顔つきが変わったのがわかったわ。うちのお母様ったら、二度と湖に近づいちゃだめだって。舞踏会のあいだも」

「まさか舞踏会でもあれをやるつもり？」

「船から花火を打ちあげるそうよ。すてきじゃない？　ただし、船に乗るのは泳げる召使だけですって。お母様が目を光らせているから、わたしは湖畔にさえおりられないでしょうけど」エフィーが残念そうに言う。

「ねえ、あなた、そのトーストを食べる？」ケイトは尋ねた。

「いいえ、結構よ。わたしは小食だから、遠慮しないで。あなたはしっかり食べないと。病みあがりなのに湖に落ちるなんて、本当に災難だったわね」エフィーはそこで言葉を切った。

「だけど、顔色はいいみたい」

ケイトはにっこりした。「気分もいいわ」

「あなたって髪が長かったのね。なぜいつもかつらをつけているの？　蒸れない？　わたしだったら我慢できないわ」

「かつらが好きなの」

「こんなことを言って、気を悪くしないといいんだけれど……」エフィーが言った。「あなたの髪はとってもすてきよ。赤や金や、いろいろな色がまじって、夕焼けみたいだもの。かつらよりずっといいわ」

「〝朝焼けを見ると〟」ケイトはつぶやいた。

「〝船乗りは警戒する〟ね。天気が悪くなるしるしでしょう？」エフィーが言葉を継いで、フォークをくるくるとまわした。「ディムズデール卿があなたのあとを追って飛びこんだときは感激しちゃった。船がバランスをとり戻した途端、あなたの名前を叫んで頭から水に飛びこんだのよ。残念なことに、反対側だったけど」

「誰？　ああ、アルジャーノンのこと？　たしかにロマンチックだわ。彼って意外と勇敢だったのね」実際、ケイトは驚いていた。

「みんなあなたに夢中なのよ。ハサウェイ卿も」

「あら、ハサウェイ卿はあなたのものだわ」

「そうかしら？　あなたっておもしろいんですもの。わたしには、あなたのように気のきいたことは言えそうもない」エフィーはきまじめな表情でケイトを見つめた。「わたし、ハサウェイ卿に恋をしているわけじゃないのよ。今すぐ誰かと結婚したいとも思っていないわ」

「わたしもよ」ケイトは立ちあがり、呼び鈴のひもに手を伸ばした。「ホットチョコレートのお代わりをもらってもいいかしら？　おぼれたせいか、猛烈におなかが減って」

「もちろん。あのね、春の社交シーズンにあなたの噂を聞いたの。でも、こんなにおもしろい人だなんて誰も教えてくれなかった。みんなが熱をあげるのも無理はないわ」

ケイトは噴きだした。「いったいなんの話？」

「みんなが熱をあげるのも無理はないわって話」エフィーが繰り返した。「ディムズデール卿も、ハサウェイ卿も、殿下もよ。あなたが行方不明だとわかったときの殿下の顔を見たって言ったでしょう？　あの表情でぴんときたの」

「大げさね。ああ、ロザリーが来たわ」ケイトはホットチョコレートとトーストのお代わりを持ってくるよう侍女に頼み、再び椅子に腰をおろした。「さっき、あなたが湖面にたいまつの炎が反射していたって言ったとき、その光景がまざまざと浮かんで震えがきたわ」

「本当に怖かったんですもの」エフィーが言う。「海藻のなかから手が出てきて、あなたを深みへ引っぱりこむところを想像しちゃった」

ケイトは声をあげて笑った。「あの湖には魚もいないのよ。厳密に言うと、地下水がたまってできた池だから。海藻なんてもちろん茂っていなかったわ」

「地下水のなかだって、なにがいるかわからないじゃない」エフィーの大きな目がさらに大きくなる。

「ハヤとか？　そもそも、わたしなんかに恋する人はいないわ」

「少なくとも、ディムズデール卿がいるでしょう」

「まあアルジャーノンはね」

「あなたは幸運よ。わたしもディムズデール卿みたいな婚約者がほしいわ。思いやりがあって、若くてハンサムで」

「ハサウェイ卿だって負けていないでしょう」

「ディムズデール卿より年上よ」

「だけど、ハンサムだし、やさしいし、穏やかだし」

エフィーがうなずく。「そうね、お母様もそう言っている」

「あなたは不満なの？」

「ハサウェイ卿はいい旦那様になると思うわ。水のなかには飛びこんでくれないけど」

「それは致命的よね」

「ハサウェイ卿はあとになって、あなたの居場所もわからないのに、やみくもに飛びこんでも意味がないと言ったの。でも、そんな言い訳を喜ぶ女性はいないわ。とくにおぼれ死んだ場合には」

「あなたのためなら飛びこむかもしれないでしょう？」ケイトは励ました。

「そうは思えないわ。彼はわたしに同情しているだけよ。ディムズデール卿があなたに感じているような、圧倒的な愛情とはちがうの」エフィーはためらった。「わたしの……噂を知っているでしょう？」

フォークの件だろうか？

「いいえ」ケイトは嘘をついた。「ところであなたのお母様は、ご主人のことを過去形で話していらしたわね？」

「お父様はわたしが社交界にデビューする直前に他界したの。その翌年に伯母が亡くなって、その次の年は大伯母と続いたわ」エフィーは泣きそうな顔をした。「喪に服しているあいだは社交界に出られないから去年やっとデビューしたのに、売れ残りみたいに言われるのよ」

「そんな人たちはほうっておけばいいのよ」ケイトは、ヘンリエッタもエフィーをいい年だと嘲っていたことを思いだした。「わたしなんて……」思わず実年齢を口にしそうになって、思いとどまる。「あなたより年上に見えるもの。そのほうがよほど問題だわ」

「去年はわりにうまくいっていたの」エフィーがホットチョコレートを口に運ぶ。「そこへ、ベッカム卿が現れてめちゃくちゃになった。ベッカム卿に会ったことはある？」

ケイトは首を振った。

「その件でお母様がかんかんになって、わたしは舞踏会に二回出ただけで田舎に連れ戻されてしまった。それで、今年は最初からやり直しよ」

例のフォーク事件だろう。

「なにがあったの？」ケイトは尋ねた。

エフィーが目をくるりとまわす。「ベッカム卿が激怒して……それで、わたしが不適切な場所をさわったと言いふらしたのよ」

「そんなことをしたの？」

「いいえ、ベッカム卿が強引にキスをしようとして、下半身を押しつけてきたから、わたしは身をよじって逃げたの。それでわたしが〝失礼ね〟と言ったら、彼は逆上してわたしをつかんだのよ。その、脚のあいだを」

エフィーは話を大げさにする傾向があるが、それを考慮に入れたとしても許せない行為だ。

「なんて卑劣なの！」ケイトは言った。「わたしの村にそういうパン屋がいたわ。父が追いだしたけど」

「お父様が生きていたら、ベッカム卿もあんなことはしなかったでしょうね」エフィーが言う。「串刺《くしざ》しにされるもの。そのときはちょうどバルコニーでアプリコットタルトを食べていたから、彼の手にフォークを突きたててやったの。お父様の代わりに、自分で自分の身を守ったのよ。そうしたら、あんな噂をばらまかれたわけ」

「大事なところを突いてやればよかったのに」ケイトは言った。

「でたらめだと言っても、お母様以外は誰も信じてくれなかった。それで田舎に引きこもったの。それで、今年は……」エフィーは憐れっぽい顔をした。「ハサウェイ卿みたいに論理的でやさしい人なら、そういう噂には耳を貸さないかなと思って……」

「ひどい話ね。本当にひどい。あなたに会った瞬間に、あんな噂はでたらめだってわかったわ」

「やっぱり知っていたんじゃない！」エフィーが泣きだした。

ヴィクトリアを見てきたケイトは涙に慣れていたので、ホットチョコレートのお代わりを注いでエフィーの手をやさしくたたき、泣きたいだけ泣かせておいた。ヴィクトリアの場合、同情すればするほど泣きやまなくなる。

　案の定、しばらくするとエフィーは涙をぬぐって謝罪した。「ごめんなさい。神経質になっているみたい。ベッカム卿が来るから。彼に会うのはあの事件以来よ」

　ケイトは目を細めた。「このお城に来るの？」

「しかも今日なの」エフィーがすすりあげる。「ついていないと思わない？　今シーズンは、お母様が彼の従僕に袖の下を握らせて、公の場でかち合わないようにしていたの。だけど今回ばかりはあと少しでハサウェイ卿が求婚してくれるかもしれないから、帰るわけにはいかないって」彼女は少しもうれしくなさそうだった。

「ハサウェイ卿はいい人だと思うけど？」

「もちろん、わたしもそう思うわ」エフィーはため息をついた。「ただ……ロマンチストじゃないでしょう？　庭に咲いている花につまずいて転びでもしない限り、花なんて贈ってくれそうもないわ」

「うまいことを言うのね」

「彼の妻になったらどうなるかが目に浮かぶの。誕生日にダイヤモンドのティアラとまではいかなくても、インド製のショールかなにかがほしいなと期待しているところへ、夫はティーポットカバーを持って帰宅するのよ。妻は泣きそうになるけれど、夫を愛しているし、悪気はないってわかっているから、喜んでいるふりをするの」

「そのあと、自分でインド製のショールを買うのよね？」ケイトは口を挟んだ。「それにしても、あなたってお話が上手ね。悲しむ妻の表情が目に浮かんだもの。ベッカム卿の件もそうやって話せばいいのに。あなたならみんなを説得できるはずよ」

エフィーは首を振った。「お母様が、レディはそういうことを口にすべきじゃないって言うの。お母様はとても感受性が強いから、わたしが死の危険にさらされたショックで、今朝はベッドから出られないのよ」

ケイトは眉をあげた。

「わかっているわ。死の危険にさらされたのは、わたしじゃなくてあなたよね」エフィーがため息をつく。

「ヘンリエッタに相談しましょう。彼女なら、ベッカム卿をやりこめてくれるわ」

「そういえばレディ・ウロースは、ご主人をシュガープラムって呼ぶのね。それってとっても――」

「ロマンチック?」ケイトは笑った。

「わたしったら、小説の読みすぎね」エフィーは恥ずかしそうに言った。

「わたしはあまり読んでいないけれど、それでも悪者が報いを受けることは知っている。ベッカム卿も必ず痛い目に遭うわ。ヘンリエッタは魔法使いだもの。杖をひと振りして、あの卑怯《ひきょう》者に思い知らせてくれるわよ」

「あんな男、蕪《かぶ》にでも変身させられちゃえばいいのに」

「まあ、楽しみにしていて。ヘンリエッタが蕪のスープにしてくれるから」

21

「午後は男性陣を連れて、ウサギ狩りにお出かけください」昼食を終えたガブリエルに、ベルウィックが言った。

「断る」

「いったいどうされたのです？　わたしは城じゅうの人の面倒を見なければならないのですよ。ミスター・ティピットの手相占いのせいで、女性たちの半数はかんかんだし、残り半数は落ちこんでいます」

「本当に落ちこんでいるのは叔父上だ。昨日の夜は余興の失敗について、一時間も泣き言を聞かされた。大の男が本当に泣いていたんだぞ」

「その件に関しては、わたしにも責任があります。酒のせいで余興が台なしになる可能性を考慮していませんでした」

「ともかく、誰もおぼれなくてよかった。ケイトも朝食の席ではぴんぴんしていたらしいし」

「それでしたらなおさら狩りの準備をして、男性陣のお守《も》りをしてください」

「ごめんだ。叔父上に頼んでくれ」

「豚小屋から引っぱりだせるものなら説得してみますよ」ベルウィックはきびすを返した。

ベルウィックが遠ざかるのを確認したガブリエルは、若い従僕をつかまえて指示を与えた。それから書斎へ行ってドアに鍵をかけ、奥の壁にかかっている小さな絵の前に立つ。戦場を背景に一本の木が描かれていた。枝には一羽の小鳥がとまっており、根元には甲冑《かっちゅう》が転がっている。画面の右端に、甲冑の持ち主であろう騎士の冷たくなった脚があった。小鳥は、息絶えた騎士など気にも留めずにさえずっている。

それはガブリエルがマールブルクから持ちだした唯一の絵だった。小さな公国をたびたび襲う、暴力や戦いを嫌悪する気持ちの象徴だ。

絵画を壁から外し、その下に隠れていた飾り気のない取っ手を引くと、羽目板が横に開き、ほこりだらけの通路が現れた。

厚い石壁を貫くこの通路を発見したときに、第三者にその存在を知られるくらいなら、ほこりだらけのままにしておこうとガブリエルは決めた。なぜなら、通路は客室をのぞくためだけに設けられていたからだ。ケイトにばらしたと知れたらベルウィックは怒るだろうが、そのときはそのときだ。

通路に入ったガブリエルは最初の穴の前で立ちどまり、今いる位置を確認するためになかをのぞいた。黄金の装飾を施した部屋は〈女王の間〉で、目下、レディ・ダゴベルトが使用している。さらに四つの穴を通り過ぎ、五つ目の穴をのぞいたところで、目をしばたたいて慌てて壁から離れた。昼食のあとで昼寝をしないで情事にいそしむ客がいたからといって、彼には関係のない話だ。

なおも四つの穴を通過して、五つ目の穴をのぞいた。ベッドで眠る犬のフレディの姿を見たガブリエルは、目的の部屋にたどり着いたことを知った。なんの物音もしないところからして、侍女はいないらしい。

ガブリエルはのぞき穴に口を近づけて呼びかけた。「ケイト」

返事はない。

先ほどよりも大きな声で、もう一度呼んだ。「ケイト！」

レディらしからぬ悪態が聞こえて、ガブリエルはにやりとした。足音に続いて寝室のドアが開く。廊下から呼ばれたと思ったのだろう。

開けたときよりもゆっくりとドアが閉まった。ガブリエルはもう一度呼びかけた。

「暖炉の前に立って、右側を見てくれ」

「のぞき見なんて最低よ！」ケイトは大声で言った。

「のぞき見じゃない。ベッドしか見えないんだから」

居心地の悪い沈黙が落ちる。

「フレディは満足そうに眠っているね」

「フレディはいつだってそうなの。なぜわたしの寝室をのぞくの？」

「馬車で出かけるのはどうかと思ったんだ。ぼくたちふたりで」

「夜になると、そうやって女性の部屋をのぞいてまわるわけ？」

「ちがう」ガブリエルはきっぱりと言った。「ぼくはそんなことはしないし、ベルウィック以外でこの通路の存在を知っているのはきみだけだ」

「ここはイングランドよ。このお城だってあなたが造ったわけじゃないでしょう？　客の半数が通路があることを知っていたって不思議はないわ」のぞき穴にケイトの目が現れる。ステンドグラス越しに差しこむ光のような青緑色をした虹彩《こうさい》が、茶色の輪に囲まれていた。

「これはあなたの目？」ケイトが用心深く尋ねる。

「もちろんだ」

「どこかに取っ手があるの？　それを引いたらこちらに来られるとか？」

「行き来はできないんだ」

「のぞき見専用なのね」ケイトはつぶやいた。「なんて趣味が悪いのかしら」

「下に馬車を待たせてある。マリア・テレーズ叔母上を古い修道院に連れていくと言って、ピクニックの用意をさせたんだ」

「修道院？」ケイトの目が穴から離れる。ガブリエルには再びフレディしか見えなくなった。足音からして、彼女は右側に移動したらしい。

「それで、叔母様はピクニックに行きたがっていらっしゃるの？」

「ピクニックに行くのはきみとぼくだ」ガブリエルは息を詰めた。レディなら断るだろう。シャペロンも、侍女も、口実に利用した叔母もいないのだから。

のぞき穴にケイトの目が現れた。「馬車のなかで誘惑するつもり？」青緑色の目は不快そうに曇っている。

「喜んでそうしたいが……良心の呵責《かしゃく》に耐えられそうもないから、やめておく」

「わたしみたいな女が相手でも良心が痛むの？　ベルウィックとあなたは、わたしを愛人の子だと思っているのでしょう？」

「そうかもしれないが、さすがに豚飼いの娘には見えない」

「だって、そうじゃないもの」ケイトが再び穴から離れた。足音が聞こえる。

「もし豚飼いの娘だったら誘惑するの？」

「生娘を誘惑したことは一度もないよ」

「高潔だこと」

「そういう意味じゃない。常に誰かがそばにいるから、行動の自由がないんだ。血気盛んな時期だって、そんな機会はなかった」

ケイトが穴をのぞきこむ。「名誉に懸けてキスをしないと誓うなら、行ってもいいわ」

「きみからキスをするのはいいんだろう？」

「そんなことはしないわ。わたしは夫を見つけなければならないし、あなたの婚約者は……今日あたり到着するんでしょう？」

「もうイングランドにいる」ガブリエルは残念に思いつつ言った。「明日にはここへ着くだろう」

「キスはなしよ」ケイトが宣言する。

ガブリエルはうなずいてから、それが彼女には見えないことに気づいた。

「正直なところ、退屈でどうにかなりそうだったの。エフィーが本を持ってきてくれたんだけど、あまり興味が持てなくて。ヘンリエッタは、湖に落ちたばかりなのに平気な顔で人前に出たら、ついこのあいだまで病気だったことに疑問を持つ人が現れるかもしれないからだめだと言うし」

「ベールを持ってきたんだ。これをかぶれば、誰にもきみとはわからない」

「ベール？」

「叔母上はいつもベールをかぶっている。喪服用のベールだよ。五分後に、寝室のドアの前で会おう」

「フレディも連れていっていいかしら？　ベールの下に隠すから」

「だめに決まっているじゃないか。ぼくの叔母上は吠えないからね」

22

寝室から出てきたケイトは、頭の先からつま先まで黒ずくめだった。

ガブリエルは心の高ぶりを抑えて腕を差しだした。「転ばないように気をつけてくれ」

ケイトがうなずくと、ベールが揺れた。「これでは歩けないわ。前が見えないんだもの。

叔母様はいつもどうしていらっしゃるの？」

「もう長いあいだ喪に服しているから、慣れたのだろう」ガブリエルは答えた。

「長いってどのくらい？」

「四〇年か五〇年か」

沈黙がおりた。

「いくらなんでも長すぎると思っているんだろう？」

「そんなことはないわ」ケイトが慎重に答える。

「計算ずくなんだ。ずっとふさいでいれば、再婚させられずにすむ」

「つまり、喪に服している演技をしているというの？」

「ぼくたち兄弟は叔母上の部屋に行くのが大好きだった。よくサクランボの種を賭けて、あてっこゲームをしたものだ。初めてコニャックを飲ませてくれたのも叔母上だし、なにかと助言してくれた」

「助言って、たとえば？」

「ありそうもない状況を想定するのが好きな人でね。世界を再び大洪水が襲ったら、どうやって生き延びるかとか」

「おもしろそう。どうやって生き延びるの？」

「みんなで話し合って、丈夫な船とたっぷりの木の実があれば生き延びられるという結論に至った。だから幼いころは、ハシバミの実を失敬しては叔母上のところへ持っていったよ。そうして雨が降るたびに、叔母上のベッドの下に蓄えたハシバミを思って胸を躍らせていた。叔母上はきっと、ひとりのときに食べていたんだろうな」

「すてきな方ね。豚飼いの娘に出会ったときにはどうすればいいかも助言していただいた？」

「近寄るなと」ガブリエルは即答した。

「わたしの父が生きていたら、結婚を目前に控えた王子にも近寄るなと言ったでしょうよ」

ふたりはそろって正面階段をおりた。

「従僕の前を通過したら自由だ」ガブリエルがささやく。

「足元がおぼつかないふりをしたほうがいいかしら？」

「いや、ベルウィックはいないから大丈夫だ。外に出て、二輪馬車に乗る。正面玄関からは見えないところまで行ったら合図するので、それまではベールをかぶっていてくれ」

馬車が走りだし、ガブリエルの許可が出た瞬間、ケイトはベールをむしりとった。

「なんて暑いのかしら！」彼女の頬は上気していた。

「またかつらをつけてきたのか？」ガブリエルは残念に思った。昨夜は暗かったうえにびしょ濡れで、ケイトがどんな髪の色をしているのかよくわからなかった。予想していたのは、辛子色か年代物の白ワインのような淡い黄色だ。

「かつらは必需品なの」ケイトは澄まして言ったあと、こらえきれずに噴きだした。朗らかな笑い声にどきりとしたガブリエルは、危うく手綱を落とすところだった。

「髪は唯一の自慢だから、本当の自分に戻ったときのためにとってあるのよ。ヴィクトリアじゃなくて、ケイトになったときのために」

「今日はケイトだろう？」

「ちがうわ。あなたと馬車に乗るなんて、いかにも妹のやりそうなことだもの」ケイトがいたずらっぽく笑う。「ケイトはそんなことはしないわ」

「だったら、ケイトはなにをするんだい？」ガブリエルは大いに興味をそそられた。

「いろいろよ」ケイトはさらりとかわした。

ガブリエルは馬を巧みに御して、馬車を城壁沿いの小道に入れた。

「いろいろって、たとえば？　豚の世話とか？」

「失礼ね。豚の世話なんてしないわ」ケイトが答えた。「でも、他人に踏みつけにされたときは、豚飼いの娘になった自分を想像すればいいのかもしれない。世の中にはもっとひどいことがあると思えるから」

「踏みつけにされることなんてあるのかい？」

「ときどきね。わたしは気が強いから、みんなが思いきり踏みつけてくれるの。だけど今後は、名付け親のヘンリエッタに面倒を見てもらえるわ。ここを出たら、彼女とロンドンに住むのよ」

レディ・ウロースなら持参金も用意してくれるだろう。ケイトにとっては、それが最良の道だ。けれども彼女がロンドンの優男に愛嬌《あいきょう》を振りまく場面を想像すると、ガブリエルは胃がむかむかした。そんな事態になるくらいなら……おとぎ話に出てくる王子のように、ケイトをさらってしまいたい！

「なんだか顔が赤いけど、大丈夫？　ところで、修道院までは遠いの？」

「修道院には行かない。城壁の外をまわって庭園に行くんだ。秘密の庭園だよ」

「秘密の庭園ですって？　そんなもの、どうやって見つけたの？　妖精に案内されたなんて言わないでね」

「前の持ち主に鍵を託されたんだ。秘密の庭園といっても、城壁の外からでないと入れないせいで、面倒がって誰も行かないだけだよ。なんでも自分で管理したがるベルウィックですら放置している」

ガブリエルは城壁沿いで馬車をとめ、手綱を茂みにかけた。荷台からバスケットを出して振り返ると、ケイトはひとりで馬車をおりていた。

ガブリエルの妄想が暴走しはじめた。今すぐ彼女を抱きあげて庭園のドアをくぐり、毛布の上に横たえて、太陽の下でスカートをまくりあげたい。日差しを浴びすぎて、ぼくは頭がどうかしてしまったのだろうか？　そうとしか考えられない。軽やかな足取りで前方を行くケイトは、ときどき立ちどまっては花を摘んでいる。明日にも婚約者が到着するというのに、数メートル先でデイジーを摘む愛人の娘のことで頭がいっぱいだなんて、まるでおとぎ話だ。だが現実はおとぎ話ではないし、王子は豚飼いの娘とは結ばれない。それは生まれ落ちて以来身につけてきたすべての常識に反する行為だ。

ガブリエルにそこまでの覚悟はなかった。たとえ、花を摘もうと前かがみになったケイトのうしろ姿に指先が震えるほどの欲望を感じたとしても。

彼はバスケットをその場に置き、心のなかで激しく自分をののしった。兄の宮廷にいたときも、そうやって心の平静を保ってきた。今回だって乗りきれるはずだ。

「庭園に入ろう」ガブリエルはドアに鍵を差しこんだ。ツタの絡む煉瓦塀はところどころが崩れかけている。ドアを開くと、ノコギリソウとフキと紫のコンフリーが群生していた。至るところにセイヨウバラが頭を垂れている。地面に散った花びらはまるで、少女が小鳥にまいた粒餌《つぶえ》のようだ。

「まあ！」ケイトはスカートをつまみ、軽やかにドアをくぐった。「まさしく秘密の庭園ね。石像まであるわ。ほら、スイートブライアーの茂みの陰を見て」

「女神像かなにかだろう」ガブリエルはケイトのそばに歩み寄り、石像の顔にかかったツタを引っぱった。

「きれいね」ケイトが静かにつぶやく。「可憐《かれん》な石像だわ」

「この石像はもしかして泣いているのか？」

ケイトは石像の背中に絡んだツタを払った。「天使像ね」

若い天使は翼をたたみ、新雪のように白い顔を悲しみに曇らせている。

「もしかして……」ガブリエルは一歩さがった。「ここは墓地か？　そういえば、そんなことを言われたかもしれない」

「でも、墓標がないわ。石像の足元は普通の台座よ。だいいち代々の当主は、礼拝堂に埋葬されているんでしょう？」

「そうだった」城の礼拝堂に整然と並ぶポメロイ一族の墓標を思いだし、ガブリエルは胸をなでおろした。「そうだとすると、この天使像はなんだろう？」

ケイトが前かがみになって台座のツタをどけ、くすくすと笑いだした。

「なんだ？」

「たしかにここは墓地ね」ケイトは笑いをとめられないようだった。

「次からは、女性を墓地へ誘わないよう注意するよ」ガブリエルは台座に顔を近づけ、そこに刻まれた文字を声に出して読もうとした。「なにとの思い出だって？　名前が読めないな」

「〝愛するラスカルとの思い出に〟」ケイトはそう言うと、スイートブライアーをよけて台座の周囲を調べた。「それだけじゃないわ。こっちにはダンディ、それから……フレディもあるわ！　わたしのフレディを連れてこないと。わたしたちがウエストミンスター寺院に埋葬された祖先を訪ねるのと同じように」

「この城には犬専用の墓地まであるのか。フレディがぼくの犬なら、今のうちに採寸して墓のサイズを決めておくな。あいつは臆病《おくびょう》だから、驚いた拍子に心臓発作を起こすかもしれない。そうだ、叔父上をここに連れてこよう。ピクルス好きの愛犬の記念碑を建てれば慰めになる」

ケイトがガブリエルを肘でつついた。「縁起でもないことを言わないで」

ガブリエルは衝動的に手を伸ばし、彼女のかつらをとった。ケイトの悲鳴とともに、あたりにピンが散らばる。ガブリエルはかつらを天使像にかぶせた。

「きれいだ」彼はつぶやいた。もちろん、ピンクのかつらをかぶった天使のことではない。煉瓦塀の上から差しこむ日の光が、ケイトの髪をバター色に輝かせていた。

一方のケイトは、すさまじい剣幕で怒っていた。他人から頭ごなしに怒鳴られるなど、ガブリエルにとっては初めての経験だ。王子を罵倒《ばとう》する者はいない。乳母も召使も常に低姿勢だった。幼いころはそんな召使たちを突き飛ばしてわざと怒らせようとしたこともあったが、何度やっても彼らはあいまいに笑うだけだった。子供部屋の敷物に火をつけたときでさえなにも言われなかったし、兄のルパートが召使を妊娠させたときも、大公である父は高笑いしていた。

ベルウィックだけは敷物の焦げ跡を見て顔をしかめ、こんなことをするのは正真正銘の愚か者だと言った。かっとなったガブリエルはベルウィックを殴り、ベルウィックも殴り返して、しまいには取っ組み合いの喧嘩になった。しかし、それでガブリエルは救われた。子供心にも悪いことをしたとわかっていたからだ。ベルウィックがいなかったら、彼も兄のようになっていたかもしれない。

アウグストゥスにも悪いことは悪いと言ってくれる人がいれば、いんちき修道士に引っかからずにすんだのだろう。特権に値する人間ではないと自覚しているからこそ、アウグストゥスは死後の制裁を恐れているのだ。

ベルウィックと同じく、ケイトはガブリエルの機嫌をとろうとはしない。彼女に本気でむっとされて、ガブリエルはうれしかった。ズボンの前部分に変化が起きる。

いや、溶けた金にイチゴをまぜたような色合いの髪を見たせいかもしれない。

「自慢の髪が見たかっただけだ」痛烈な非難がやんだところで、ガブリエルは言った。「きみの言うとおり、とても美しい」

「前にも言ったけれど——」ケイトが息継ぎをした瞬間、ガブリエルは先まわりした。

「わかっている。髪を見せるのは白馬に乗った王子のためにとっておいたんだろう？　だが、白馬の王子なんて現れるはずがない。ばかげている」ケイトが腰に両手をあて、いっそう鋭いにらみをきかせる。ガブリエルの胸に幸せがこみあげた。

「あなたにとってはばかげていても、わたしにとっては大事なことなの。それをあなたは踏みつけにしたのよ。王子だからといって、なにをしても許されると思ったら大まちがいですからね！」

　ガブリエルはまばたきをした。ケイトの言葉が胸に刺さる。

「あなたの偏見に満ちた世界では、女性のかつらを勝手にとるのは許されるのよね？　蝶《ちょう》の羽をむしるのも、乳搾りの娘をはらませるのも！」

「ちょっと待て。蝶だの乳搾りの女だのはどこから出てきたんだ？」

「それがあなたという人間なのよ！」ケイトは相変わらずガブリエルをにらんでいる。

　ガブリエルの下腹部はいっそう硬くなった。湖の上で交わしたようなキスをして、草の上に押し倒せたら……。

「今だって、あなたの考えくらいお見通しよ」ケイトがさらに目を細めた。

「ぜひ教えてくれ」そう言うガブリエルの声は欲情にかすれていた。

「誓いを破ろうとしているんだわ」ケイトは腕組みをした。「本当は彼女だってキスをされたがっているのだから、キスはしないという誓いを破ってもいい。そんなふうに考えているのよ。だってあなたの世界では――」

「それはさっき聞いた。偏見に満ちているんだろう？　それで、きみはキスをしてほしいのか？」

　ガブリエルはケイトの答えに全神経を集中させた。世界から音が消える。スズメはくちばしを閉じ、蜂も宙で静止して、耳を澄ましているかのようだ。

「本当にどうしようもない人ね」ケイトが腹立たしげに言って、ガブリエルに背を向けた。

「わたしの言ったことなんて、なにもわかっていないんでしょう?」

ガブリエルにわかっているのは、ケイトの首から背中にかけてのラインが、ここ数年で見たどんな女性のそれよりも優美でそそられるということだった。彼女が背中を向けた隙にすばやくズボンの前を直す。

「ぼくのことをろくでなしだと思っているんだろう? きみが言ったとおりなのかもしれない。ただぼくはキスをしないと誓ったが、かつらをとらないとは言っていない。かつらとキスはまったく別の問題だ」

「そんなのは屁理屈《へりくつ》だわ」ケイトは頑固に背を向けたままだった。華奢《きゃしゃ》な背中は丸みを帯びた乳房以上に色気がある。ガブリエルはその場に膝をついて、舌で彼女の背筋をなぞりたいと思った。

そんなことを考えてはだめだ! ケイトとぼくは結ばれる運命にない。そう自分に言い聞かせてみても、ケイトが草のなかに埋もれているなにかをのぞこうと上体をかがめた途端、なだらかな腰から下へと唇をはわせる自分を想像してしまう。

「そろそろ昼食にしようか?」ガブリエルは絞りだすように言った。

「ここにも像があるわ」ケイトがツタを引っぱった。

ガブリエルはうめき声をあげて彼女の隣へ移動した。茎をつかんで力任せに引くと、何重にも絡まったツタが根元から抜け、葉や土が宙に舞った。

「今度は子供の像ね」ケイトが地面に膝をつく。

ガブリエルの妄想がさらなる暴走を始める。膝をついたままうしろから……。

彼はきびすを返して庭園の外へ出ると、欲情している自分に毒づきながら、昼食の入ったバスケットをつかんだ。

ベルウィックは正しい。ケイトとは結婚できないとわかっているから……自分のものにすることができないから、余計に追いかけたくなるのだ。つまりはぼくが愚かだから。

ケイトも正しい。ぼくは自己中心的なろくでなしで、相手の許可も得ずにかつらをとるような男だ。アウグストゥスやルパートら、兄たちとなんら変わらない。

ベルウィックのおかげで、自分は特別だと勘ちがいせずにやってきたつもりだった。

だがベルウィックの見ていないところでは、結局ろくでなしなのかもしれない。

23

ケイトは像に巻きついた最後のツタをのけた。スモックを着た、丸々とした女の子が笑顔で地面に座りこんでいる像だ。「こんにちは。あなたはいったい……」

台座からツタをとると、〝愛しいメリー〟とだけ刻まれていた。

「手袋が汚れてしまったな」ガブリエルが肩越しに言った。

「侍女が予備を持ってきているから、心配はいらないわ。ねえ、ガブリエル、かわいいじゃない。巻き毛の女の子よ」

「翼がある」ガブリエルが指摘した。「天使の赤ん坊だ」

「この子の名前がメリーなのかしら？　それともメリーという名の子猫かなにか？　この像は北翼にあるキューピッドと面立ちが似ているわね。イタリアから連れてこられた彫刻家が彫ったのかもしれない。バター攪拌器に逃げこんだという彫刻家よ」

「子猫のために？　これは墓標じゃなくて、記念碑じゃないかな」ガブリエルは石像の前にしゃがんで、幼女の頬にかかったノコギリソウを払った。

「なんの記念碑なの？」

「無邪気に遊ぶわが子の姿を残しておきたくなったのかもしれない。二年前にバーバリ（アフリカ大陸の北岸一帯）で発掘調査をしていたとき、子供の墓からたくさんのおもちゃが出てきたんだ。死後も楽しく遊べるように」

ケイトはうなずいた。

「庭で遊んでいるメリーの像を造るのも、同じような心境かもしれないわね」

「ぼくの書斎に壺があるんだ。やはり子供の墓から出土したもので、動物の骨が入っていた。墓の主である少年のおもちゃだと思う。いつかきみに見せてあげよう」

「ぜひ見せて」ケイトは心から言った。

「ビギットスティフ教授はその壺を捨てたんだ。なかに入っていた骨も一緒にね。自分が掘り返したのが貧しい子供の墓だとわかると、やつは適当に埋め直させた」

「ひどいわ。その人は黄金にしか興味がないの？」

「名声にも興味がある。世紀の大発見を夢見ているから、子供の墓みたいなつまらないものはどうでもいいんだ。ぼくがチュニスに行きたい理由はそこにある。教授に任せておいたらでたらめに地面を掘り返して、貴重な出土品を破壊してしまうだろう」

ガブリエルの声が遠ざかっていったので、ケイトは振り返った。彼は比較的草の生えていない場所を選んで毛布を広げ、昼食の準備をしていた。

「こっちへおいで。食事にしよう」

ケイトは立ちあがった。「ごちそうね！」

「まずは泥だらけの手袋を外すんだ」ガブリエルがチキンの腿肉を差しだした。

ケイトはすぐに手袋をとった。「外だと普段より食欲をそそられるわ。そう思わない？」

そう言って、チキンにかじりつく。

ガブリエルは無言のままワイングラスを手渡してくれた。かすかに泡立つ液体が喉を心地よく滑っていく。彼女はチキンや、ミートパイや、芳醇なチェダーチーズや、酢漬けのウズラ卵を夢中で味わった。ガブリエルは次々に料理を勧めては、それを食べるケイトを眺めているばかりだ。

ケイトはアーモンドケーキ越しにガブリエルをにらんだ。「食べないの？」

ガブリエルが片方の眉をあげた。「食べるよ」

「なにを企《たくら》んでいるの？」

「きみを太らせたいだけだ」彼は余裕たっぷりに答えた。「春先に患っていたとしても、今のままでは痩せすぎだ」

「わたしは太らない体質なの」

「なるほど。だが夫をつかまえたいなら、髪がきれいなだけではだめだ。女性の美しさは曲線にある。大事なのは色気だ。レディ・ウロースだって、あの年にしてこんがりと焼けたパンみたいにふっくらしているじゃないか」

暗に色気がないと言われたことにケイトはがっかりしたが、表情に出さないようにして焼き菓子を平らげた。

ガブリエルが仰向けになって脚を組み、チキンにかぶりついた。ズボンがぴんと張って、引きしまった脚の線が浮かびあがった。彼が太陽の光に目を細めると、長いまつ毛が頬に影を落とす。

「さっきのことだけど……あなたが蝶の羽をむしるなんて本気で思ったわけじゃないのよ」ケイトは男らしい体から視線を引きはがした。

「それじゃあ、乳搾りの娘をはらませたというのは本気だったのか？」ガブリエルは目を閉じたまま、ケイトのほうへ手を伸ばした。「パイをもらえるかな？」

ケイトはミートパイを手渡した。「王子には愛妾がたくさんいるんでしょう？　王子に迫られて、抵抗できる女性なんていないもの。べつにあなたが魅力的だと言っているわけじゃないけれど」

「傷つくな」

「だからといって、気のない女性を力ずくでものにするという意味でもないわ」彼ほどハンサムな男性なら、肩書きなどなくても女性をはべらせられるだろう。

「わかっている」ガブリエルは再び手を伸ばした。細くて長い指をしていて、男性的な手だ。

ケイトはもうひと切れパイを渡した。

「兄のルパートには、愛人の子がたくさんいる。見栄えのする男なんだ」

「あなただって――」ケイトは思わず言いかけた。

「ルパートほどじゃない。ルパートは白馬に乗った王子そのものだ。ひだ飾りのついた服を着てかつらをかぶったら、きみものぼせあがるだろう」

「本当に？」

「おとぎ話から抜けだしたような容姿で、アレティーノが書いたものを地で行く振る舞いをするんだ」ガブリエルはうつぶせになって肘をついた。

「アレティーノ？　どこかで聞いたような……」

「女性に人気のある作家じゃないから、知らなくて当然だ。みだらな挿し絵がたくさんついた本を書いたイタリア人だよ。ぼくも若いころは勉強させてもらった。父が英語の翻訳版を持っていたけれど、文章は重要じゃない。きみの婚約者もきっと知っているだろう」

ケイトは笑みをこらえた。その名をどこで知ったか思いだしたからだ。アレティーノは、二年前に父の図書室で見つけた『ヴィーナスの姿態』の著者だ。王子の指摘どおり、挿し絵はかなり刺激的だった。

「もう少しワインをどうだい？」

黄金色の液体がグラスに注がれる。香り高いワインがケイトの理性を鈍らせた。

「ルパートは自分自身の容姿と地位にむしばまれている。地位が人を不幸にするなんて、きみには信じられないかもしれないが」ガブリエルがにやりとした。「兄は一四歳から召使に手をつけはじめて、それに飽き足らなくなると村の娘まで誘惑した。父はおもしろがっていたよ」

「あなたはおもしろいと思わなかったのね」

「相手の女性は働き口を失うのを恐れて逆らえないのかもしれない。でも、ルパートはそういった可能性に気づきもしないんだ。兄にとってはすべてが遊びだった。甘い言葉をささやき、ベッドで悦《よろこ》ばせて――」

「その結果、生まれた子供たちはどうなるの？」

ガブリエルが肩をすくめる。「城で一緒に暮らしている子もいる。もちろん、母親も一緒だ。ただ、アウグストゥスが宮廷を一掃したとき、そういう女性たちも堕落しているとして追いだされた。堕落させたのは身内だというのに」

「とんでもない話だわ」ケイトは砂糖漬けの洋ナシを頬張った。「あなたは、愛人に子供を産ませたりはしないのね」ガブリエルはこのうえなく尊大な男性だけれど、宮廷を追いだされた人々を自分の城に引きとったことからしても、責任を重んじる人だ。

「そんなことをしたら、ベルウィックに殺される」ガブリエルはゆっくりと言った。「あいつがいなければ、ぼくも乳搾りの娘を誘惑していたかもしれないな」そうしてケイトに芝居がかった視線を送る。

ケイトはガブリエルの手から洋ナシをもうひと切れ奪った。「つまりベルウィックのおかげで、あなたは道を踏み外さずにすんだわけね。彼はたいした人だわ」

ガブリエルは自分のワインを飲み干した。「誤解しないでくれ。ぼくは大人同士のつき合いを理解する女性なら喜んで誘惑する。さもなければ欲求不満で……」悪魔も顔負けの笑みを浮かべる。「今ごろきみを草の上に押し倒していただろう。男というのはそういう生き物なんだ」

ケイトは唖然とした。「恥知らず！」

「正直なだけだ」ガブリエルはケイトに身を寄せた。「イングランド人は率直さを尊ぶんだろう？」

「あなたはイングランド人ではないわ」

「イングランド人になったつもりで、互いの欠点を教えるのはどうかな？　きみから始めていいよ。得意だろうから」

「なにが？」

「ぼくの欠点をあげつらうこと」

「たくさんあるんだもの」ケイトは意地悪く言った。

「信じられないほどハンサムだ、なんて言っても信じないからな」

「言うわけがないわ」実際、彼はハンサムというには鼻が大きすぎる。

ガブリエルが笑った。「それじゃあ、なんだい？　冷酷なケイト王女」

「そうね、あなたは……」ケイトはためらった。

「傲慢？」ガブリエルが続ける。

「それはわかりきっているじゃない」

「もっとひどいことを言うつもりか？」

「あなたは……結婚した女性を不幸にするでしょうね」ケイトは思ったままを口にした。

ガブリエルがはじかれたようにケイトを見る。うしろで結んだ髪がほつれて、肩にかかった。

「どうしてだ？」

「だって、妻を置いて古代の都市を掘り返しに行くんでしょう？　向こうに行ったきり、なかなか帰ってこないに決まっているわ」

「それはただの推測じゃないか」

「でも、妻を残してチュニスへ行くのはまちがいないことでしょう」ケイトは落ち着いた声で言った。「それは結婚の誓いを踏みにじるものだわ」

ガブリエルが眉をつりあげた。

「〝富めるときも貧しいときも、病めるときも健やかなときも〟と誓っておきながら、チュニスにいるあいだに妻が病気になったらどうするの？　出産で命を落としたら？」

「妻になる女性の名前はタチアナだ。身重だったら、残していったりはしない」

「身重かどうか、どうしてわかるの？　女性自身にだってすぐにはわからないのよ。チュニスに行く三カ月前からタチアナ王女とベッドをともにしないつもり？　それはそれで問題だと思うけど」

ガブリエルは上体を起こした。「四六時中求めてくる夫をうっとうしいと感じる女性もいる。どうやらきみは、結婚を非常にロマンチックなものと錯覚しているらしい。少なくとも、王室の結婚はちがう」

「王室の結婚についてなら、本で読んだことがあるわ。イングランド王のジェームズ一世は王妃を愛するどころか、別居したあげくにバッキンガム公を寵愛《ちょうあい》したのよ」

「同性愛はスキャンダルだな」ガブリエルは目をそらし、おどけて答えた。

「あなたはちがうのね？」ケイトは気がついた。「口ではあれこれ言っていても、妻を置き去りになんてできないのよ」

「できない？」

ケイトはうなずいた。

「できるとも」ガブリエルが負けず嫌いの子供のように言い返す。

「無理よ。あなたはそういう人じゃないわ」

「黙れ」ガブリエルはすばやい動作でケイトを毛布の上に押し倒した。

「やめて！」

ガブリエルが無言で彼女を見おろす。ふれ合った部分が熱を持っていた。

「こんなことはしないで」ケイトは弱々しく抵抗した。気を許していると、自分からしがみついてしまいそうだ。そうしないためにも、彼の肩を強く押した。「悪い人ね」

ガブリエルが顔を近づけてくる。ケイトの頬に熱い吐息がかかった。

「そうかもしれないな」

ケイトは歯をくいしばった。「そこをどいて。約束したでしょう？」

「キスはしないと誓った。だから、キスはしない」ケイトがもう一度肩を押すと、彼はいっそう顔を近づけてきた。「悪い男は順序にこだわらないからね」湿った舌が彼女の頬をかすめる。

ケイトの体に震えが走った。頭のなかに警報音が鳴り響く。

「やめて！」彼女は金切り声をあげた。ところが舌先で首筋をたどられると、かすかに声をもらしてしまった。

「きみのキスはその髪と同じなのか？」ガブリエルがささやく。ケイトは頭がぼうっとして、返事ができなかった。「たったひとりの男に……未来の夫のためにとってあるのか？」

「そ、そうよ。両方ともとってあるの」ケイトは切れ切れに息を吸い、筋道立てて考えようとした。なんともいい香りがする。男性がこんなに魅惑的な香りを漂わせているなんて……王子はみんなそうなの？　異国のスパイスに、革と石鹸《せっけん》がかすかにまじった香りだ。

「髪を見せたからといって、幸せな結婚ができなくなるなんて非論理的だ」ガブリエルがケイトの首筋に顔をうずめた。熱い吐息が肌を焼く。彼は再び顔をあげて、ケイトを見おろした。その目が危険な色を帯びているとわかっているのに、ケイトは抗《あらが》わなかった。

「そうかもしれない」彼女はぼうっとしたまま答えた。

「道理に合わない」ガブリエルが唇でケイトの頬にふれる。「妹の代役が終わるまで髪を見せないなんて、くだらないこだわりだよ」

ガブリエルの唇が耳をかすめると、ケイトは息をのみ、自分から耳を彼のほうに向けた。

「こうされるのが好きなんだね」ガブリエルが低く歌うように言う。悪魔のささやきだ。

「堕落させたりしないから、キスをさせてくれないか？　お願いだ、ケイト」

ずっしりとした体の重みと甘い声に朦朧《もうろう》となりながら、ケイトは懸命に考えた。王子にキスをしたら、穏やかな伴侶を見つけて結婚するという将来に影響するかしら？

そんなことはないわ。キスだけなら……キスでとめられるなら。

「だめよ」ケイトは自分の声に驚いた。これまでに聞いたことがないような、つやのある声だった。

ガブリエルがケイトの両脇に肘をついて上体を離す。挟まれていた腕が自由になっても、ケイトは彼をたたきもしなければ、押し返しもしなかった。日差しの降り注ぐ庭園で、野の花と食べかけのミートパイに囲まれて、ふたりは黙って見つめ合った。

「誘惑しないで」ケイトは精いっぱい冷静な声で言った。ガブリエルの魅力に負けるわけにはいかない。「わたしは……男の人を知らないし、結婚初夜まで貞操を守るつもりだから」

ガブリエルがうなずくと、ひと房の髪が目に垂れかかった。端整な顔立ちと鍛えあげられた体は圧倒されるほど魅力的だ。

「処女を奪うつもりはない」ガブリエルはにやりとして、ケイトと軽く唇を合わせた。「たとえ懇願されても」

「うぬぼれているのね」ケイトはつぶやいた。「わたしはおもちゃじゃないのよ。だいたいあなたはお客様の相手をしなければならないはずでしょう。こんなところで油を売っていていいの？」

「どういうわけか、きみとのキスが頭から離れないんだ」

情熱的な視線を浴びて、ケイトはキツネに出くわしたウサギのように身を硬くした。

「きみのことばかり考えてしまう。今日も目覚めていちばんに、きみの唇を思い浮かべた」

ケイトは目をしばたたいた。

「ずぶ濡れのきみを抱いて、キスをした夢を見たよ」

「不謹慎だわ」

「夢のなかでぼくは、きみの肌についていた水滴すべてを唇でとりたいと思った」ガブリエルは再び唇で彼女の頬にふれた。「きみがぼくのものなら、濡れた体を毛布で包んで暖炉の前に運び、ふたりきりになってからゆっくり服をはぎとっただろう」

刺激的なせりふに、ケイトは声を失った。官能的な声とたくましい体、空を舞うヒバリの鳴き声までもが魔法のように絡み合って、頭が働かない。

「目が覚めたとき、きみをこの腕に抱いてキスをすることしか考えられなかった。思春期の少年みたいに胸が高鳴った。ぼくくらいの年になると、キス程度のことでは興奮しないものなのに」

ケイトは彼をにらんだ。

「ああ、ケイト。きみは汚れを知らない」

「だからなんなの？」ケイトは硬い声で言った。「みだらな夢について話し終わったなら、わたしの上からどいてもらいたいわ。わたしは羽根布団じゃないのよ」

「きみが羽根布団なら、毎日ベッドに入るのが楽しみだ」

彼女は鼻を鳴らした。「あなたってあきらめるということを知らないのね」

「証明してみせようか？」

「結構よ」ケイトはぴしゃりと言ってガブリエルを強く押し、彼が横に転がると慌てて体を離した。

24

ガブリエルが仰向けのまま胸を震わせて笑いだした。その姿はとても王子には見えない。

「あなたは……」ケイトは言いかけてやめ、かぶりを振った。

「頭がどうかしていると言いたいのか？」ガブリエルが続けた。「ベルウィックにもそう言われたよ。きみのことで頭がいっぱいなんだ」

「くだらないわ」ケイトは舌を突きだした。「わたしよりずっと若くてかわいらしい女性が山ほどいるじゃないの。婚約者もさぞかしきれいな方なんでしょう？　タチアナ王女のことを考えたらどう？」

「なぜかきみに惹かれるんだ。ヴィクトリアなんて目じゃないよ。そのヴィクトリアは、社交界でいちばん美しい女性と評判だね。つまり、きみにかなう者はいないということだ」

「妹を知っている人は、せっかくの美貌が台なしだと噂しているのよ」

「そんなことを言う連中は目が見えないんだ。きみはあそこにある犬使像の一〇倍愛らしい。美しいのは髪だけじゃない。唇なんて摘みたてのラズベリーみたいだ」

「調子のいいことばかり言って」お世辞だとわかっていても、悪い気はしなかった。異性に容姿を褒められるのは初めてだ。

「ぼくはラズベリーが大好きなんだ」ガブリエルが夢見るように言った。「口のなかで転がすと、果汁がはじける。生のラズベリーも、焼いたのも、パイにしたのもいい」

「わたしをパイにしたらおいしいだろうって言いたいの？」ケイトはくすくす笑った。毛布の端に腰をおろして、ワイングラスを手にとる。

「きみならどうやって食べてもおいしいだろうが、いちばん好きなのはラズベリーシロップだな」ガブリエルは思わせぶりに言った。

ケイトの脳裏に、アレティーノの挿し絵が浮かんだ。彼女は冷たいワインを喉に流しこんだ。欲望に屈するわけにはいかない。下腹部の燃えるようなうずきにも、ガブリエルにしなだれかかりたいという衝動にも負けてはならない。気を許したら……。

「だめよ」

ガブリエルが目を開けた。「なにがだ？」

「誘惑しないで。ピクニックについてきたから、脈ありだと思ったの？」

「たぶんね」

ケイトは彼をにらんだ。「愛人になれ、なんて言おうものなら、エフィーみたいにフォークを突き刺してやるんだから。しかも、刺す場所は手じゃないわよ。もてあそばれるなんてまっぴらだわ」

「愛人にするんだったら、もっと豊満な女性がいい」ガブリエルが彼女を横目で見た。

「わたしだって、誰かの愛人になるとしたら……そうなるなんてありえないけど、太陽みたいな髪と、サファイアのような瞳をした男性を選ぶわ」

「その手のしゃれ者は自分の見栄えばかり気にして、きみを称賛してくれないぞ」ガブリエルは手を伸ばしてリンゴをとった。

「そんなことはないわ。謙虚で、思慮深くて、誠実で、完璧な紳士だからうぬぼれたりしないのよ。わたしをとても愛してくれて、もしわたしが別れると脅したら、彼は――」

「火のなかに飛びこむんだろう？」ガブリエルが先まわりする。

「まさか。わたしの足元に身を投げだして、行かないでくれって懇願するの」

「その設定には問題がある。身を投げだすくらいなら、最初からきみを愛人なんかにしなければいい」

「そのとおりね。わたしなら愛人になったりせずに、彼と結婚するわ」ケイトはレモンタルトを手にとった。おなかはいっぱいだけれど、おいしそうだ。しかもレモンタルトを味わっているあいだは、ガブリエルのことを考えずにすむ。

「きみは、金髪で青い目をした、プディングみたいなやわな性格の男と結婚したいわけか。ハサウェイそのものだな」

「彼はまじめないい人だと思うわ」ケイトは言った。「もう少しワインをもらえないかしら？」

ガブリエルは背後の瓶をつかむと肘をついて体を起こし、自分とケイトのグラスにワインを注いだ。「たしかに悪いやつじゃないが」

「そんなことは、あなたに言われなくてもわかっているわ」ガブリエルが嫉妬《しっと》しないので、ケイトはかすかに落胆した。「問題は、エフィーもハサウェイ卿と結婚したいと思っていることね」

「エフィーというのは昨日、きみと同じ船に乗っていた女性だろう?」

「そうよ」

「エフィーは愛人にならないかと持ちかけてきた相手をフォークで刺したのか?」

「もっとひどい話よ。ベッカム卿はエフィーに不適切なキスを迫ったの」

「不適切なキスってどんなキスだい? ぼくたちがするようなキスか?」

ガブリエルはクラヴァットをほどき、シャツの胸元をはだけた。女性の前でこの手の振舞いにおよぶなんて、ひどく不適切だ。ケイトは視線をそらした。

「わたしたちはそんなキスはしていないわ。これまでのことは——」

「きみとキスをすると、全身を炎に包まれたかのようになる」ガブリエルが口を挟んだ。

「キス以上に親密な行為など存在しないかに思えてくるよ」

「やめて」ケイトは息を吸った。「ベッカム卿はエフィーに下半身を押しつけたのよ」

「そんなことくらいぼくだってする」ガブリエルは恍惚《こうこつ》とした表情を浮かべた。「今すぐしたいほどだ。そういえば、キス禁止令は撤回されたんだったかな?」

「まだよ」ケイトはわずかしか残っていない自制心をかき集めた。「エフィーはベッカム卿を振り払って、いけすかない男とののしったの。正確に言えばちがうせりふだったかもしれないけれど、ともかくそれに似たことを言ったのよ」

「それはぼくたちのキスには含まれていないな。きみにののしられた記憶はないからね。肯定的な声なら聞いた気がするが……」

ケイトは彼を無視して続けた。

「それでベッカム卿が怒って、いきなりエフィーをつかんだの」

「つかんだ？　それのどこがいけないんだ？」

「彼女の足のあいだをつかんだのよ！」ケイトは顔をしかめた。「かわいそうなエフィーは、わたしに打ち明けてくれたときもまだとり乱していたわ。一年も前の話なのに」

「うらやましい男だ」ガブリエルがため息をつく。

ケイトはフォークを手にした。

「ぼくはそんなことはしない」ガブリエルは慌ててつけ加えた。「それで、彼女はフォークを？」

「そうよ。それなのにベッカム卿は、エフィーがテーブルの下で彼にさわってきたと吹聴《ふいちょう》しているの」

ガブリエルは濃いまつ毛の下からケイトを見あげた。

「ぼくのケイト、きみもテーブルの下でぼくにさわってくれないか？」

「わたしはあなたのケイトじゃないわ」ケイトはくすくす笑った。愚かな女心は、まぶしい太陽と王子の甘い言葉には逆らえないようだ。

「ぼくのケイトじゃないだって？　おかしいな」ガブリエルは再び仰向けになって、片腕で日差しをさえぎった。「きみはぼくのもののはずなんだが……」

ケイトは彼にキスをしたくならないよう、ワイングラスを口に運んだ。

「それで、エフィーはその男をフォークで刺したというわけか」沈黙ののち、ガブリエルは言った。

「そうなの。ベッカム卿は腹いせに、彼女の評判をおとしめたのよ。だけどハサウェイ卿は人を見る目があるから、エフィーはそういう女性でないと気づいたみたい」

「だとしたら、エフィーからハサウェイを奪うのは気の毒なんじゃないか？　きみが本気でハサウェイを好きならともかく。ただし、その場合は退屈な結婚生活を覚悟するんだな。あ あいう男は、さわられるのをよしとしないからね」

「そもそも妻は、テーブルの下で夫をさわったりしないものよ」ケイトは笑った。

「ぼくなら週に一度、妻がテーブルの下で夫にさわることを結婚の条件に入れるね。そうでないと、元気がなくなってしまう」

「元気がなくなったりしないでしょう。あなたなら……」ケイトは言葉を切った。

「なんだい？」ガブリエルが追及する。

ケイトは視線を落としてから思いきって言った。「あなたならほかの女性を見つけるでしょうね」

ガブリエルの顔を感情がよぎった。けれども一瞬だったので、それがなにかは読みとれなかった。

「またしても王子だからと偏見を持たれるわけか」

「王子だからじゃないわ。男はみな、愛人やごく親しい友人を作るものよ」

「全員がそうとは限らない」

ケイトはフォークをもてあそんだ。「少なくとも、わたしの父は浮気症だったわ」

ガブリエルがうなずく。「ぼくの父もそうだ。だから、ベルウィックがいる」ガブリエルは流れるような動作で立ちあがった。「ほかにも石像が隠れていないか、探してみよう」

ケイトはほっとし、彼の手をとって立ちあがった。私生活について話すのは、唇を合わせるよりも気恥ずかしい。

「ツタが山のように盛りあがっているところがあやしいな」ガブリエルは腰に手をあてた。

「ほら、あそこと、もうひとつ塀のところにもある」

最初に見当をつけた場所には、壊れた煉瓦が山積みになっていた。

「崩れる前はなんだったのかしら？」

「この状態ではなんとも言えないな。ここに東屋《あずまや》でも造らせたらいいかもしれない。ふたりきりで食事をするのにぴったりだ」

「誰かとふたりで食事を楽しむ機会なんてあるの？」

「もちろん」

「でも、お城はあなたの気を引こうとする人であふれているでしょう。そういう時間は持てないんじゃない？」

「そんなことはない」ガブリエルは複雑な表情をした。

「発掘調査をするとき、周囲の人はあなたが王子だと知っているの？」

「知っていたからといって、誰も気にしないよ」ガブリエルは崩れた煉瓦を調べながら答えた。「作業員にとってぼくは、口うるさい外国人にすぎない」

それを聞いたケイトは、彼は発掘調査を心底気にかけているのだと実感した。

「青い瞳のうぬぼれ屋なんて、ほかにいくらでもいるじゃないか」ガブリエルが塀の近くに移動した。「一方のエフィーは、ハサウェイを逃したが最後、友人の出産祝いを作り続けるはめになる」

「ハサウェイ卿はうぬぼれ屋じゃないわ」ケイトはツタを引っぱりながら言った。「誠実でまじめないい人よ」

「さっきもそんなことを言っていたな」ガブリエルが退屈そうに言った。「エフィーに必要なのはむしろ、ベッカムを串刺しにできる荒々しい男かもしれない」

「エフィーを救うには、ベッカム卿の嘘を暴くしかないの。ヘンリエッタに相談してみようかしら？」

「レディ・ウロースならまちがいなく、鉄拳《てっけん》をふるってくれるだろう。それにしても、どうやって嘘を暴くつもりだ？」

「わからないわ。ねえ、これはポーチに見えない？　きっと城壁のなかへ抜けるドアがあるのよ。そうじゃないとおかしいもの」

「城壁を内側から調べたが、入口らしきものはなかった」ガブリエルは何重にも絡んだツタを引いた。ツタがいっきに落下して肩にかぶさる。

「そうしていると、半人半馬の好色家《サテュロス》みたいね」

「〝おれのワインと踊り子はどこだ？〟」ガブリエルが芝居がかったしぐさで言った。

「あんまり悪さをしていると、尻尾を踏みつけてやるわ」ケイトはうしろに飛びのいた。

「サテュロスなんてよく知っていたな。まともな教育を受けていないと言ったくせに」

「本で読んだの。父がサミュエル・ボイシの『パンテオン』を持っていたから」ケイトはいたずらっぽい目つきをした。「父の蔵書はなかなかのものよ。アレティーノもあったわ」

　ガブリエルは頭を振ってツタや土を落とした。それから背筋を伸ばし、先ほどまでしはちがうまなざしでケイトを見た。

「ぼくを挑発しているのか？」ヒョウのごとくしなやかな足取りで距離を詰める。

「そんな……」ケイトはうわずった声で言った。「わたし、わたしは……」

　ガブリエルの唇がケイトの唇を炎のように包みこんだ。たちまちケイトの体に火がつき、良識が消え去る。みだらな挿し絵が次々と脳裏をよぎった。硬い筋肉となめらかな肌を持つ男たちの顔は……よく見るとすべてガブリエルだ。

　ガブリエルが彼女の背中に置いた手を下のほうへ滑らせる。その先は……。

彼には婚約者がいる。本来はキスも許すべきではないのだ。

「ち、誓いはどうしたの？」ケイトはガブリエルの腕から逃れた。

「離れないでくれ」ガブリエルがうめく。彼の熱っぽいまなざしに、ケイトの膝から力が抜けた。

「キスはしないと言ったくせに」

「それは、きみがこっそりアレティーノの著作を読んでいたと知る前だ」

「本とキスにどんな関係があるのかわからないわ」

ガブリエルは塀にもたれた。「あるとも。きみは若い娘には珍しく好奇心が強い。率直に言わせてもらえるなら、性欲もね」

ケイトは真っ赤になった。

「ちょっとめくって不適切な本だとわかったから、すぐ棚に戻したわ」

「嘘だな」ガブリエルはゆっくりと塀から体を起こしてケイトの脇に立った。「それで、どれがいちばんよかった？　ふたり以上で楽しんでいるやつか？」

「いいえ」ケイトは彼の目に浮かぶ退廃的な誘いを拒んだ。「そろそろ部屋に戻らないと」

「それはよかった。ぼくもああいうのは趣味じゃない。一度に複数の女性を相手にしたいとは思わないし、ほかの男に大事なウィリーを見られたいとも思わない」

「ウィリーですって？」ケイトは笑った。「名前があるの？　ピーティーとかティンクルじゃだめなのかしら？」

「ウィリーというのは隠語だ。さお《ロッド》と同じ意味だよ。ロッドほど具体的な描写ではないが」

ガブリエルが言った。「きみはまるで、神話に出てくる呪いをかけられた娘だな」

ケイトは彼をにらんだ。

「あまりうれしくないたとえね。髪がヘビになるとか言うんでしょう?」

「メドゥーサじゃない。男を虜《とりこ》にする女神だ」古い煉瓦塀越しに差しこむ夕日が、ガブリエルの髪を赤く燃えたたせる。

「本当にもう戻らなきゃ。結局、これはなんなのかしら?」

「ドアだな」ガブリエルは言い、最後のツタをとった。

大きなアーチ状のドアは暗赤色に塗られ、ユリを模した立派な鉄製の蝶番《ちょうつがい》がついている。

「ただのドアじゃないわね。大聖堂の扉みたいな……」

ガブリエルがはっとした。「そうだ! 礼拝堂の裏口にちがいない」彼は大きなノッカーを引っぱったが、ドアはびくともしなかった。「鍵を預かった覚えはないんだが」

「礼拝堂のなかにあるんじゃない?」ケイトは言った。「ねえ、約束してほしいの」

「きみの頼みなら、なんでも聞こう」

ガブリエルの返事に、ケイトは不覚にも胸の高鳴りを覚えた。

「秘密の通路は二度と使わないで。部屋に帰ったらのぞき穴をふさぐつもりでいるけど、夜、誰かに見られているかもしれないと思うと眠れないのよ」

「眠れないなら、いつでも背中をさすってあげるよ」

ケイトは顔をしかめて毛布のほうへ戻った。

「きみも約束してほしい」ガブリエルはその場を動かなかった。

「なにを？」

「ベッカムを串刺しにして、エフィーの評判を回復したら……」

ケイトは目を細めた。「なに？」

「善意で言っているんだから、怖い顔をしないでくれ。エフィーも評判が回復すれば、結婚相手を選べるようになる。そうなれば、きみと気取り屋のハサウェイもうまくいくかもしれない」

「彼は気取り屋じゃ……」ケイトは言いかけてやめた。「それで、その奇跡を起こすためになにをしろというの？」

ガブリエルは一歩で彼女に追いついた。「キスをさせてほしい」

「これまでのキスを合計すると、あなたはすでにわたしに借りがあるでしょう」

「ただのキスじゃない」ガブリエルの声には深く暗い響きがあった。

ケイトは足をとめた。彼の意図がわからなかった。

ガブリエルが彼女に腕をまわす。「処女を奪いはしない。名誉に懸けて誓う。だが、きみのすべてを見せてほしい。きみを悦ばせて、愛したい」

「なにを――」

ガブリエルが唇でケイトの唇をふさいだ。ふたりがいる庭園と同じように、野性的なキスだった。ガブリエルの手はケイトの背中にとどまっていたが、彼女はなぜか貞操の危機を感じた。奪い、与え、互いを征服しようとするキスは愛の行為を連想させる。

　ケイトは意を決して体を離し、毛布の端に膝をついて、銀食器をバスケットにしまいはじめた。

「あとで従僕にやらせるから、そのままでいい」

「自分たちでできることを、わざわざ人にさせる必要はないわ」

「そういうことじゃない」ガブリエルがケイトを立たせた。「それが彼らの仕事なんだ。この仕事を任された従僕は、たとえいっときでもベルウィックの監視下から逃れられて喜ぶだろう。ベルウィックは厳しいからな」

「でも……」ケイトは迷った。ガブリエルが眉をひそめる。

「言っておくけれど、わたしは豚飼いの娘でも、召使でもないわ。おかしな想像をしないで」ケイトは庭園の出口へ向かって歩きはじめた。

「もちろんだ」ガブリエルが彼女の腕をとった。「きみはレディだよ」

　ケイトが疑わしそうに目を細めても、彼は天気の話でもしているかのように邪気のない笑みを浮かべていた。

25

ベッカムは正真正銘のろくでなしだ。ガブリエルの経験からいって、ろくでなしが本性を現すのは酒が入ったときだ。そこで彼は、ベルウィックに一部始終を打ち明けて協力を要請した。そういうわけで、その日の夕食時、給仕たちは冬を前に食料を蓄えるアリのようにシャンパンのグラスを満たしてまわった。

ガブリエルのテーブルでは、さっそく異変が現れた。それまでガブリエルの気を引こうと必死だった、レディ・ダゴベルトの娘のアラベラが、左隣のパトリッジ卿に愛想を振りまきはじめたのだ。四品目の料理が運ばれてくるころになると、彼女は頰をピンク色に染め、パトリッジ卿の肩にしなだれかかった。

さすがにレディ・ダゴベルトは背筋を伸ばして座っていたが、それでも頰は赤くなっている。酒と料理が次々に運ばれてくると、伯爵夫人もついに酔っ払ったのか、ガブリエルを相手にタンブリッジ・ウェルズに住む病気の伯母について語りだした。

「伯母は生まれつき病気がちでしたが、だからといって甘やかしてはなりません」

ケイトがいるテーブルからは、朗らかな笑い声が聞こえてきた。病気がちの伯母のことよりも楽しい話題があるのだろう。肩越しに振り返ると、ハサウェイ卿がケイトの胸の谷間をのぞきこむように体を接近させている。

ガブリエルの形相を見たレディ・ダゴベルトは眉をひそめ、ひきつけでも起こしたのかと尋ねた。

「伯母はぴったり一五分ごとに、ひきつけを起こすと言うんです。だったら、正午ちょうどに卒中で死ぬこともできるのね、と言ってやりました」

「もちろん、そんなことはできないでしょう？」ガブリエルは尋ねた。

「そのくらい言ってやったほうがいいのです。くよくよ考えているからひきつけなんて起こすんですわ」

「なるほど。ところで、ある客人について尋ねてもかまわないでしょうか？」ガブリエルは声を落とした。「ロンドンじゅうの貴族とつき合いのあるあなたなら、ベッカム卿をご存じでしょう？」

レディ・ダゴベルトはチーズの塊を見たシーザーのように顔を輝かせた。

「ベッカム卿はフェスティクル公爵の甥ですよ。公爵のことは知っていらっしゃるでしょう？」

「睾丸《テスティクル》？」その名前を頭のなかで吟味する。「それはまた、絶妙な名前だ」

レディ・ダゴベルトがけげんそうな顔をした。「なにが絶妙なんですの？　ともかく、ベッカム卿は好ましい人物ではありませんわね。わたくしは評価しません」

「ぼくも同意見です」ベッカム卿と面識がないにもかかわらず、ガブリエルは調子を合わせた。「あの男にはどうも享楽的なところがあります」

「たちの悪い男ですよ」レディ・ダゴベルトはターバン風に巻いた白いサテンの布を引っぱった。布の端がサーモンソテーの皿につきそうだ。耳の上あたりに三日月形のダイヤモンドのピンが留めてあり、彼女が顔を寄せてくるたびに、ガブリエルは頬を引っかかれそうになった。

「さしつかえなければ、どのようにたちが悪いのか教えてください」ガブリエルは共犯者めいた笑みを浮かべた。

「少なくとも、わたくしの娘には近づけません」レディ・ダゴベルトがサーモンをナイフでつつく。「あの男はこれまでに、複数の娘の前途を台なしにしています。未婚の娘は避けるべき相手ですわ」

「ヨーク公のように手が早いと？」

「ヨーク公がどんな手をしていらっしゃるのかは存じあげませんが、腑《ふ》に落ちないのは、評判を落とした娘たちがみずからあの男に近づいたという点です。もちろん、社交界にも品位のない娘はいますけれど」

「それはどこの世界も同じでしょう」

「ただ、わたくしが若くて軽率だったとしても……そんな事実はありませんが、あの男を選ぶとは思えないんですの。なにが言いたいか、おわかりかしら？」

「よくわかります」ガブリエルはうなずいた。「あなたは非常に鋭い観察眼をお持ちだ」

レディ・ダゴベルトが目をしばたたく。「いかにもヨーロッパ大陸の方がおっしゃりそうなお世辞ですこと」彼女は給仕を呼んだ。「サーモンはもう結構よ」

「シャンパンのお代わりを頼む」ガブリエルは給仕に言った。レディ・アラベラとパトリッジ卿の行く末をもう少し見てみたかったのだ。

客が千鳥足で、もしくは従僕に抱えられて食堂を出ていったあと、ガブリエルはベッカム卿を追ってビリヤード室へ行った。

ベッカム卿は部屋の隅で、トルースとアルジャーノンのゲームを見守っていた。トルースはシャンパンの嵐《あらし》にも平気な様子だ。

ガブリエルの存在に気づいた男たちがどよめき、上着やズボンのしわを伸ばしはじめた。トルースも台から視線をあげて、すばやく頭をさげる。アルジャーノンはふらつきながら、深々と頭をさげた。ガブリエルはアルジャーノンがカモに見えて仕方がなかった。

彼はひとりひとりに目礼した。葉巻を嚙んでいるのは、声も態度も大きなデューベリー卿だ。ウロース卿ことレミンスターは、まだシャンパンのグラスにしがみついている。最後はベッカム卿だ。

ベッカムには顎がなかった。顔と首の境があいまいなうえに額が広いので、逆さにしたボウリングのピンのようだ。年齢は三〇代、香水のにおいをぷんぷんさせ、頰ひげを染めている。ひげを生やしているのは、顔の下半分を少しでも大きく見せるためだろうが、まったく似合っていなかった。

こんな男にさわろうとする女性がいるとしたら、慈善家とさえ言えるかもしれない。ガブリエルはにやりとした。

「ご婚約者はいつごろ到着されるんですか？」ベッカムが尋ねた。

「舞踏会には間に合ってほしいものです」トルースがビリヤードのキューを磨きながらぼやく。「この城に集まってきた花たちは、殿下に手折られるのを熱望しています。あなたの婚約者の顔を見るまで、ぼくたちには目もくれそうにありません」

ベッカムが声をあげて笑った。「トルース、殿下に対して失礼だぞ」彼はガブリエルを振り返った。「ご無礼をお許しください。この男に悪気はないんです」

ガブリエルはベッカムの肩越しにトルースと視線を合わせた。「もちろんだ。婚約者といっても兄が選んだ王女で、ぼくは会ったこともない。結婚するまで、その……英語ではなんというのかな……検討の……余地はある」彼はわざとぎこちなく話した。英語を流暢《りゅうちょう》に操れない者を見下すイングランド人の高慢さを逆手にとろうと思ったのだ。この国の者は、いつかそれで痛い目を見るにちがいない。

「そのときまでは思う存分、イングランドの美女を鑑賞できるわけですね」ベッカムが言った。

彼になれなれしく肩をたたかれたガブリエルは、相手を殴りつけたくなった。「イングランドの女性は非常に……洗練されている。ミスター・トルースも言ったとおり、咲き誇る花のようだ」

トルースがキューの先端にチョークの粉をつけながら鼻を鳴らす。ガブリエルは余計なことを言うなと視線で伝えた。「ちょうど今朝も、ミスター・トルースに魅力的な娘を紹介してもらった。ミス……なんといったかな？　エフィーなんとかだ。青く美しい瞳をしていた」

トルースが眉をあげる。そんな事実はないからだ。

ビリヤード室に沈黙が落ちた。男たちはエフィー・スタルクのゴシップを王子にどう伝えるべきか、迷っている様子だった。

「エフィー・スタルクは年増です」ベッカムはいやらしく笑った。「とうの昔に二〇代に入ったはずですよ」

「それに評判もよくありませんな」デューベリー卿が言った。「ただしその評判というのが、どうもしっくりこないのです。なにか誤解があるのではないかと……」彼は葉巻を噛み、ベッカムを見据えた。

「そのとおりですね。あのミス・スタルクがベッカムにちょっかいを出すなんて、とても信じられません」レミンスターがビリヤード台に近づいて指摘する。シャンパンの瓶を何本か空けているにもかかわらず、足取りはしゃんとしていた。「ベッカム、きみに恨みはないが……」

ベッカムは首筋を赤くして、狡猾《こうかつ》な笑みを浮かべた。

「ぼくみたいな男を好む女性もいるんですよ」

「評判って、どんな評判ですか?」アルジャーノンが間の抜けた質問をする。「ミス・スタルクがベッカム卿にキスをしたとか?」

「まさか!」ガブリエルは言った。「彼女がキスを迫るわけがない。だいいちあれほどかわいい娘にキスを迫られたら、悪い気はしないだろう」

「キスどころじゃありません」ベッカムがむっつりと答えた。雲行きがあやしいことに気づいたらしい。

ガブリエルはドアの脇に待機している従僕を振り返った。

「もっとシャンパンを持ってこい」

デューベリー卿は見るからに正義感が強そうだし、レミンスターは酔っていても紳士だ。

「ぼくの聞いたところでは……」ビリヤード台に球を並べながら、トルースが言った。「ベッカム卿の魅力にぼうっとなったミス・スタルクが、彼の大事な部分を愛撫《あいぶ》しようとしたそうです」

ガブリエルはベッカムの頭部からゆっくりと視線をさげていき、本来ならば顎があるべき場所をじっくり眺めたあと、パッドの入った肩や、貧相な腰や、バックルつきの靴を観察した。

「それはおかしいな。若い女性というのは、中身よりも外見を重視する傾向にある。いや、きみを侮辱するつもりはないが」

デューベリー卿が口を開いた。「わからないのは、そういう例を複数耳にしていることです。スコットランドから遊びに来ていたわたしのいとこの娘も、同じような噂が広まってしまいました。デリラという名前ですが、ベッカム卿をクローゼットに引きずりこんだというのです」

ベッカムが出口に目をやった。彼と出口のあいだには、ガブリエルが立ちはだかっている。

「イングランドの若い娘はとても大胆だな。それでいて見た目は……なんだったかな……清《せい》楚《そ》だ」ガブリエルは言った。

「それです」デューベリー卿がガブリエルの横に立った。「デリラは大胆な娘ではありません。それにあの子の言い分は、噂とはまるでちがっていました」

「ほう？　ベッカム卿、彼女の父親から抗議されなくて幸運だったな。ヨーロッパ大陸では意見の不一致があった場合、剣《レピア》で決着をつける」ガブリエルは人差し指をレピアーの柄《つか》にかけた。ベッカムがそれを目で追う。

「デリラにはすでに、夫とふたりの子供がおります」デューベリー卿が言った。「ですが当時はミス・スタルクと同様、父親がいませんでした。これまでそのことに気づきませんでしたよ」

「どうしてこんな話になるんです？」ベッカムが甲高い声で抗議した。「女性というのはしゃれた男に弱いものだ。女性を熱くさせる方法をお知りになりたいんでしたら、喜んでご教授しますよ」

「ミス・スタルクがきみの身なりに魅了されたというのか？」トルースがガブリエルの隣に進みでる。「それは奇妙だ。失礼ながら、彼女はぼくにまったく関心を示しませんでしたからね」

誰が見ても、トルースはビリヤード室のなかでいちばんのしゃれ者だ。洗練された燕尾服《えんびふく》とフレンチカフスは、ガブリエルの兄のルパートでさえうらやむだろう。

「それは……」ベッカムが言った。「レディは真に気品のある男を好むものだからだ」

トルースが今にもベッカムに殴りかかりそうな顔をした。鋭い目つきのせいなのか、手に持ったビリヤードのキューのせいなのかはわからないが、刺繍を施した燕尾服をまとっていながら、港で働く日雇い労働者のような荒々しさを見せつけられる男はそうはいない。

「よくわからないんですが」アルジャーノンが言った。「結局、ミス・スタルクはベッカム卿をクローゼットに連れこんだんですか？」

「連れこんでない」ベッカムが答えた。

「それはデリラだ」ガブリエルが補足する。

「ああ、もうひとりいたんですね。どちらも同じ女性がやったのかと思いましたよ。ミス・スタルクは小柄ですから、力ずくでなんてとても無理だ」

「ほかにもいただろう」レミンスターがおもしろがるような表情をした。「何年も前に〈オールマックス〉で、ふしだらな女につけまわされたと吹聴していたじゃないか」

「それは驚きだな。同じ男が三人の女性に迫られるとは」ガブリエルは大げさに言った。

「問題は……」アルジャーノンが間延びした調子で言う。「三人目の娘に父親がいたのかどうかです。もちろん父親がいなければ生まれてはこられませんが、当時、生きてたのかどうか」

「いい指摘だ」ガブリエルは言った。「ウロース卿、その娘の名前を覚えているか？　もしくは……」ベッカムに向き直る。「直接、本人に尋ねてもいい。何度も同じような目に遭っているみたいだが、相手の名前くらい記憶しているだろう？」

ベッカムが肩をすくめた。「そういう質問は非常に不愉快です。過去に出会ったふしだらな女の名前をいちいち覚えてるわけがありません。〈オールマックス〉にはそういう女がうようよいますからね」彼はシャンパンをあおった。「ぼくはもうやすみます」

「まだいいだろう」ガブリエルは猫なで声で言った。「もったいぶる必要はない。三番目の娘の名前を覚えているのか？　それとも覚えていないのか？」

ベッカムが歯をくいしばる。

「思いだしたぞ」レミンスターが言った。「姓はウダースプーンだ。名は……」

デューベリー卿が眉根を寄せた。「パトリック・ウダースプーンの娘か！　パトリックならずいぶん前に亡くなりました。イートン校の同窓です」

「つまり、父親はいなかったわけですね。彼女にも父親がいなかったなんて」アルジャーノンが悲しげに言った。

「なんてことだ」ガブリエルは言った。「イングランドには、父親のいないふしだらな娘が大勢いるらしい」

「いい加減にしてください！」ベッカムは従僕を振り返った。「おい、もっとシャンパンを持ってこい！」

ベッカムがグラスに酒を注ぐあいだ、沈黙が部屋を満たした。彼はシャンパンをひと口飲んで、開き直ったように視線をあげた。「あっちだってそうしてほしがってたんです。上等なドレスに身を包んでたって、ひと皮むけば娼婦《しょうふ》と同じですよ。流し目ひとつで簡単に脚を開く」

「おまえの流し目では無理だな」ガブリエルは従僕を振り返った。「ベルウィックを呼んでくれ。ベッカム卿はじきにお帰りだ」

「ぼくのヴィクトリアも同じ目に遭ってたかもしれない」アルジャーノンが驚愕の表情を浮かべた。「彼女にも父親がいないんです。それだけで、評判を台なしにされてたかもしれないなんて」

「ミス・ウダースプーンの件は何年も前の話です」デューベリー卿が腕組みをする。「デリラはすでに立派な相手と結婚しました。ですがミス・スタルクは……どうすればよいでしょうな？　ベッカムが噂を広めたせいで、若い男たちは彼女に話しかけようともしません」

「この男が責任をとって結婚すべきですよ。そして、二度と同じ過ちを繰り返さないと名誉に懸けて誓わせるんです」アルジャーノンが言った。

「こいつに名誉など理解できるわけがない」そう言ったのはデューベリー卿だ。

「ミス・スタルクだって、こんな醜い男と結婚するのはごめんだろう」レミンスターもグラス越しにさらりと言う。

ベッカムの顔が赤黒くなった。彼はレミンスターに背を向け、ガブリエルに会釈した。「出ていけとおっしゃりたいんでしょう？　こんないつ崩れるかもわからない城、喜んで出ていきますよ」

「ちょっと待て」ガブリエルは言った。「帰途については、有能なベルウィックが手配する。まずは……ミス・スタルクに対する償いについて話し合おう」

ベッカムがくっくっと笑った。「みんなに言ってやりましょうか？　ぼくがあの田舎娘にキスをしたら、あの女は死んだ魚みたいなキスを返してきた。ほかの男が味見する手間を、ぼくは省いてやったんだ」

ガブリエルはベッカムの顔にこぶしをめりこませた。ベッカムの体が後方に吹っ飛び、ビリヤード台の角にぶつかって床に転がる。

「気絶したのか？」ベッカムが動かないので、トルースが尋ねた。

「いいえ」アルジャーノンはベッカムの顔に遠慮がちにシャンパンをかけた。「まぶたがひくひくしてます」

「もったいない。上等なシャンパンが」レミンスターがぼやく。「それにしても殿下、よく辛抱されましたね。もっと早い段階で殴ると思っていましたよ」

ガブリエルはビリヤード台に近づき、ベッカムを立たせた。ベッカムがふらつきながら体を起こす。「ベッカム卿、ほかに言いたいことがあるか？」

「顎が、顎が」ベッカムは指で歯列をたどった。

「ではミス・スタルクについて、みなに言うべきことを練習しよう」

「殿下のかわいい娘の汚名を晴らすよう、あなたから命じられたとでも言いますよ」

再び殴られたベッカムは、ビリヤード台の上に倒れた。

「シャンパンはかけるな。ビリヤード台に張ったフェルトが傷む」トルースが注意した。

アルジャーノンがベッカムを台の端に座らせる。ベッカムは二、三度、目をしばたたいたかと思うと、頭をがくんとうしろに垂れ、再びビリヤード台の上に伸びてしまった。

「手間のかかる男だな。しかし、これで真実を話す気になっただろう」ガブリエルは従僕を振り返った。「レディ・ダゴベルトの部屋へ行って、大至急、ビリヤード室までお越し願いたい旨伝えるんだ」

デューベリー卿がぽかんと口を開ける。トルースは声をあげて笑った。

数分後に目を覚ましたベッカムは、まばたきしてから悲鳴をあげて上体を起こした。

「歯が！」血のまじった唾《つば》を吐き、もごもごと言う。「ぼくの大事な歯が！　たかが小国の……」ガブリエルにひとにらみされた彼は、そこで口をつぐんだ。

「間もなくレディ・ダゴベルトがおまえの懺悔《ざんげ》を聞きに来る。懺悔は魂の救済というだろう。

おまえの場合、残りの歯がかかっているから、言葉には注意するんだな」ガブリエルは言った。

「いやだ。そんなことをしたら社交界から追放される」ベッカムがあえいだ。「あんたはイングランド人をわかってない」

アルジャーノンがビリヤード台から黄ばんだ歯をつまみあげ、ベッカムの手のひらに落とした。「この城へ来た記念です。お忘れなく」

「もう誰にも招待してもらえない。田舎に引きこもらなきゃならなくなる」ベッカムは泣き言を言った。

「それも一生だろうな」デューベリー卿が重々しく言う。

「そ、その娘と結婚する！」ベッカムは必死の形相で男たちを見まわした。「ぼくにできる最大の償いだ。彼女だって喜ぶはずだし、紳士らしく――」

「ミス・スタルクが承知するものか。前歯のない男なんてまぬけだからな。おまえにはぴったりだが」ガブリエルは言った。

「うちの領地はかなりのものだぞ。ぼくと結婚できる女は幸せなんだ」ベッカムは話し続けている。

「失礼！」背後でドアが開き、高飛車な声が響いた。「火事でも起きたのかと思ったら、酔っ払いの男性が勢ぞろいしているだけじゃないの。これのどこが大至急なのです？」

ガブリエルはレディ・ダゴベルトを振り返って会釈した。伯爵夫人は寝る準備をしていたらしい。大きな帽子に、何人分もの服が作れそうなほどたっぷりと布を使った白いコットンの夜着を着ている。

「わざわざお越しいただいて恐縮です」ガブリエルはレディ・ダゴベルトの手の甲にキスをした。

「殿下、こんな夜分に女性を呼びだすなんて不謹慎ですよ。こういうお誘いは不愉快です」

「おっしゃるとおりです。しかし、どうしてもあなたでなければならなかったので」ガブリエルは脇によけた。レディ・ダゴベルトがベッカムの姿を見て鼻を鳴らす。

「殴り合いですか？」

ガブリエルは説明した。「ベッカム卿はこれから懺悔をします。社交界の権威たるあなたに聞いていただくのがいちばんだと思ったのです」

「よもやわたくしがローマカトリックの生き残りだとほのめかしているわけではないでしょうね？」レディ・ダゴベルトはベッカムに向き直った。「ベッカム卿、なんなりとおっしゃい。ただできれば、口元の血をふきとってからにしてもらえないかしら。気分が悪くなるから」

ベッカムは言われたとおり口をぬぐい、身を震わせて目をしばたたいた。

「さあ、早くなさい」レディ・ダゴベルトが命じる。

「エフィー・スタルクは――」

「ミス・エフロンジア・スタルクでしょう！　異性の名前を気安く愛称で呼ぶなんて、最近の風潮にはついていけないわ」

「ミス・エフロンジア・スタルクは……ぼくに、その……言い寄られて喜んではいませんでした」ベッカムが言った。「ぼくの手を振りほどいて、フォークで突いたんです」

レディ・ダゴベルトがうなずいた。「あなたは悪党だと、会った瞬間にわかったわ。わたくしの勘はあたるのよ。今後いっさい、あなたの顔を見ずにすむことを祈ります」

ベッカムは息を吸い、その点についてはまったく異議なしという顔をした。

「エフロンジアの評判については、わたくしがなんとかしましょう」

伯爵夫人のひと言で、その場にいた全員が、エフィーの評判は明日の正午までに生まれての赤ん坊同然になると確信した。

「これで彼女は、望む相手と結婚できるようになるわ。わたくしの意見にはみな、多少なりとも耳を傾けるでしょうからね」

「社交界はあなたに従います」ガブリエルは言った。

「ぼくも従います！」アルジャーノンが甲高い声で宣言する。

レディ・ダゴベルトはアルジャーノンを見て眉をひそめ、ガブリエルのほうを向いた。

「当然ながら、ベッカム卿は静養の旅に出るのでしょうね？」

「ええ、そうなります」ガブリエルはほほえんだ。

「行き先はジャマイカがいいと思いますよ。ふたりにひとりはサメに食べられてしまうのだとか。なかなかの確率ではありませんか」

ガブリエルは頭をさげた。「何事もあなたの御心のままに」

レディ・ダゴベルトが鼻を鳴らした。「またしてもヨーロッパ大陸式のおべっかですわね」彼女は部屋を出ていった。

「サメだって？」ベッカムは徐々に状況を理解しはじめたらしい。「ジャマイカなんて行くもんか。この秋は田舎に引きこもる。次の社交シーズンもそうしたっていい。それで文句ないだろう？」

ガブリエルはドアを振り返った。従僕たちを従えて、ベルウィックがゆったりと立っている。数分後、ベッカムはビリヤード室から連れだされ、憐れな泣き声とともに廊下を遠ざかっていった。

「ちょっと考えればわかることだったのに。これまで気づかなかった自分が情けないですよ」デューベリー卿がビリヤード台をこぶしでたたいた。

レミンスターが口を挟んだ。「彼女の魅力に気づいた者でなければわからなかったのでしょう。殿下に出会ったミス・エフロンジア・スタルクは幸運です」

「ああ、そのことだが、じつは彼女とは面識がない」ガブリエルはさらりと答えた。「ベッカムの悪事を暴くために、ミス・スタルクに興味のあるふりをしただけだ。ミスター・トルース、お手合わせ願えるかな？」

「彼女と面識もないのに、ベッカムをやりこめたんですか？　なんて高潔な」トルースが眉をあげ、ガブリエルにキューを差しだした。「ビリヤードであなたを負かすのが心苦しくなってきましたよ」

「ほう、そうか？」ガブリエルはキューの先端にチョークの粉をつけた。「祖国への忠誠に懸けて真実です」トルースがうなずく。「それにしても、ポメロイ城にこんなすばらしいビリヤード台があるとは知りませんでした」

「ここにあったんじゃない」ガブリエルは前かがみになってキューのそりを確認した。アルジャーノンがビリヤード台の端に肘をついた。

「それなら、どこで手に入れたんですか？」

「これはぼくがマールブルクから持ってきた唯一の家財道具なんだ」ガブリエルはトルースを見てにやりとした。「きみは大金を賭けてゲームをするそうだな？」

トルースは破顔一笑した。

26

昼食の時間には、レディ・ダゴベルトの影響力は予想以上だったことが判明した。

ケイトはその日の朝、ホットチョコレートを手に興奮して部屋に入ってきた侍女のロザリーから、前夜の出来事を聞いた。

エフィーの評判が回復した証拠に、レディ・アラベラは親しい友人を〈バラの間〉に集め、エフィーの侍女に白鳥の綿毛でできたマフをレティキュールに変える方法を実演させた。集まった女性たちはマフなどそっちのけで、ベッカム卿のことは以前からうさんくさいと思っていたと話し、エフィーを純潔の聖女とたたえた。

「どうやってフォークで突いたのか教えてよ」ヘンリエッタがティートレイからフォークをとりあげた。「お気に入りのマフをレティキュールにするよりも、ベッカムみたいなろくでなしに風穴をあける方法のほうが、よっぽど興味があるわ。こんなふう？　それともこうかしら？」

フォークを剣のように振りまわすヘンリエッタを見て、ケイトは噴きだした。

「それが……よくわからないんです」エフィーは頬を上気させて答えた。「一瞬の出来事だったので。ともかく自分を守らなきゃと思って夢中でした」

「残念なことにわたしくらいの年になると、男性も不適切な行為におよぶのをためらうのよね」ヘンリエッタがぼやく。「もし襲われたら、完璧に仕留めてやる自信があるのに。練習相手になってくれって、レミンスターにお願いしようかしら」

小さな書き物机に向かって手紙を書いていたレディ・ダゴベルトが顔をあげる。

「夫をフォークで突くなどとんでもないわ」

「そりゃあ、あなたくらい口が達者なら、フォークなんか使わなくても相手をぶちのめせるでしょうよ」ヘンリエッタはケイトにだけ聞こえるよう小声で言った。

アラベラが母親を軽くにらんで話題を変える。「明日はいよいよ舞踏会ね。ミス・ダルトリーはなにを着るのかしら？　ガラスの靴ははくの？」

ケイトが口を開くより先に、ヘンリエッタが質問した。「ガラスの靴？　それってなんなの？　今年の社交シーズンは外国にいたせいで、すっかり乗り遅れてしまったみたい」

「世界中を探しても、あんなに美しい靴はありませんわ」アラベラは声をうわずらせた。

「それをはやらせたのが、ミス・ダルトリーなんです。わたしも一足ほしいんですけど、母が許してくれなくて」

「ダイヤモンド製かと思うほど高価なのよ。とんだ無駄遣いだわ」レディ・ダゴベルトが再び顔をあげた。

「ガラスが割れて、つま先を切ったりしないの？」ヘンリエッタは興味津々だ。「ほら、わたしってふくよかでしょう？　ガラス製じゃ心もとないわ」

「実際にガラスでできているわけじゃないんです」ケイトはロザリーから聞いたことを思いだして答えた。「レディ・アラベラ、明日はあの靴をはくつもりでいるわ」

「まったく、おしゃれって恐ろしくお金がかかるのよね」ヘンリエッタが言う。「わたしの衣装部屋は昨シーズンはやったダチョウの羽根でいっぱいよ。とんでもなく高価だったけど、一度に七本もつけたら重さで頭痛がするの」

「わたくしは白いサテンのペティコートとブリュッセル産の金色の布で仕立てたドレスを着るわ」レディ・ダゴベルトが言った。「ちなみに、白いダチョウの羽根を八本つけるの。そのくらい、なんということはないわ」

「白、白、白、白。いい年をして、花嫁気取り？」ヘンリエッタがぶつぶつ言う。「雪に覆われた畑は、耕したばかりの畑の一〇倍は大きく見えるって、誰か教えてやったらいいのよ」

「それはあんまりです」ケイトは笑いを嚙み殺した。

「そうね、彼女の場合、耕してくれる人もいないんだったわ」

「わたしはゆったりしたチュニックを着るわ」エフィーが言った。「ヴィクトリア、あなたはなにを着るの？　いつもあなたの装いが楽しみなの」

ケイトはまだ考えていなかった。「舞踏会用のドレスは三、四着持ってきているから……」軽い調子で言う。「最後の瞬間まで迷うと思うわ」

「髪はギリシャ風に結うの？　それともローマ風？」アラベラが尋ねる。

「本当に、まだなにも決めていないの。今はかつらに凝っているし」

「わたしもすてきなかつらを持ってきているのよ」アラベラが言った。

「男性はかつらになんて興味を示さないわよ」レディ・ダゴベルトが顔をあげた。「アラベラ、何度も言っているでしょう。男性は女性の髪を見て、多産かどうかを判断するの」

部屋に沈黙が落ちた。

「それならわたしはかつらが好きでよかったわ」ヘンリエッタが言う。「そうでなければ、三人の夫をつかまえ損ねたかもしれないもの」

「母の非礼をお詫びします」アラベラが静かに言った。

「聞こえたわよ」レディ・ダゴベルトが言った。「謝る必要があるなら自分でするわ」そう言って、ヘンリエッタに向き直った。「ごめんなさいね、ヘンリエッタ。あなたの前で子供の話をするべきではなかったわ」

「もう過ぎたことだから」ヘンリエッタは小さく肩をすくめた。「それにしてもメーベル、あなたが名前で呼んでくれたなんて初めてじゃない？」

「そしてこれが最後よ」伯爵夫人は手紙に視線を戻した。「名前で呼び合うなんて下品ですからね。愛称なんて問題外だわ」

「残念ながら、わたしは生まれつき下品なの」

「下品というのは、エミリー・ギルみたいな娘のことよ。立場もわきまえずに殿下に色目を使って」伯爵夫人が言った。

「殿下はとびきりハンサムだもの」ヘンリエッタが言う。

「殿下に非はないわよ。ただ、外国人で、王子で、この舞踏会の主催者というだけ。さらに婚約者がいつ到着してもおかしくない。それなのにエミリー・ギルときたら、神が降臨したかのようにぼうっと眺めたりして、みっともない」

「殿下が神でないのはたしかね」ヘンリエッタは芝居がかった表情で言った。「神はほとんど布をまとわないもの。少なくとも、エルギンの大理石彫刻（エルギン伯によってパルテノン神殿から持ちだされ、大英博物館に展示してある彫刻群）はそうだった。何時間も鑑賞したこのわたしが言うんだからまちがいないわ」

「あなたという人は！」レディ・ダゴベルトがあきれた声を出した。

「エミリーは殿下に夢中なの」アラベラが言う。「昨日の夜なんて、殿下に笑いかけられただけで卒倒しそうだったと言っていたわ」

「たとえ婚約者がいなかったとしても、殿下が彼女と結婚することはないわ。この城を維持するには莫大《ばくだい》なお金がかかるから」レディ・ダゴベルトは部屋を見渡した。「召使に支払う給金だけでも、年間数千ポンドはくだらないでしょうね」

「ああ、わたしにも莫大な資産があったらいいのに。殿下はとびきりハンサムなんですもの」アラベラがため息をつく。

「あなたを財産狙いの男に嫁がせたりしないわ」レディ・ダゴベルトはペンを置いて従僕を呼んだ。「この手紙を夜の便で出してちょうだい」

「あの、ご親切にありがとうございました」エフィーがおずおずと言った。「母がこの場にいたら、同じことを言うと思います。今日はベッカム卿の騒動で寝こんでしまっていて」

「あなたのお母様は雨の日の鶏並みに臆病ですからね。でも、安心なさい」レディ・ダゴベルトが宣言した。「万が一あの男が殿下の手配した船から逃げだしても、社交界には二度と顔を出せないわ。知り合い全員に手紙を書きましたからね。わたくしの知らない人は、知らせる価値のない人よ」

「本当に感謝しています」エフィーが言う。

「ミス・ウダースプーンにも手紙を書きましたよ。あの男の最初の被害者になった女性に。幸い、彼女は生まれたときから嫁ぎ先が決まっていたの。今はなんと呼ばれているかご存じ?」

ヘンリエッタは眉をひそめ、アラベラとエフィーとケイトも首を振った。

「カルバート公爵夫人よ」レディ・ダゴベルトは高らかに宣言した。「カルバート公爵のことは子供のころから知っているわ。彼ならわたくしが手紙など書かなくても、奥様の人柄をよく承知しているでしょうけど」

「わたしに言わせてもらえば、伴侶の人柄は結婚して数週間以内にわかるわね。数時間でわかることもあるわ」ヘンリエッタが言った。

「まったくそのとおりよ」レディ・ダゴベルトが言う。「でも、知らせたからといって害はないでしょう。今後、ベッカムがイングランドの土を踏もうものなら、公爵がたたきだしてくれるわ。ただ、ひとつだけ腑に落ちないことがあるの」

一同は伯爵夫人に注目した。あらゆる事情に通じているレディ・ダゴベルトが納得できないこととはなんだろう？

「彼はどうしてあんなことをしたのかしら？」

「ああいうたぐいの男は、自分でもどうしようもないのよ」ヘンリエッタが軽蔑もあらわに言う。「似た男を知っているわ。女性にもてない腹いせに、われらがエフィーのような気骨のある女性をおとしめたの」

「その彼じゃなくて……」レディ・ダゴベルトは言った。「殿下のほうよ。なぜ、ベッカムを懲らしめたのかしら？」

「気高い方ですもの。きっとソロモン王と同じく、不正を見過ごせなかった（ソロモン王には名裁きを行ったという伝説がある）のよ」アラベラがうっとりと言う。

「高い道徳心をお持ちだから、悪者に我慢がならなかったのね」エフィーが感情に声を高ぶらせた。「報復の天使のように、天の剣で悪を成敗してくださったんだわ」

「それはまさか、聖アンデレ（イエスの弟子のひとり。新約聖書に出てくる）の話を元にしているのではないでしょうね？」レディ・ダゴベルトはエフィーを見て眉をひそめた。「あなたのお母様に、もう一度聖書を読み聞かせるよう伝えたほうがいいのかしら？」

「母にはなにも言わないでください」エフィーは目を丸くした。「それでなくても、今夜のダンスには出ないほうがいいと言われたんです。ロシアの王女の到着を楽しみにしていたのに。夕食前には到着されるのでしょう？」

「今夜もダンスがあるの？」レディ・ダゴベルトが言った。「明日は舞踏会だというのに。アラベラ、わたくしたちは失礼して早めにやすみましょう。何通も手紙を書いて、ほとほと疲れたわ。エフロンジア、あなたも一緒にいらっしゃい」

エフィーとアラベラは女王の乗った船を先導する引き船のように、すごすごと部屋を出ていった。

27

エフィーたちを見送ったあと、ヘンリエッタはケイトに向き直った。

「殿下の騎士ごっこについて、なにか事情を知っているんじゃないでしょうね?」

「エフィーの苦境について相談はしました」ケイトは注意深く言った。

「そうしたら殿下が輝く鎧《よろい》の騎士に変身して、悪者を成敗してくれたの? それは危険ね。わたしだったら用心するわ。男がそういう行動に出るのは、相手のベッドに潜りこもうとしているときだけよ。この場合はあなたのベッドにね」

「そんなことは……」ケイトは弱々しく否定した。シーツにくるまって彼女のほうへ手を差し伸べるガブリエルの姿が頭に浮かび、体が熱を帯びる。

「とぼけても無駄よ。うしろめたそうな顔をしているわ」

「わたしはなにも――」

「これから犯す罪に対するうしろめたさじゃないの?」ヘンリエッタはにっこりした。「自分だけがばかをみないように気をつけなさい。避妊の方法は知っている?」

「はい」ケイトは真っ赤になった。「でも、そういうことじゃないんです。彼は……」その先が続かなかった。

「王子様との恋なんてロマンチックじゃない」ヘンリエッタが言う。「残念なのは、王女様がいつ到着してもおかしくないことね。もし許されるなら、彼の花嫁になりたい？」

ケイトは上品なティーカップを手にとり、首を振った。

「あら、どうして？　ガブリエル王子はすてきじゃない。脚はすらりとしているし、くさくない。そんな男はめったにいないわよ」

ケイトは抑揚のない声で言った。「あの人は父にそっくりです。お金のために結婚しなければならないところまで。正確に言えば、それは殿下のせいではないし、父だってそうしたかったわけではありません。だけど夫が外でよその女を口説いているときに、暗い寝室でひとり眠るなんてごめんです」

ヘンリエッタは唇を噛んだ。「なんだか良心が痛むわ。そんなことは考えもしなかった」

「あなたを責めているわけじゃありません。率直に言うと、父がマリアナと浮気をするぐらいなら、あなたが相手のほうが一〇〇倍よかったと思っています。わたしが言いたいのは、父が母を愛していなかったということです。父は母を慈しまなかったし、思いやりもしませんでした。わたしはそういうのじゃなくて、本物の結婚がしたいんです」

「本物の結婚ねえ。それはいろいろな意味に解釈できるわ。結婚というのは実に複雑で厄介なものだから」

「敬意と愛情が土台にあれば、それほど複雑にはならないはずです」

「殿下にはその土台がないと？」

「彼は欲情しているだけです」ケイトはずばりと言った。「そんなものに意味はありません」

「でも、まずは欲情を感じないことには、なにも始まらないのよ」ヘンリエッタが反論する。

「男と女というのはそういうものだわ。あなたの妹とディムズデール卿だってそう。欲情のあとに愛情がついてきたんじゃないの？」

「ガブリエルは自分がお金のために結婚するのが気に入らないんです。世の中を損得で割りきれる人じゃないですから。その反動で、わたしに言い寄ってくるのだと思います。豚飼いの娘に心を奪われた王子役に浸っているんですよ。あわよくば、愛人にしようとでも思っているのでしょう」

短い沈黙ののち、ヘンリエッタが口を開いた。「それは彼に対して厳しすぎるわ。殿下はもっと情熱的な人だと思うけど。自分にぴったりの女性に出会ったら、持てるものすべてをなげうつぐらい」

「そんなことができるはずがありません。王室の結婚というのは、伝統とか決まり事とか、二国間の取り決めとか、そういうことですもの」

「その点において、彼はあなたのお父様とはちがうじゃない？」ヘンリエッタが指摘する。

「父はあなたと結婚するべきでした」

「そうしたら、あなたはここにいなかったのよ。それに、わたしは最初の夫を愛していたわ。レミンスターのことも愛している。二番目の夫だって、結婚するときはあまり乗り気じゃなかったけど、悪くなかったわよ。ねえ、たとえジュリエットが死ななかったとしても、生ロミオを思って泣き暮らしたとは考えないでほしいの。そんなことはないから。わたしだってそう」

ケイトは弱々しく笑った。

「あなたがくよくよ泣いているところなんて想像できません」

「そのとおりよ。せっかくの人生を棒に振る気はないわ」

「でも、せめてお金とは関係のない結婚がしたいんです」

「もっと大切なのは、お金のために結婚しようとしている男に恋をしないことね」

「そんなことはしません」

「その言葉を信じられたらと思うわ」ヘンリエッタが暗い声で言う。「だけどわたしがあなたくらいの年だったら、殿下に恋をしていたでしょうね」

「わたしだけを愛してくれる男性を探して、その人に恋をします」

「ああ、わたしにもあなたみたいな時代があったのかしら？　昔すぎて思いだせないわ」

「わたしはそんなに若くないですよ」ケイトはにっこりした。「エフィーと同じで、いい年ですから」

ヘンリエッタはため息をついた。「かわいそうなダンテのことは眼中にないみたいね。あなたをとても気に入っているみたいだけど」

「彼はすばらしい人です」ケイトは言った。

「クロッグミと司祭のことしか話さない、やさしいけど退屈すぎるわね。結局、あの人はエフィーと落ち着くことになるでしょう。それにしても、エフィーのことは以前よりずっと好きになったわ」

「エフィーと一緒になる男性は幸運です。彼女はとびきり夢見がちだから、ハサウェイ卿とはお似合いなんじゃないかしら」ケイトは言った。

「あの子が天の剣とか言いだしたときのレディ・ダゴベルトの顔は見ものだったわ。エフィーに物語の才能があるのはまちがいないわね」ヘンリエッタは立ちあがった。「さて、今夜は大層おもしろい夜になりそう。ロシアの王女様とやらが美人だといいんだけど」

28

ヘンリエッタのあとに続いて〈バラの間〉を出たケイトは、期待と不安に押しつぶされそうになっていた。〝おもしろい夜〟なんてとんでもない。

ガブリエルの言葉が頭のなかで渦巻く。〝きみのすべてを見せてほしい。きみを悦ばせて、愛したい〟と彼は言った。あれはいったいなにを意味するのだろう？

ガブリエルは約束を果たした。ベッカムは追放され、エフィーの評判は回復した。レディ・ダゴベルトの思惑どおりに事が進めば、エフィーはすぐにでも結婚しそうな勢いだ。

今度はケイトが約束を果たさなければならない。

ヘンリエッタがレミンスターを捜しに行ってしまったので、ケイトはひとり階段をあがった。

〝悦ばせたい〟だなんて……想像するだけでぞくぞくする。血管のなかを炎が流れていくようで、手足に力が入らない。ガブリエルは今、どこにいるのだろう？　今にもあの角を曲がって現れるかもしれない。

本当は居間で彼を待ちたかった。ベルウィックを見かけたら、ガブリエルがどこにいるのか問いつめてしまいそうだ。

ケイトは固く手を握りしめ、西翼へと続く廊下を先ほどよりも早足で歩きはじめた。

ガブリエルの発言がなにを意味していようと、約束は守らなければならない。ただ、こちらから彼を捜して、期待しているのだと思わせる必要はない。

理性を保たないと。ケイトはいっそう歩調を速めた。

そして〈肖像画の間〉に入った瞬間、誰かと衝突した。

ガブリエルでないことはたしかだった。彼の香りなら目を閉じていてもわかる。今しがたぶつかった相手は、豚小屋のにおいと石鹸の香りがまじっていた。

「殿下！」ガブリエルの叔父であるフェルディナンドを見たケイトは息をのみ、膝を折って深くおじぎをした。「ぼうっとしていました。申し訳ありません」

「ミス・ダルトリー……だったかな？」フェルディナンドは彼女のほうをじっと見て、何度もまばたきをした。灰色の髪はくしゃくしゃに乱れ、鼻先に眼鏡がのっている。「そんなにかしこまらなくてもよろしい。肖像画を調べていたんだ。ポメロイ一族の歴史を知りたくてね。ご承知のとおり、歴史というのは非常に重要だ」

フェルディナンドは鼻の長い男性の肖像画に視線を戻した。

「彼はポメロイ家の創始者だ。一四〇〇年代にこの城を建設した」

「ポメロイ一族がこの地にお住まいになって、どのくらいになるのですか？」ケイトは好奇心をくすぐられた。

「何世紀にもなる」フェルディナンドが答えた。「今朝、図書室で貴族名鑑を調べたのだが、家系図はチューダー朝までさかのぼれた」彼は別の肖像画の前に移った。「この女性が最後の当主だ」高襟のドレスを着たやさしい顔つきの女性が、女の子を膝に抱いて座っている。椅子の下から小さな犬が鼻をのぞかせていた。

「最後の公爵夫人ですか?」ケイトは、この犬はラスカルか、ダンディか、それともフレディかもしれないと思った。

「公爵夫人などおらんよ」フェルディナンドが訂正した。「せいぜい男爵だ。かなり裕福な一族だったことはまちがいないがね。この規模の城を持てたのだから、国王を補佐して、援軍でも出したのだろう。当時のイングランドは混沌《こんとん》としておったからな」

「この方の名前はおわかりになりますか?」

フェルディナンドは、ミミズがのたくったような字が並んだ紙をとりだした。「レディ・エグランタインだ。いや、それは娘の名前だったかな? いやいや、レディ・エグランタインでまちがいない。娘の名もどこかこのあたりに書いたんだが」

「ひょっとして、メリーではありませんか?」ケイトは笑っている女の子の頬に指先をふれた。

「そうだったかもしれない」フェルディナンドが紙をひっくり返した。「そうそう、ここに書いてある。一五九四年に生まれ、九七年に亡くなった。三歳までしか生きられなかったとは、憐れな子だ」

「城壁の外の庭園で、この女の子の名前を記した記念碑を見つけたんです」ケイトは言った。「ふたりとも礼拝堂に葬られているのだと思うが、確かめようにも鍵がなくてな。甥がどこかに隠したのだろう。ベルウィックは知らないというし。この地にはお抱えの牧師がいない。信心深い連中はみな、マールブルクに残っている。罪深い連中だけがイングランドに渡ってきた」

ケイトは母と娘の肖像画から目をそらした。「レディ・エグランタインはどなたと結婚されたのですか？　この男性でしょうか？」剣の柄に手をかけた厳《いか》めしい男性を指さした。

「それが、どうやら未婚のまま子をもうけたらしい」フェルディナンドがくしゃくしゃの髪をかきあげた。「これは彼女の弟で、最後のポメロイ卿だ。乱闘で命を落としたと伝えられている。後継ぎはいない。彼も結婚しなかったのでな。女性であるレディ・エグランタインが爵位を継ぐわけにもいかず、この城は遠縁であるフィッツクラレンス卿が受け継いで、それ以来、彼の一族が住んでいた。そして二年前に、マールブルク大公の手に渡ったのだ」

「どういういきさつでですか？」

「わたしの兄のアルブレヒト前大公が、プロイセン王のフリードリヒ・ヴィルヘルム二世の娘であるフリーデリケ・シャルロッテ王女、つまりのちのヨーク・オールバニ公爵夫人を介して、フィッツクラレンス卿と知り合ったのだ。二番目のいとこを通じてキャロライン・オブ・ブランズウィックとも親交があった」フェルディナンドはずらずらと人名を並べたてた。

「そういうわけで、わが一族はこの城を手に入れた。こういうことは珍しくないのだよ」

ケイトはなんと返事をしたらいいのかわからず、黙っていた。

「当初は城に興味を持つ者もなく、朽ちるままになっていたのだが、出来の悪い親族を追いやる先を探していたアウグストゥスが目をつけてな」フェルディナンドの暗い声に、ケイトは胸をつかれた。

「でも、イングランドは住みやすい国です。雨は多いですが、人はまともですし」

「それはわかる」フェルディナンドは言った。「否定するつもりはないよ、お嬢さん。ここに来ることができて、自分は恵まれているとたびたび思う。ただ、ガブリエルが憐れだ。ああ見えて、あの子は優秀なんだよ。本当にすばらしい男だ」

「そうなんですか？」ケイトは、ガブリエルの鋭いまなざしや意志の強そうな顎の輪郭を思い浮かべた。彼は見るからに優秀そうだ。

「ガブリエルはオックスフォードを首席で卒業した。さらに在学中、新聞のようなものを発行して、遺跡の発掘方法について警鐘を鳴らした。あの子は古びたものに関心があるのだよ。大多数の連中は気にもかけないが」

ケイトはフェルディナンドの発言に二重の意味があることに気づいた。アウグスートゥス大公は、まばたきばかりしている年配の叔父を切り捨てた。けれど、ガブリエルはちがう。親族も、歴史も、彼にとっては守るべきものなのだ。

「ここにいられて、王子は幸せそうです」ケイトは言った。

「むしろ王の墓や古代都市を発掘しに異国へ行きたいと思っているだろう」フェルディナン

ドが言った。「だが、人生は期待どおりにはいかない」

「殿下はお国へ戻りたいのですか？」

「今の王宮はごめんだ。信心深い連中というのは非常に不愉快なものだよ。次から次へと聖書の一節を覚えさせようとする」彼は小さく笑った。「聖書を丸暗記したところで、思いやりを学ぶことはできない。わたしにとって、人を思いやる心はなにより大事だ」

フェルディナンドはそう言うと会釈をして、たった今ケイトが来た方向へとぶらぶら遠ざかっていった。

肖像画の前にとり残されたケイトは、もう一度レディ・エグランタインと娘のメリーに目をやったのち、自室へ戻った。

ガブリエルはいつキスを要求してくるのだろう？　きっと花嫁が到着する前にちがいない。なにもかもがばかげている。結婚を目前に控えた男性とキスをするなんて恥ずべき振る舞いだ。それなのに、わくわくしている自分がいる。

体のなかで炎がダンスを踊りはじめた。

部屋に帰ったら、香水を垂らしたお風呂に入ろう。長年、マリアナにこき使われてきたケイトにとって、レディとしての最高の贅沢は風呂に入ることだった。

お湯を使ったあとは、ロザリーとの闘いが待っている。今夜は偽物の胸に頼りたくない。舳先みたいに突きでた胸元にも、絡みつくような男性の視線にもうんざりだ。

もちろん、相手によるけれど。

湖からあがったときの、濡れて張りついたボディスを見つめるガブリエルの目つきが思いだされた。

自室のドアを開けたケイトは、ロザリーを呼ぼうと呼び鈴のひもに手を伸ばしかけ、そこで凍りついた。

彼女はひとりではなかった。

29

彼は窓辺に置かれた椅子に腰かけて本を読んでいた。日の光が豊かな髪をところどころ赤褐色に輝かせている。

「ぼくがきみなら、そのひもは引かないな」彼はページをめくった。口の端にいたずらっぽい笑みが浮かんでいる。「侍女にショックを与えるだろうから」

「ガブリエル……」ケイトは鼓動が速まり、体の奥からふつふつと興奮がわき起こってきた。「わたしの部屋でなにをしているの？」

「きみを待っていたんだ」ガブリエルが本から視線をあげた。「忘れているかもしれないが、きみには貸しがある」

「そうだったかしら？」ケイトはさりげなく彼から離れた。ガブリエルがいると、なぜか部屋が狭く感じられる。「フレディは？　いつもならベッドで寝ているのに」

「最初に尋ねるべきはシーザーだろう？」ガブリエルは言った。「まったくあの犬ときたら、ソフォニスバ叔母上と同じくらいの癇癪持ちだ」

ケイトは眉根を寄せ、ベッドの反対側に目をやった。「あの子たちをどうしたの？」

「フレディはここだ。こいつは番犬にはなれないな」

ケイトが首を伸ばすと、フレディは椅子の肘掛けとガブリエルの脚のあいだに寝そべっていた。彼の腿に顎をのせ、満足しきった顔をしている。ケイトは声をあげて笑った。

「それじゃあ、シーザーは？」

「衣装部屋に閉じこめた」ガブリエルが答える。「あの犬は、ぼくを侵入者とまちがえたらしい」

「あなたはまぎれもなく侵入者じゃないの」ケイトは衣装部屋のドアを開けた。「そこにいたのね、シーザー。悪い人がいるって、わたしに教えようとしてくれたの？」

「さっきは発作を起こしたかと思うほど興奮していた」

ケイトの姿を見たシーザーは落ち着きをとり戻したのか、ガブリエルのブーツに向かってうなったものの、吠えはしなかった。

彼女は膝をついてシーザーを胸に抱えた。「いい子ね。この王子がわたしの評判をめちゃくちゃにしようとしているのに気づいて、警告しようとしたんでしょう？」

シーザーがそのとおりだとばかりに低く吠えた。

「そうしているところをみると、きみはそいつが好きみたいだな」ガブリエルは本を置いた。

ケイトはシーザーの頭越しに彼を見た。

「もう帰って。あなたがここにいることが知れたら――」

「わかっている」ガブリエルが黒いレースの布をとりだした。「ベールを持ってきた。これならぼくと一緒にいても、きみとはわからない」

「わたしはどこへも行かないわ」ケイトは即座に言った。「お風呂に入ったら、今夜に備えてやすみたいの。ところで、あなたの王女様はもう到着したの？」

「まだだ。しかし、数時間以内に着くだろう。召使たちは出迎えの準備で大わらわだ」

ケイトは彼を見て目を細めた。「彼女と会うのが楽しみなの？」

「心臓が飛びだしそうなくらいにね」ガブリエルは冷めた声で答えた。「今夜はダンスがある。きみは踊れないんだろう？」

「試してみるわ」ケイトはむっとした。

「レッスンを受けなければ無理だ。ヴィクトリアでないことがばれる。幸運にも、みなはタチアナ王女に興味津々だから、きみがいなくても気づかないだろう」

「あなたがいなければ気づくわ」

「たまに顔を出せばいい」

「そんなのは無理よ。それに、わたしが約束したのはキスだけでしょう。おかしな期待をしないで」

「ぼくは昨日、生命の危険も顧みずに悪と闘ったんだぞ」ガブリエルが無邪気に言う。「少しくらいつき合ってくれても、罰はあたらないはずだ」

「つき合うってどこに？　だいいち、本当にそんなに危険だったの？」

ガブリエルが手を出す。シーザーを膝にのせたまま身を乗りだしたケイトは、指の関節に小さな切り傷を見つけた。「まあ、恐ろしい。気が遠くなりそうだわ」

「意地悪だな。フレディはここに置いていったほうがいい」ガブリエルはフレディのつやつやした頭に指を走らせた。「こいつには刺激が強すぎるからね」フレディが喉を鳴らす。「あとで従僕をよこして散歩させよう」

「わたしはどこへも行かない。さっきも言ったとおり、これからお風呂に入って、少し眠るの」

「いいだろう。非常につらいが、ひとりで風呂に入らせてあげよう」

「わたしは自分の部屋で入るのよ」ケイトは頑固に主張した。

「ぼくの部屋は尖塔にある。頼むよ、ケイト。動物の骨が入っていた壺を見せてあげるから」

だめだと言おうとしたケイトは、ガブリエルの目が不安そうに揺らぐのを見てどきりとした。男性がそんな目をするのは初めて見た。

「タチアナ王女はまだ到着していない。この城にはいないんだ。だから頼む」

ケイトは彼の口元へ視線を落とし、負けを認めた。

「でも、ロザリーはどうするの？　もうじき着替えを手伝いに来るわ」

「その件はベルウィックに指示しておいた」

「ベルウィックに話したの？」ケイトがいきなり立ちあがったので、シーザーは驚いて床におりた。「なんて言ったの？」

ガブリエルも立ちあがる。「きみをぼくの部屋に連れていくと話したら、激怒していた。正直に言って、ベッカムとのときより危険を感じたよ」

「他人に話すなんて信じられないわ！　自分がなにをしたかわかっているの？　夜明け前までに、わたしがあなたの愛人だという噂がお城じゅうに広まるのよ」

ガブリエルは歯をくいしばった。「ベルウィックは血を分けた兄弟だ。ぼくの右腕であり、いちばんの友でもある。あいつがこの件を口外することはない。たとえ自分は反対だったとしても」

ケイトは真っ赤になった。

「反対して当然よ。あなたの部屋には行かないわ。それだけで身の破滅よ」

「誰にも見られはしない。叔母上の部屋も尖塔にある。彼女のベールをかぶっていれば、あやしまれることはない」

「危険すぎるわ。叔母様の知り合いと鉢合わせするかもしれないもの。レディ・ダゴベルトに見つかったらどうするの？　彼女はさっき、社交界で知らない人はいないと言っていたわ。アルジャーノンだって、わたしがどこへ行ったのかと心配するでしょう」

「レディ・ウロースとディムズデールには、きみは腹を下したらしいと伝えた」ガブリエルは間髪をいれずに答えた。

「細かいところまで気をまわしてくれたのね」ケイトは怖い顔で王子をにらんだ。

「お願いだ、ケイト」

悔しいことに、ケイトは彼の〝お願い〟に逆らえなかった。

「それじゃあ、その壺とやらを見せてちょうだい。長くても一時間が限度よ」

ガブリエルはベールを差しだした。「これをつけてくれ、愛しい人」

「そんなふうに呼ばないで」ケイトはそう言いつつも、レースでできた黒いベールをかぶった。「わたしはあなたの愛しい人ではないわ。ただの……ただの……」

「なんだい？」ガブリエルが彼女の腕をとった。「さっき、ベルウィックに似たような質問をされた。ぼくにとって、きみはなんなのかと。これまで心を惹かれたなかでもっとも美しい女性だと答えたら、殴り殺されそうになった」

「そうされたほうがよかったのかもしれない。こんなことをしていたら、まちがいなくスキャンダルになるもの」

「周囲の人々は、ぼくがヴィクトリア・ダルトリーを誘惑していると思うはずだ。キャサリン・ダルトリーではなく」

「とっくにそう思われているでしょうね」ケイトは暗い声でつぶやいた。「ヴィクトリアが知ったら、どんなに怒るかしら」

「評判を台なしにされたから？」

「あの子は婚約者以外の男性と戯れの恋にふけるような子じゃないわ。アルジャーノンを心から愛しているの」

「奇特な女性だな」ガブリエルが言った。「ベッカムに鉄槌《てっつい》を下してやったとき、ディムズデールも一緒だったんだ。オックスフォード大学に行こうかどうか検討したが、時間の無駄だからやめた、とのたまわっていたよ」

「ごめんなさい。アルジャーノンはそういう人なの。悪気はないのよ」

「次の角を右だ。ほら、誰にも会わなかっただろう？　それで、どうしてきみが謝る？　あいつと血のつながりがあるのはぼくのほうだ」

そのとき、どこからか聞き覚えのある能天気な声がした。

しかも歌声だ。

「〝春の朝にぼくは見た。一糸まとわぬ姿の美女が……〟」アルジャーノンが高らかに歌っている。少々酔っ払っているらしい。そこで、ご機嫌な声はぴたりとやんだ。彼は当然、ケイトたちを見つめているのだろう。

ケイトはベール越しに目を凝らしたものの、前方で黒っぽいものがふたつ動いていることしかわからなかった。

「マリア・テレーズ叔母上、こちらはデューベリー卿とディムズデール卿です」ガブリエルがケイトに紹介する。ケイトは老女のようによたよたとおじぎをして、不明瞭《ふめいりょう》な言葉をつぶやいた。

「お目にかかれて光栄です」デューベリー卿が言った。

アルジャーノンはきっと、床に額をこすりつけんばかりに頭をさげているにちがいない。

「おいおい、そんなに深くおじぎをしたらひっくり返るぞ」案の定、デューベリー卿に注意されている。

ケイトは心臓が周囲に音が聞こえそうなほど激しく打っていた。アルジャーノンにばれるのもまずいが、デューベリー卿にばれるのはさらにまずい。

「マリア・テレーズ殿下、ご機嫌はいかがでしょう？」アルジャーノンが言う。

「叔母上はきみの歌にショックを受けたらしい」ガブリエルが先まわりして答えた。「ワインでもたしなんだのかな？」

「ベルウィックの案内で、ワイン貯蔵室を見学したんです」アルジャーノンは泥酔とはいかないまでも、かなり酔っているようだ。「叔父上はすばらしい貯蔵室をお持ちだ」

「これから叔母上を部屋へ送り届けるところなんだ。失礼するよ」

「殿下の叔母上ということは、ぼくの大叔母上でもあるわけですね。よろしければ、ぼくにもエスコートさせてください」

ケイトはガブリエルのほうへあとずさりして、激しく首を振った。

「叔母上は非常に人見知りするたちでね」ガブリエルが威厳に満ちた声で言う。

「し、失礼しました。不快な思いをさせるつもりはなかったのです」アルジャーノンが謝罪した。

ふたりの足音が廊下を遠ざかっていくのを聞き、ケイトは胸をなでおろした。足音がやんだあとしばらくして、アルジャーノンの声が響いてきた。

「年老いたヤギみたいな格好でしたね」

デューベリー卿がたしなめると、アルジャーノンはいっそう声を高めた。

「でも、あれじゃあ死に神みたいですよ。夜中に子供を脅かしたいならぴったりですけど」

ケイトの腕に添えられたガブリエルの手が小刻みに震える。

「笑わないで！」

「無理だ」ガブリエルは息も絶え絶えに言った。「まったく。あいつと親戚だと思うと、アムール・プロプルが抑制されていいかもしれない」

「それってなんのこと？　あなたの部屋はまだ？」

「左の階段をあがってすぐだ」ガブリエルはケイトの肘を握る手に力をこめた。「アムール・プロプルというのはうぬぼれという意味だ。ディムズデールが親族だと考えると、謙虚な気持ちになるということだよ」

「それはよかったわ」ケイトはきっぱりと言った。「アルジャーノンがこんなに人の役に立ったのは初めてじゃないかしら」

30

尖塔の内壁に沿って、石階段がらせん状に続いている。ケイトは床につくほど長いベールにつまずかないよう意識を集中させた。どれほど愚かな振る舞いをしているかについては考えないようにした。

ガブリエルが本気なのはわかっていた。ならばなぜ、わたしは彼の部屋へ行こうとしているのだろう。妹のように未婚のまま子供を身ごもって、父の名を汚すつもりなのだろうか。いいや、父はみずからその名を汚したのだ。父親の裏切りを思いだし、ケイトは手を握りしめた。例の壺を見せてもらって、約束のキスをするだけだ。ガブリエルに惹かれている今、それだけでもじゅうぶん危険だったが。

ガブリエルにしてみれば、女性を誘惑するのは珍しくもなんともないのだろう。わたしの胸が高鳴っていることを彼に教えて、いい気にさせる必要はない。ケイトはベールをとり、男性の部屋など珍しくもなんともないというふりをした。

「すてきなお部屋ね」ケイトは室内を見まわした。外から見るとパン職人の帽子のようにずんぐりと見えた塔の内部は、予想以上に天井が高くて広々としている。

「透明の窓ガラスだわ!」ケイトはうれしくなって窓辺へ行った。

「改修以前からそうだったんだ」ガブリエルが彼女の背後に歩み寄った。

「すばらしい眺めね」

城は緩やかな丘のてっぺんに立っている。その窓は城の裏手に面しており、眼下には手入れの行き届いた芝地が広がっていた。遠くに小さくブナの木立が見える。

「上から見ると、あの迷路も意外と単純なのね」ケイトは冷たいガラスに指先をつけた。

「ヘンリエッタと挑戦したときは、ダチョウの囲いの前に出てしまったわ」

「単純だが、巧妙にできているんだ。どうしたら中央にたどり着けるか、今度教えてあげよう」ガブリエルは壁にもたれて、迷路ではなくケイトを見つめていた。彼女は背筋が震え、脚の付け根がほんのりと熱を帯びた。

遊び慣れた男性たちは、こんなに熱っぽい目をしない。そういう人は先のことなど口にしないものだ。

「あまり長居はできないわ」ケイトは自分自身に言い聞かせるようにつぶやいた。

「こちらの眺めも気に入ると思うよ」ガブリエルは彼女の手をとって部屋の反対側へと導いた。ほんの数日前にアルジャーノンとともに馬車でやってきた土のままの道が見える。塔の上から見ると、道は曲がりくねり、薄暗い地表が午後の太陽に出合うあたりの紫の靄《もや》のなかへと溶けていた。

「おとぎ話の世界に入ったみたい」ケイトはうっとりと言った。

「おとぎ話のなかでは、王子がきみの前にひざまずくのかい？」ガブリエルがからかった。

「いいえ、王女様があの道をやってくるのよ」ケイトはきびすを返して部屋のなかをぶらぶらと歩いたが、大きなベッドの前まで来るとぴたりと足をとめ、やけどをしたかのようにくるりと向きを変えた。

「それじゃあ、キスをしてしまいましょう」

「まだだ」

ケイトはサンゴ色のベルベットを張った美しい椅子に腰をおろし、丁寧にスカートを整えると顔をあげた。これ以上の言葉遊びには耐えられそうもない。社交界の人々が得意とする上品で洗練された会話には慣れていないのだ。

「ピクニックのとき、あなたは的確な質問を発したわ。〝きみは誰なんだ？〟と」

彼女の目を見つめたまま、ガブリエルが向かい側に座った。

「わたしはヴィクター・ダルトリーの長女よ。父は伯爵家の末息子で、かなりの土地を所有していた。母の持参金で買った土地だけどね。母が亡くなったあと、父は再婚相手のマリアナにすべてを遺したの。そしてマリアナは、それを娘のヴィクトリアに与えた」

「きみは愛人の子じゃなかったのか」

「ええ、両親は正式に結婚していたわ」

「そして、きみの祖父は伯爵だった」

「でも、わたしの持参金はないも同然なの。七年前に父が他界すると、マリアナはわたしの家庭教師を含めてほとんどの召使を解雇したわ。だからわたしはパンを値切ったり、靴下を繕ったりすることはできても、ダンスは踊れない」

　ガブリエルがケイトの手をとってひっくり返した。「かわいそうに」

「さっさと家を出ればよかったんでしょうけど、召使や小作人を見捨てられなかった。マリアナが土地管理人を解雇してしまったから、その代わりも務めてきたの」

　ガブリエルは彼女の手のひらを自分の唇にあてた。「もっと話してくれ」

「それだけよ。今はあの家を出ると決めたの。マリアナはきっと、生活するのもやっとの小作人たちを追いだすでしょう。ただでさえ去年は収穫高が少なかったのに」

　ガブリエルがうなずく。

「このお城へ向かっているのは……王女様だわ」

　彼は流れるような動作で椅子から立ちあがり、ケイトの隣に膝をついた。

「そうだ」

「愚かなお兄様が親族を追いだしたせいで、あなたはこのお城を維持しなければならない。そういった責任を負うのがどういう気持ちか、わたしにはわかるの」

　一瞬、ガブリエルは目を閉じた。頰に落ちたまつ毛の影に悲しみがにじんでいる。それを見たケイトはひどくせつなくなると同時に、彼のことは一生忘れないだろうと思った。

　忘れられないのは、豊かな黒髪や鋭い眼光ではない。変わり者の親族や、動物や、手相見や、ダチョウや、ピクルス好きの犬に対する彼のやさしさだ。彼女に向けられたまなざしや、いない。

笑い声や、メリーの石像から葉を払う手つきだった。なにより王子がケイトの椅子の脇にひざまずいてくれたこの瞬間は、けっして忘れないだろう。満ち足りた人生を送り、年老いて白髪になっても、うれしい気持ちで思い返すにちがいない。

「ぼくが王子でなかったら、きみはぼくを受け入れてくれただろうか？」ガブリエルがささやいた。「きみに何千ポンドもの財産があって、父上の遺した領地がきみのものだったら、ぼくを買って自分のものにしてくれただろうか？　ここへ向かっているのはそういう女性だ。兄がロシアで見つけてきた」

「母は父をお金で買ったけれど、父は一度も母を幸せにしてはくれなかった。わたしは男性をお金で買ったりはしないわ」

ケイトの答えに、ガブリエルが頭を垂れた。「的外れな質問だった。すまない」

「なぜそんなことを尋ねたの？」

「王子に生まれたぼくを幸せだと思うかい？」彼は顔をあげた。口元を一直線に引き結び、悲しげな表情をしている。「なにひとつ自分の希望どおりにできない。自分のなりたい自分になれず、結婚したい人とも結婚できない」

ケイトは唇を嚙んだ。

「幼いころから、一族の名誉がすべてに優先すると教えられてきた。兄のアウグストゥスはその重圧に押しつぶされたんだ。きみが言うとおり、アウグストゥスは愚かだ。だが兄もまた、たくさんの人たちに頼られて身動きがとれない」

「お気の毒に」

「一度でいいから、王子ではなく普通の男として見られたかった。冠抜きでぼくを見てくれる女性に出会いたかったんだ」ガブリエルが言葉を絞りだす。

ケイトは両手で彼の顔を包み、唇を近づけた。

「それ以上言わないで」ガブリエルの唇は冷たく、やわらかかった。ケイトはしばらく唇をふれ合わせるだけでじっとしていた。

指先でざらざらした頬の感触を確かめる。男らしい香りに刺激されて唇を開き、彼の唇に舌でふれた瞬間、鋼のようにたくましい腕が背中に巻きつけられた。

ガブリエルはケイトを抱きしめ、ゆっくりではあるものの情熱的なキスを続けた。泣きたくなるほど甘いキスだ。舌と舌がふれ合うたびに、下腹部が熱を持つ。ケイトは不明瞭な言葉をつぶやいて、彼の首に腕をまわした。

「そうだ」ガブリエルが情熱的にささやく。「ぼくたちはこうなる運命だった。きみもそう思うだろう？」

ケイトは返事ができなかった。早くキスをしてほしかった。「お願い」

ガブリエルの低い笑い声が、白ワインのごとく血管をめぐる。

「この瞬間、きみはぼくのものだ」

ケイトは顔をあげて彼と目を合わせた。「王子でなく、ただの男として」そう言いながらガブリエルの豊かな髪を両手ですいた。髪を結んでいたリボンがほどけ、肩をかすめて床に落ちる。「ただのガブリエルとして」

「そしてきみはケイトだ。ぼくのケイトなんだ」初めてキスをする恋人同士のように、ガブリエルは不器用に唇をこすらせた。「処女を奪うことはしない。それはぼくに捧げられるべきものではないからだ。でも、それ以外のすべてをもらう」

ケイトはにっこりした。「わたしがあなたに対して同じことをしないと思うの？」

ガブリエルは一瞬だけ目を閉じた。「きみならするだろうね」

ケイトは彼に上体を寄せ、たくましい首筋にそっと舌をはわせた。ガブリエルが身を震わせ、彼女を抱いたまま立ちあがる。いよいよベッドに運ばれ、ドレスを引き裂かれるのだ。ところが彼は、ベルベットの椅子にケイトをおろした。「じっとしているんだ」シーザーに言い聞かせるような口調で命令する。

「ガブリエル？」ケイトはかすれた声で言った。「もう一度……もう一度キスをして」彼女は立ちあがった。指示に従うのは苦手だ。

「きみはたいていの女性よりずっと背が高い」ガブリエルはケイトの鼻に指をあて、そこから顎へとたどっていった。「美しい鼻だ」

「ずっとそう言ってほしかったのよ」ケイトは皮肉っぽく言った。

「今晩はぼくが主導権を握る。いろいろと計画があるんだよ」

ケイトは腰に手をあてた。感覚が研ぎ澄まされ、体の内側から力がわいてくるようだ。

「だから従えというの？」

「ぼくは下の階にも顔を出さなければならないんだ」ガブリエルがほほえむ。「ぼくがなにを考えているか、想像できるかい？」

ケイトは首を振った。「なんであれ、罪深いことにちがいないわね」

「きみに頭がどうかなりそうなほどの思いをさせてあげよう」ガブリエルはさらりと言った。「キスをして、じらして、味わって……ぼくは姿を消す。戻ってきたら、また最初からだ。何度も、何度も」

ケイトは小さく口を開けた。「本当に？」恥ずかしいことに、早くそうしてほしかった。

ガブリエルが彼女から離れる。

「やすみたいと言っていたね。風呂と寝るのと、どちらを先にする？」

ケイトは円形の部屋を見渡した。一角がカーテンで仕切られているだけで、それ以外はひとつの空間だ。

「ここで眠るの？」熱い血が全身をめぐり、普段は意識していない場所までじんわりとほてってくる。「自信がないわ」

「慣れたら眠れるかもしれない。ぼくはこれから、食事のために着替えなければならないんだ。座っていてもらえるかな？ すぐに終わるから」

ケイトは目をしばたたいた。わたしの目の前で服を脱ぐつもり？

「従僕はどうしたの？」

「ベルウィックの手伝いをするよう命じておいた」ガブリエルはにやりとした。「だからぼくは、自分で着替えないといけない」思わせぶりにクラヴァットをほどいていく。

「手伝いましょうか？」ケイトは襟元からのぞく金色の肌に見とれた。

ガブリエルは彼女を見つめたまま首を振り、足幅を広げた。ぴったりとしたズボンの生地が腿に張りついている。ケイトは気恥ずかしくなって目をそらした。彼が流れるような動作で上着を脱ぎ、ベッドにほうる。体に合ったベストは縦縞模様で、深紅の縁取りが施されていた。ガブリエルはためらうことなくリネンのシャツの前身ごろをズボンから抜いた。

ケイトは彼から目が離せなかった。彼女のためだけに演じられている舞台を見ているかのようだ。ガブリエルは含みのある表情でゆっくりと服を脱いでいく。

「カフスボタンを外すのを手伝ってくれないか？」彼がケイトのほうへ歩いてきて、片方の腕を差しだした。彼女は雪のように白いリネンに目を落とし、小さなルビーのついたカフスボタンを外した。

ガブリエルが無言でもう一方の腕を出す。手首の返し方や、シャツのしわが妙になまめかしい。

「この傷はどうしたの？」ケイトは彼の腕についた白い傷跡にふれた。

「エジプトで発掘調査をしていたときについたんだ。二年前になるかな。毒ヘビに嚙まれて、解毒するためにはその部分を切開して血を出すしかなかった。ナイフを持っていてよかったよ」

「痛かったでしょう。でも、解毒には成功したのね」

「しばらく具合が悪かったが、幸いにも毒はまわらなかった」ガブリエルがうしろにさがる。

ケイトは彼がみずからの腕を傷つける場面を想像して身震いした。

「ケイト?」つやのある声で名前を呼ばれて、はっとする。

ガブリエルは長い指でベストのいちばん上のボタンをもてあそんでいた。彼はケイトが自分のほうを見ているのを確認してから最初のボタンを外し、二番目に移った。ひとつずつ外されていくボタンを見ながら、ケイトの喉はからからになった。

リネン地のシャツの下に、筋肉質の体が透けて見える。ガブリエルはどんどんボタンを外していった。

ついに最後のボタンを外し終えると、ベストを脱いでベッドのほうへ投げた。ベストが上掛けにあたって床に落ちる。

「この部屋はちょっと暑いな」

ケイトは必死に平静を保とうとした。「扇を忘れてきてしまったわ」

「ここにある」ガブリエルは右側のテーブルに手を伸ばして扇をとりだした。いかにも高価そうな、精巧な飾りを施された女性用の扇だ。この部屋に来た女性がほかにもいることを確信して、ケイトの心は沈んだ。王子の着替えを見学する女性も、自分が初めてではないのだろう。

ガブリエルが首を振った。「きみが考えているようなことではない。これは一七世紀にドイツ貴族の女性が使っていた扇だ。バンベルク（ドイツ南部の都市）で手に入れた」

「そうなの」ケイトは注意深く扇を開いた。「この白鳥はゼウスかしら？」

「そうだ。右側にレダがいる。この絵に惹かれて購入を決めたんだ」

ケイトは鼻先でひらひらと扇を振り、口元を隠すようにそれを持った。なんだか大胆な気分になった。

「シャツを脱ぐところだったわね？」

「いつもなら……」ガブリエルはシャツのうしろ身ごろもズボンから引き抜いた。「ズボンが先なんだが」

ケイトは小さく息をのんだ。

「まずはブーツだな」ガブリエルはケイトに背を向けて前かがみになり、右足のブーツを脱いだ。ケイトは目の下まで扇で隠した。彼は左足も脱いでから、再びケイトのほうを向いた。

「次はズボン……いや、靴下かな？」ガブリエルの口元に浮かんだ笑みに、ケイトはくすぐったくなって首をすくめた。

扇で顔をあおぐ。「そうね、靴下が先かしら」

ガブリエルが上体をかがめた。均整のとれた脚のラインを見て、ケイトの胸は高鳴った。

靴下を脱いだガブリエルは彼女の前に立ち、腰に手をあてた。

「次はズボンだ」彼の目がうれしそうに輝く。

ケイトは、どうぞお好きにとばかりに片方の眉をあげてみせた。男性のあの部分がどんな形をしているのかくらい、アレティーノの本で勉強ずみだ。

だが、挿し絵を見るのと、ガブリエルが白いシャツの下にあるズボンのボタンをすばやく外していくのを見るのとではまったくちがった。彼はじっとこちらを見つめている。

「レディの前で続けてもかまわないだろうか？」中世の騎士のように、ガブリエルが礼儀正しく尋ねた。

「ええ」ケイトは咳払いをして、彼を見つめ返した。「かまわないわ」

ガブリエルが腰に手を置き、焼けつくまなざしを送ってくる。

「むしろきみにやってほしいな」

ケイトは扇を落としそうになった。

「ぼくの前に膝をつき、ズボンをおろしてふれてほしい。好きにしていいんだ」

彼女は息をのんだ。そのとき脳裏に浮かんだのはアレティーノの挿し絵ではなく、ガブリエルの前にひざまずいて上体を寄せる自分の姿だった。

シャツの上からでもふくらみがわかる。ケイトは眉根を寄せて挿し絵を思いだした。挿し絵のそれは、もっと小さかった気がする。

「なにか気になることでもあるのか？」

「いいえ、続けてちょうだい」ケイトは慌てて言い、扇を振った。

白いシャツが引きあげられ、首から抜けて床に落ちた。

ケイトは扇の陰でぽかんと口を開けた。ガブリエルのそれは、アレティーノの挿し絵の三倍はある。

「あなたのは……挿し絵に描《か》かれていたものよりも少し大きいみたい」

「アレティーノの挿し絵はイタリア人がモデルだからね」ガブリエルは得意げに腰に手をあてた。「フィレンツェに行く機会があったら、石像を確かめてみるといい。なかには少年ほどの大きさしかないものもある」

「そう……」ケイトはそこから視線を引きはがしたが、贅肉のない腹部や、厚い胸板や、大事な部分へと続く逆三角形の体毛が目に入ってどぎまぎした。

「次は服を着ないと」ガブリエルが向きを変えた。「事前に用意させておいたんだ。今日はダンスもあると言ったかな？」

彼のうしろ姿を見て、ケイトは唇を嚙んだ。盛りあがった肩と引きしまった腰、ほどよく筋肉がついた臀部《でんぶ》は、アルジャーノンのぼってりしたそれとはまったく異なっている。「ええ」彼女は弱々しく答えた。

ガブリエルはサイドテーブルに置かれた服をとりあげた。

「いつもは下着なんてつけないが、シルクのズボンには必需品だな。わずかでも大きくなる可能性があるときはとくにね」

下着に足を通し、さらに金糸の刺繡が施された靴下をはくガブリエルを見ながら、ケイトはミルク飲み人形のようにうなずいた。

「すてきな靴下ね」ようやくそう言って、咳払いをする。

「正直なところ、服にはあまり関心がないんだ」ガブリエルはシルクのズボンを引きあげた。ぴったりしたシルクがあらゆるでっぱりをくっきりと浮きあがらせている。

「そのズボンはだめよ」ケイトは考える前に口を開いた。

「だめかな？」彼がにやりとする。

「だって、わかってしまうもの」ケイトは前の部分を指さした。

ガブリエルは大丈夫だというようにそこをたたいた。「この部屋を出るまではどうしようもない。階段をおりながら、なにか退屈なことでも考えるよ」それから、たっぷりしたシャツを頭からかぶる。さっきのシャツよりずっと優美で、首まわりに小さなフリルが縫いつけてあった。

「さて、きみにお願いしなければならないことがある」ガブリエルがかしこまった口調で言った。

「なんなの？」

「カフスボタンだよ」

ケイトは震える手でルビーのついたカフスボタンを穴に通した。未婚の娘にあるまじき振る舞いだと知りながらも、彼女はひそかに興奮していた。

「できたわ」低く震える声で言う。

ガブリエルは鏡の前に移動して、巧みな手つきでクラヴァットを結んだ。なんとも、あざやかな手つきだ。

「それはどういう結び方？」沈黙に耐えきれず、ケイトは質問した。なんでもいいから話がしたい。そうでなければ、彼にしなだれかかってしまう。

「ゴルディオス王の結び目というんだ。これだと、首が苦しくない」

「アルジャーノンはひと晩で四、五本のクラヴァットをだめにすると言っていたわ。トロン・ダムールに結ぼうとして」

ガブリエルは口をへの字にした。「あいつと一緒にしないでくれ」

そう言うと、彼は深緑に黒の刺繍の入ったベストをはおり、最後に同じ生地で仕立てた上着に袖を通した。上着は体にぴったりだった。

続いて、バックルのついた靴を出す。

「上靴をはくべきなんだが、石の上は足が冷えるからね」

ガブリエルは姿見の前に移動し、豊かな髪をうしろになでつけてしばった。「髪粉をはたくべきだろうか？」ケイトを振り返る。「粉をはたいたほうがいいと思うかい？　白分の城にいても」

「ほとんどの紳士はかつらをつけてくるでしょうね」つい先ほどまでたくましい裸体をさらしていた男性が、あっという間におとぎ話の王子様に変身したことに、ケイトは戸惑っていた。「あなたの……タチアナ王女はかつらをつけた姿を期待しているんじゃないかしら」

「そんなことはどうでもいい。このままでいこう。剣はどこに置いたかな？」ガブリエルは周囲を見まわし、レピアーをとって腰にさげた。「次は手袋だ」テーブルの上の手袋をつかんだ。

準備を整えた彼は、ケイトの前で正式なおじぎをした。

「マイ・レディ、残念ながら行かなければならない」

ケイトは大きく息を吸った。ガブリエルはどこから見ても颯爽《さっそう》としている。彼女は立ちあがって片手を出した。

ガブリエルがケイトの手の甲に唇をあて、焼き印を押すようにそっと舌をはわせる。ケイトの手が震えているのに気づくと、彼は聖人も卒倒しかねない笑みを浮かべた。

「できるだけ早く戻ってくるよ」ガブリエルは上着の裾を翻してドアへ向かった。

ケイトは魔法をかけられたようにその場に立ちつくしていた。ガブリエルがドアの前で足をとめる。「そうそう、ぼくがいないあいだ退屈しないよう、これでも読んでいてくれ」

本棚に手を伸ばし、ベルベットの装丁を施した本をケイトにほうる。彼女はとっさに手を伸ばして受けとめた。

ガブリエルは片方の口角をあげた。

「普通の女性なら悲鳴をあげて本を落とすだろうに、さすがはぼくのケイトだ」

彼の背後で静かにドアが閉まった。

ケイトはしばらくぼうっとしていたあと、本に視線を落とした。ベルベットの装丁をなで、ゆっくりと表紙をめくって表題を読む。

そこには『ヴィーナスの姿態』と書かれていた。

31

　自室から続く最初の階段をおりたところで、ガブリエルは立ちどまり、鼓動を落ち着かせた。ズボンの前がはちきれそうだというのに、かすかに口を開き、熱に浮かされた様子のケイトの表情ばかりが頭に浮かぶ。

　男の全裸を目のあたりにしても、彼女は怯えていなかった。初夜を義務ととらえ、上掛けの下に隠れる女性とはちがうのだ。互いの体に情熱を見いだし、絶えず新たな喜びを探しながら、ともに年を重ねることができる女性だ。

　ガブリエルは石壁に後頭部をつけた。今すぐ引き返してケイトの唇を奪え、と本能が叫んでいる。

　だが、ケイトはぼくのものではない。過去も未来もぼくのものにはなりえない。冷たい現実が、地獄に降る氷の雨のようにひたひたと脳裏にしみてきた。

　ケイトはぼくのものにならない。なぜならぼくは、この厄介な城を維持しなければならないからだ。そのためには下へ行って、ロシア金貨に包まれたタチアナ王女にあいさつをしなければならない。食事の席で笑顔を振りまき、彼女を魅了しなければならない。そして明日の舞踏会では、王女と最初のダンスを踊るのだ。

順調にいけば、舞踏会から一カ月後に結婚式が執り行われるだろう。

ズボンの前はもうふくらんではいなかった。ガブリエルは再び階段をおりはじめた。まだ今夜がある。最後の夜が……。食事の途中で適当な言い訳をしてケイトのもとへ戻ろう。

彼の口元に小さな笑みが浮かんだ。

階段をおりてくるガブリエルを発見したベルウィックが、背後で応接間のドアをぴしゃりと閉めた。

「いったいどちらにいらっしゃったのです？」彼は怒っていた。「タチアナ王女は一時間以上も前に到着されたのですよ。あなたの姿が見えないので、王女につき添ってこられたデミトリ殿下は明らかに不愉快そうでした」

「すまなかった」ガブリエルは言った。

「婚約者を出迎えないなんて、侮辱したも同然です」

「あとで謝罪しておく」

ベルウィックが目を細める。

「未来の花嫁がどんな姿をしていたか、お尋ねにならないのですか？」

ガブリエルは少し考えてからうなずいた。

ベルウィックが悪態をつく。「そうそう、デミトリ殿下もタチアナ王女も流暢な英語を話されます。それから、晩餐会にはソフォニスバ殿下が同席されます。マリア・テレーズ殿下は不参加とのことです」

「ソフォニスバ叔母上が？」

「長いつけまつ毛のせいで、皿もろくに見えていらっしゃらないかもしれません。今は応接間でブランデーをがぶ飲みしておられます」ベルウィックは声を落とした。「それで、ミス・ダルトリーをどうなさったのです？」

「彼女なら、ぼくの部屋で本を読んでいる」

「あなたがそんな卑劣なまねをなさるとは思いませんでした」ベルウィックが怒りに満ちた声で言った。「あなたと血がつながっていなければ、今すぐこの城を出ていくところです」

「ぼくはなにもしていない」ガブリエルは歯をくいしばった。「ちくしょう！　ケイトの処女を奪うとでも思っているのか？　そういう男に見えるのか？」

「声を落としてください。誰かに聞かれたら大変です」ベルウィックがぴしゃりと言った。「処女を奪うのでなければ、彼女はどうしてあなたの部屋にいるのです？」

ガブリエルは心ここにあらずといった表情で右手をあげ、手袋をはめた。

「本を読んでいるだけだ。そう言っただろう？」

ベルウィックはガブリエルを見つめた。「なんてことだ」

「そうだ」ガブリエルは淡々と言った。「ぼくはたったひとりの相手に出会ってしまった。それなのに、別の女性を花嫁にしようとしている」

「まだ間に合います」

ガブリエルは左手にも手袋をはめた。「これがぼくの運命なんだ。人生は公平じゃない。それはおまえがいちばんよく知っているはずだ。ケイトも、ぼくがタチアナ王女と結婚しなければならない理由を理解している。ケイトは継母のせいで、七年間も召使同然の扱いに甘んじてきた。召使や小作人を、心ない継母のもとに置き去りにできなかったからだ」

「それなら、ミス・ダルトリーと結婚すればいいでしょう。そうして彼女の家の召使たちも、この城に引きとればいいのです」

「それで、ライオンの餌にするのか？」ガブリエルは腰に差したレピアーをまっすぐに直した。「大丈夫だ。当初の計画どおり、ぼくは金と結婚する」

「そんなことをなさらなくても、なんとかなります。無理はいけません」

「なんとかなるだって？　ソフォニスバ叔母上のブランデーや、ライオンの餌用の肉や、蠟燭や、冬を越せるだけの石炭を買わなくてはならないんだぞ」

「借用地からあがってくる収穫が――」ベルウィックが口を開く。

ガブリエルは首を振った。「帳簿は何度も確認した。将来的には利益が望めるだろう。しかし、ここの小作人たちは二年も放置されてきた。コテージは雨もりがしているし、教会の尖塔は崩壊したも同然だ。子供たちも腹をすかせている。それだけじゃない。婚約を破棄したら莫大な違約金を科せられる。持参金の三倍だぞ」

ベルウィックが同情の言葉をつぶやいた。

「ケイトのことは、時間が経てば忘れられる」ガブリエルはベルウィックをまっすぐに見た。

そんな日が来るはずもないことは、どちらにもよくわかっていた。

「あなたの弟であることをわたしがどれだけ誇りに思っているか、ちゃんとお伝えしたことがありませんでしたね」

ガブリエルは片方の口の端をあげた。「まったく同じ言葉をおまえに贈るよ」

ガブリエルが応接間に入った途端、背後のドアが再び開いた。「タチアナ王女とデミトリ殿下！」ベルウィックが高らかに宣言する。

ガブリエルは胸を張って、自分の未来と向き合った。

タチアナ王女は応接間の入口に立っていた。花の刺繍を施したクリーム色のシルクのドレスに身を包んでいる。大きくうるんだ瞳とバラのような唇、白くなめらかな肌、サテンのごとく光沢のある黒い巻き毛。上等な砂糖菓子みたいな女性だ。

ガブリエルはタチアナの前に進みでて、礼儀正しく会釈した。彼女はフランスの宮廷の員のように、優美に膝を折った。ガブリエルが白い手にキスをすると、王女ははにかんだ笑みを返した。

タチアナ王女を拒絶する男はいないだろう。清楚な雰囲気を漂わせながらも、広く開いたドレスの胸元は女としての成熟を表している。彼女には詰め物など必要なさそうだ。しとやかで色気があって裕福で……まさにケイトの対極だった。

できれば、タチアナに好意を持ちたくなかった。だが、これでは嫌うほうが難しい。穏やかな表情から察するに、癇癪持ちでもなさそうだ。

タチアナの叔父のデミトリは、大きな笑みをたたえて体を前後に揺らした。「この城には以前にも来たことがある」彼はロシアなまりの英語で言った。「わたしが子供のころ、まだフィッツクラレンス卿が住んでおられたときだ。わたしは兄に、この城を見るだけでもイングランドに来た価値があると言った」

　こんないまいましい城など崩壊してしまえばいい。ガブリエルはそう思いながら、笑顔で相槌を打った。

「ガブリエル殿下にはもっと早い段階でお会いできると思っていたが？」デミトリはガブリエルを鋭く見据えた。

「ご到着に気づかず、申し訳ありませんでした」

「タチアナの父親はこの子を目のなかに入れても痛くないほどかわいがっている」

　タチアナが頬をピンク色に染めて小さくうめいた。

　ガブリエルは軽く頭をさげ、彼女のほうを見て安心させるようにほほえんだ。

「言うべきことは言わなければならないのだよ」デミトリがタチアナに言った。「われらはクバン王国からやってきた。殿下はクバンをご存じかな？」

「いいえ、しかし――」

　デミトリはガブリエルの言葉をさえぎった。「クバンの王である兄は、コサックをアゾフ海（黒海北東部にある内湾）沿岸に定住させた人物だ。長いあいだ君主を擁立しなかったとはいえ、わが民には何世紀にもわたる歴史がある」

ガブリエルは神妙にうなずいた。ベルウィックが食堂へ移動する時間だと彼に合図した。

「わたしの見たところ」デミトリが続けた。「タチアナの父親は娘に結婚を強要する気はないようだ。タチアナはあなたを気に入ればここに残るし、気に入らなければ去る。そうなった場合、持参金の件は白紙に戻し、さらにこの婚約に関する事実は他言無用に願う」彼が笑うと白い歯が光った。青いベルベットの上着の下に、コサック戦士の片鱗《へんりん》がかいま見えた気がした。

ガブリエルは素直に頭をさげた。折よく、ベルウィックが肩に手を置いて移動を促す。ガブリエルはタチアナに腕を差しだした。「タチアナ王女、食堂へご案内しましょう」

タチアナがにっこりした。彼女は内気かもしれないが、おどおどしているわけではない。自分の考えをはっきりと伝えられる女性のようだ。妻として申し分ない。ところがガブリエルの頭のなかは、ピンクのかつらをつけ、胸に蠟を入れた女性のことでいっぱいだった。一緒に食事をしたい相手はケイトしかいない。

テーブルにつくとデミトリは、レディ・ダゴベルトと、ポルトガルの宮廷はリオデジャネイロにとどまるべきか、いずれポルトガルに戻るべきかで議論を始めた。

年老いたソフォニスバがマナーなどおかまいなしに、テーブルの向かいからタチアナにあれこれと質問を繰りだす。アウグストゥスは叔母のこういうところに耐えかねて、ライオンと同じ船にほうりこんだのだろう。

「つまり、あなたは四人きょうだいの末っ子なのね？」ソフォニスバはかつらの下に手を入れ、ぼりぼりと頭をかいた。「わたしは八人きょうだいだから、子供部屋はいつも大騒ぎだったわ」

　タチアナがほほえんでうなずく。ソフォニスバの無作法に驚いたとしても、それをおくびにも出さなかった。

「あなたはとても愛らしいお嬢さんね」ソフォニスバはチキンの腿肉をつかみ、フォークなど見たこともないというように左右に振ったあとで、ガブリエルの視線に気づいた。「なにか文句でもあるの？　イタリアのマルゲリータ女王だって手づかみで食べるのよ」

　タチアナはくすくすと笑った。

「ラ・レジーナ・マルゲリータ・マンジャ・イル・ポッロ・コン・レ・ディータ」ソフォニスバはタチアナのほうを向いた。「意味がおわかり？」

「イタリア語はあまり得意ではありませんが……」タチアナが答えた。「マルゲリータ女王はチキンを手づかみで食べる、でしょうか？」

　ソフォニスバがにっこりした。

「よくできました。あなたはどれくらいの数の言葉を話せるの？」

　デミトリが口を挟んだ。「兄もわたしも、子供たちをスイスの学校に入れました。タチアナはきょうだいのなかでもいちばん出来がよくて、五カ国語を操ることができます。なあ、肉だんご《ダンプリング》ちゃん」

「デミトリ叔父様！」タチアナが叫んだ。

「もうダンプリングと呼んではいけないらしい」デミトリは欠けた歯を見せてにやりとした。「生まれたとき、この子は食べてしまいたいほどかわいらしかった。ロシア人は銀貨よりもダンプリングが好きなんです」

タチアナがあきれた顔でくるりと目をまわした。

「ご存じのとおり、わたしは一度も結婚していませんよ」ソフォニスバが言った。

ソフォニスバの大声に、またしてもケイトのことを考えていたガブリエルはびくりとした。

「ガブリエルの父親、つまりわたしの兄が、誰の求婚も許さなかったせいでね。よりどりみどりだったのに」反論は受けつけないとばかりに、ソフォニスバは一同を見渡した。

本当はドイツの小国に嫁いだのだが、結婚して二日もしないうちに相手が逃げだしたのだ。ソフォニスバは不名誉にも本国に送り返され、前大公は二度と縁談を持ちかけなかった。

ガブリエルはタチアナに話しかけた。「叔母は美人で有名だったのです」

「今だってそうよ」ソフォニスバがすかさず言う。「美しさは若いうちだけのものではありませんからね」

タチアナは素直にうなずいた。「祖母がよく言っていました。昔の美女の顔はつけぼくろで傷跡を隠したり、おしろいで厚く覆われていたりして、その下にあるのが人なのか馬なのかわからなかったと」

テーブルが静まり返る。ソフォニスバは何箇所もつけぼくろをしたうえに厚くおしろいをはたいており、頬の下側はすでに化粧が崩れはじめていた。

タチアナが大きく口を開け、秋の夕日のように真っ赤になった。「あの、祖母の話ですから、ずいぶん昔のことなんです」彼女は必死でとり繕った。

「わたしはまだ生まれていなかった」今年七五歳になるソフォニスバがうそぶく。「だから、なんのことだかわからないわね」

そして、デミトリに向かって大声で言った。

「ところで、ポルトガルに関するあなたの発言はまったくばかげていますよ」

「申し訳ありません」ガブリエルの右側から小さな声がした。

「叔母は気にしませんよ」ガブリエルはタチアナにほほえみかけた。

「わたしはときどき、誤解を招くことを言ってしまうんです」

「ガブリエル！」ソフォニスバが割りこんでくる。「申し訳ないけれど、膀胱《ぼうこう》が破裂しそうだわ」

ガブリエルは立ちあがった。

「失礼します。叔母の体調がすぐれませんので、部屋まで送ってきます」

「体調がすぐれないんじゃなくて、年をとっただけよ」ソフォニスバはベルウィックのほうへ杖を振った。ベルウィックが飛んできて椅子を引き、ソフォニスバの手をとって立ちあがらせる。

「やっぱりあなたは気がきくわ」ソフォニスバはベルウィックの頬をつねって誇らしげにテーブルを振り返った。「玉座の反対側に生まれてきてしまったけれど、この子だってガブリエルと同様、大公の息子なのよ」

この発言に、レディ・ダゴベルトが真っ青になった。デミトリが笑いを噛み殺す。ベルウィックは、ソフォニスバがスカートを整え、杖を正しい位置に持ち直すまで手を支えていた。ガブリエルはタチアナの肩口に身を寄せた。

「ほらね」彼は小さな声で言った。「なにを言ってもいいんです」

王女は顔をあげ、えくぼを見せた。タチアナはすばらしい妻になるだろう。ソフォニスバを相手にしても癇癪を起こさないし、数カ国語を操れる。

完璧だ。

叔母の部屋は尖塔の最下層にあった。ソフォニスバがいちいち立ちどまっては足首をさすったり、石の床や湿気やガブリエルの支え方に関して文句を言ったりするので、食堂から部屋までたっぷり二五分はかかった。

叔母の部屋のドアを閉めた瞬間、ガブリエルはきびすを返して石段を駆けあがった。

自室を出てからすでに二時間近くが経過している。ケイトはもうアレティーノの本を暗記してしまったにちがいない。

32

ケイトはガブリエルの部屋で、アレティーノの挿し絵をじっくりと観察していた。思ったとおり、挿し絵の男性とガブリエルのそれは比較にならない。彼女は本を閉じた。ベッドや椅子の上や、そのほかありとあらゆる場所で男女がもつれ合う絵を眺めたいとは思わなかった。

ガブリエルの体を鮮明に思い浮かべることができる今、ほかのイメージに邪魔されたくない。

ケイトは本を置いて、窓の前に置かれた大きなテーブルに歩み寄った。几帳面《きちょうめん》に並べられた破片は、子供の墓から出土した例の壺にちがいない。破片の右に置かれた帳面に、丁寧な字で壺に関する記述がびっしりと書かれていた。

テーブルの上にはさまざまなものが並んでいる。先ほどケイトが借りたものより一段と古そうな扇もあり、華奢な骨組みから紙が浮いていた。『この世でもっとも奇妙な冒険』と銘打った小さな本や、大きさにばらつきのある銅貨の山、七つの惑星の位置を計算するための表、〝万能薬〟と書かれた小瓶もあった。ケイトは小瓶を手にとって眺め、コルクを抜いてにおいをかいだ。なにが成分なのか見当もつかない。

小瓶を机に戻した彼女は、『イオニアの遺跡』という読みこまれた原稿を手にとって、ベルベット張りの椅子に戻った。二〇分後、アントワーヌ・デゴデの『ローマの古代建造物』に関する学術的な議論に飽き飽きして、ベッドへと移る。

ガブリエルの足音が聞こえたらすぐにベッドを出れば、誘っているふうには見えないだろう。そう自分に言い聞かせて、ケイトはベッドに横になった。


ガブリエルが自室のドアを開けたとき、ケイトはベッドの真ん中で子猫のように丸くなって眠っていた。かつらが脱げかかり、ピーチブロンドの髪が頬にかかっている。上靴は脱いでいるが、ドレスは着たままだった。

タチアナの肌をクリームにたとえるなら、ケイトのそれは蜂蜜だ。タチアナはえくぼのある丸みを帯びた頬をしているが、ケイトは頬骨が目立つ。寝ているあいだに唇を噛んだのか、下唇だけがルビーのように赤かった。

ズボンの前がいっきにきつくなる。ガブリエルはベッドに背を向けた。

今夜しか、たったひと晩しか残されていないなんて！

足音を忍ばせてカーテンで仕切られた一角へ行き、腰の高さの木戸を開けて、厨房の呼び鈴を鳴らした。

しばらくすると、ごとごとという音とともに手桶があがってきた。ガブリエルは完全にとまるのを待って熱い湯の入った手桶をつかみ、浴槽に空けた。それからロープを緩めて、手桶を厨房へ戻す。

二杯目の手桶があがってきたとき、湯がはねて上着にかかりそうになった。食事のあとはダンスがあるので、上着を濡らすわけにはいかない。

ガブリエルは上着とベストとシャツとズボンを脱いで椅子にかけた。下着はつけたままにする。今度はケイトが裸になる番だ。

一連の作業が終わると、彼は湯を張った浴槽を満足げに見まわした。浴槽のまわりには蠟燭が灯《とも》り、ワイングラスも置かれている。

ガブリエルはタオルを手にベッドへ引き返し、ケイトの隣にそっと腰をおろした。彼女は小さな笑みを浮かべて、すべての悩みから解放されたように寝息をたてていた。

ガブリエルが髪からピンを抜いても、ぴくりとも動かない。ガブリエルは目につく範囲のピンをすべて抜き、やさしくかつらを引っぱった。

ケイトのまつ毛が小さく震える。目を覚ますかと思ったが、彼女は寝返りを打って、ガブリエルに背を向けてしまった。

実際のところ、ケイトは寝たふりをしながら、この先どうすべきかを必死で考えていた。かすかに目を開けたとき、裸の胸が近づいてくるのが見えて、すっかり動転してしまったのだ。

本当は目を開けて彼に抱きつきたかった。美しい体を引き寄せて、胸や背中をなでまわしたかった。興奮に胸が高鳴る。

それでも目を閉じてじっとしていた。彼女は怖かった。

眠りを妨げないようにピンを抜くガブリエルの手つきはやさしすぎた。

蠟燭の光のなか、裸同然の姿でケイトの隣に座る姿は美しすぎた。

現実とは思えない展開に圧倒されながら、自分の心を分析する。今夜が終わってしまったら、死ぬまで満ち足りることなどないだろう。ガブリエルの思い出にすがって、小作人を守るために一生を費やすことになるのだ。

「ケイト？」ガブリエルの唇が彼女の喉元を滑り、髪をかき分けて耳の上でとまる。「入浴の準備ができたよ。きみのために熱い湯を用意したんだ」

「ああ……戻っていたのね」ケイトは小さく返事をしたものの、起きあがろうとはしなかった。ガブリエルはいつの間にかケイトのかつらを外して、ピーチブロンドの髪をなでている。

彼女は目を閉じたまま、やさしい手つきに神経を集中させた。

ふと、ドレスの背中に並んだボタンが残らず外されていることに気づく。ケイトはボディスを胸の前で押さえて上体を起こした。

「ガブリエル！」警告するように目を細めた。

「どこにでもキスをしていいんだろう？」ガブリエルはボディスに指をかけ、そっと引いた。

「そんなことを言った覚えはないわ。だいたい、あなたはなぜ服を着ていないの？」

「下着はつけている」ガブリエルが皮肉っぽくつけ加えた。「ぜんぶは隠れていないが」

ケイトはちらりと視線を落とした。いきりたったものがウエスト部分からはみだしている。「こんなのはだめよ」抗議しかけた彼女の唇を、ガブリエルの唇がふさいだ。なおも抗議しようとしたが、唇を舌でなぞられてケイトは言葉を失った。

「ひと晩じゅうでもキスをしていられそうだ」ガブリエルがささやいた。

キスをすると約束したんだから、とケイトは自分を納得させた。もちろん、半裸のガブリエルとキスをするとは予想もしていなかった。彼は下着はつけているが、肝心の部分は覆われていない。

抵抗する気持ちが急速に弱まり、彼女は気がつくとガブリエルの首に腕を巻きつけていた。キスが深まり、むきだしの胸に抱き寄せられる。ケイトはあまりの気持ちよさに震えはじめた。キスが深まるにつれ、ブランデーを飲んだかのように体の力が抜けていく。

「ガブリエル……わたし……」

「静かに、かわいい人」ガブリエルが体を引いた。「ドレスを脱がせるよ」ケイトの返事も待たずにドレスを引っぱり、蠟で作った胸の入ったコルセットや細い腰をあらわにした。

「腕が……」ケイトは息を吸った。「袖を抜かないと、腕を動かせないわ」

「それより、キスをしてくれ」かろうじて抑制を保っているかのような余裕のない声でガブリエルが言う。ケイトは腕が不自由なまま、情熱的に身をくねらせた。

ガブリエルは長い指でコルセットのひもを器用に外した。ついにコルセットの前が開かれ、偽物の胸がマットの上に落ちた。シュミーズに覆われた乳房が、熟れたリンゴのように彼の手のなかにおさまる。

一瞬、ガブリエルが動きをとめ、それからシュミーズをぴんと引っぱった。シルクのシュミーズはごく薄く、肌が透けて見える。

「すばらしい！」彼は絞りだすように言った。「こんなに美しいものは見たことがない」ケイトはなにか言おうと口を開いたが、親指で胸の頂をこすられるとなにも言えなくなってしまった。腿の付け根が耐えがたいほど熱くなり、唇から苦しげな声がもれる。

「きみを味わいたい」ガブリエルがシュミーズを左右に引くと、シュミーズは桃を割るようにやすやすと裂けた。

「ガブリエル！」ケイトは叫んだが、ガブリエルの視線は彼女の乳房に釘《くぎ》づけだった。彼の手のなかにあると、自分では小さいと思っていたふたつのふくらみはちょうどいい大きさに見えた。

ガブリエルがケイトの胸に顔を近づけ、頂を口に含む。アレティーノの本にも男性が赤ん坊のように乳房に吸いつくさまが描かれていた。その挿し絵を見たとき、彼女はイタリア人にはおかしな性癖があるものだと顔をしかめたが、ガブリエルに吸われると、体の奥からこれまで感じたことのない快感が突きあげてきた。息が詰まり、悲鳴がもれる。ガブリエルは強く乳首を吸いながら、もう一方の頂を親指で刺激した。ケイトは夢中で彼に腰をこすりつけてうめいた。

「わかっていたんだ」ガブリエルが荒い声で言う。顔をあげた彼は、勝ち誇った目をしていた。「ぼくには……」ガブリエルは最後まで言わずに、もう一方の胸に吸いついた。ケイトは言葉を発することもできず、彼の下で身をよじった。

ガブリエルが再び顔をあげる。彼女の体は痙攣《けいれん》していた。「ガブリエル……」彼は罰を与えるようにケイトの胸に口づけた。彼女は体を押しつけ、さらなる快感を乞うた。

唇が離れたときには、抵抗しようという気力はすっかり失われていた。

「ドレスを脱がせて」低い声で懇願し、ガブリエルの胸に視線をさまよわせる。ドレスが腕に引っかかっているせいで、彼にふれられない。

ガブリエルが無言で体を離した。呼吸が乱れている。

ケイトは勢いをつけてベッドの脇に足をおろし、立ちあがった。ドレスから腕を抜いて、腰のあたりに布をまつわりつかせたまま彼の視線を楽しむ。

「あなたに比べて、わたしは布をまといすぎているわ」ケイトはかすかにほほえんだ。

ガブリエルが目を見開く。ケイトはゆっくりとした動作でドレスを床へと落とし、ガブリエルが裂いたシュミーズを肩からおろして胸の上でとどめ、シルクの感触を楽しみながら左の乳首の上を滑らせた。

彼女はベッドから飛びおりようとするガブリエルを目で制した。

「あなたも脱がないとだめよ」そう言って、鎖骨から右の乳房を通って腰にまつわりついているシュミーズへと片手を滑らせる。

「お願いだ」ガブリエルがかすれた声で言った。

ケイトはドレスを蹴って脱ぎ、彼に背中を向けて腰を揺らしながらテーブルまで歩いた。

「なんだか顔が赤いみたい。扇が役に立つんじゃないかしら?」

先ほど使った扇を手にとり、ぶらぶらとベッドへ戻る。「暑いときはこうするの」甘い声で言い、扇を開いて顔をあおいだ。それから少しさげて胸を、さらにもう少し下に風を送る。破けたシュミーズがあおられて揺れた。

「なぜだかわからないけれど、ひどく体がほてるのよ」

ガブリエルがうめいた。

「ケイト、きみは処女じゃないんだろう? そうだと言ってくれ」

ケイトは笑みを消した。扇が床に落ちる。

ガブリエルがベッドから飛びおりて、彼女を腕にかき抱いた。

「そういう意味で言ったんじゃないんだ」

ケイトはなにか言おうとしたが、彼の胸に抱きしめられるとなにが言いたかったのかわからなくなった。ガブリエルの体はわたしを求めて張りつめている。彼女の膝から力が抜けた。

「きみは処女だ。それは知っているし、尊重している」ガブリエルがケイトの髪にささやく。

「そうでないと疑ったわけじゃない。あんなことを言ったのは、それくらいきみを自分のものにしたいからだ」

ケイトはガブリエルの胸に顔をうずめ、激しい鼓動に耳を澄ました。「わたしがふしだらな女だったらよかったと思っているの？」顔をあげて、彼と目を合わせる。「今夜のあなたはただの男でしょう？」

「これじゃあ、朝までもたない」ガブリエルが弱々しく言った。

ケイトはにっこりして彼の腕から離れた。「わたしが服を脱ぐ前に息絶えるつもり？」

「そんなことはない」ガブリエルは強く息を吸った。

破れたシュミーズがまだ腰に引っかかっていた。ケイトは小さく腰を振って、それを下へ落とした。薄いシルクが金色の毛に覆われた秘密の場所を滑る。彼女は残っていたピンをすべて抜いた。つややかな巻き毛が背中に流れ落ちると、もつれた部分を指ですいて、胸を突きだす。

「とてもきれいだ」ガブリエルがようやく聞きとれるほどの声で言った。

「お風呂の時間ね」ケイトは彼に背中を向け、肩越しに振り返った。「準備をしてくれたんでしょう？」

ガブリエルは無言のまま、ベルベットのカーテンで覆われた一角へ行き、カーテンを開けた。

「なんてロマンチックなの」なみなみと湯をたたえた鉄製の大きな浴槽を見て、ケイトは感嘆の声をあげた。蠟燭の光がカーテンや浴槽や彼女の肌を金色に染める。

ケイトはつま先を湯につけ、喜びのため息をもらして浴槽に滑りこむと、浴槽の縁から髪を外に垂らした。

しんとした部屋のなかに、湯が浴槽にあたるやさしい音と、ガブリエルの苦しげな息遣いが響く。ケイトは思わずにっこりした。キャサリン・ダルトリーがその気になれば、このお城でいちばんみだらな女にもなれるのだ。

「石鹸をちょうだい」ケイトは手を伸ばした。

ガブリエルが石鹸を手渡す。

「この香りは……」ケイトは香りをかいだ。「リンゴの花かしら？」

「オレンジの花だ」ガブリエルが低い声で答えた。

ケイトは座り直して左腕を湯から出した。

「服を着て、下に戻らなくていいの？　みんなが不審に思うんじゃない？」

石鹸の泡に覆われていくケイトの左腕を、ガブリエルは凝視していた。

「ガブリエル？」ケイトは両手を乳房の上に滑らせ、無邪気に尋ねた。「下に顔を出さないといけないんでしょう？　そういう計画だったじゃないの」

ガブリエルは、浴槽の湯が蒸発するのではないかと思うほど熱い目で咳払いをした。

「きみが体を洗い終わったら行くよ。それとも手伝ってほしいのかな？」

ケイトは片脚を湯から出し、つま先をゆっくりと洗ってから、脚に指をはわせた。

「そうね」うわ目遣いに彼のほうを見た。「もう一方の脚を洗うのを手伝ってくれてもいいわ」

無骨な手で石鹸を塗りつけられるのは、なんとも新鮮な体験だった。ガブリエルの〝脚〟

の解釈はケイトのそれよりも広範囲らしい。ケイトは浴槽に横たわり、腿を上へとはいのぼっていく指の感触を楽しんだ。ガブリエルの手が敏感な場所に近づく。

ケイトは座り直した。「ガブリエル！」

「静かに」ガブリエルは愛撫を始めた。もはやこれはキスではない。とめないと。

そう思いつつも、自然に脚が開いてしまう。巧みな指の動きに自制心が働かなくなり、常識も意志の力もどこかへ消えた。あとに残ったのは彼の愛撫を歓迎し、背中を弓なりにそらす体だけだ。

ガブリエルが敏感な部分を刺激しながらもう一方の手を乳房にはわせたので、ケイトは首をのけぞらせて大きな声をあげた。ガブリエルの手が彼女をからかい、苦しめる。

「ああ、わたし……」ケイトは大きく息を吸った。

長い指が誰もふれたことのない場所に侵入すると、彼女は身を震わせて叫び、太い首に腕を巻きつけて全身を震わせた。熱い炎で体を焼かれているみたいだ。

ケイトは濡れた腕をガブリエルの首に絡め、きつく目を閉じて快感に身を任せた。ガブリエルが充血した部分から指を抜き、名残惜しそうに周囲をなでる。ケイトは体を痙攣させた。

「最高だ」ガブリエルがうなるように言う。

ケイトは動かなかった。小さく開いた唇から、とてもレディとは思えない声がもれる。やがて冷静さが戻ってくると、今度は恥ずかしくて目を開けられなくなった。両脚がまだがくがくしている。

ガブリエルがかすれた声で尋ねた。「ケイト、ずっと目を閉じているつもりかい？」

ケイトは首を振り、彼の胸に顔を押しつけた。あたたかで男性的な香りがなんとも心地よい。

大きな手が湯のなかで彼女の背中を滑り、背骨をたどってヒップを包みこんだ。

「次はここにキスをしたいな」

ケイトはびくりとした。「だめよ」くぐもった声で言う。

「ぼくは舞踏室に行って、ダンスをしなければならない。だが、ケイト……」

ガブリエルがやさしく彼女の腕を外して立ちあがった。ケイトはしぶしぶ目を開けた。ガブリエルの体は硬く張りつめ、下着からのぞいている部分もこれ以上ないほどいきりたっていた。

「あなたはどうするの？」ケイトはすがるように尋ねた。彼を引きとめることはできない。それはわかっていた。

ガブリエルはケイトをくい入るように見つめながら、自分の胸についた水滴をタオルでぬぐった。「階段でたっぷり一〇分は待たないとだめだろう」

彼の顔を見ているうちに、ケイトは恥ずかしがる必要はないのだと気づいた。ふたりのあいだに起こる出来事は、たとえそれがどんなに親密な行為であっても恥じることはない。

そこで彼女はわざと脚を開き、腿の内側に手を滑らせた。

「今すぐここにキスをしてほしいと言ったら……どうする？」

実際にその場面を想像して、ケイトの体はうずいた。

「ぼくを殺す気かい？　下へ行かなければならないんだ。わかっているだろう？」

ケイトは小悪魔のような笑みを浮かべた。「いいのよ。わたしがここで待っていることを忘れないでいてくれれば」手をおろすと、湯から胸を突きだした。

ガブリエルは首を絞められたような声を出してカーテンの向こうへ消えた。ケイトの耳に、ドアの閉まる音が聞こえた。

彼女はかすかに笑みをこぼした。なにかすばらしいことを学んだ気がしたのだ。

舞踏室で責任を果たしたら、ガブリエルは必ずここへ戻ってくる。

33

「危うく最初のダンスを逃すところでしたよ！」ベルウィックが激しい勢いでまくしたてた。「ソフォニスバ殿下の具合が悪いと言って、ダンスの開始をぎりぎりまで引き延ばしたんです」

ガブリエルは夢のなかにいる気分だった。心はまだ尖塔の部屋に――シルクと蜂蜜でできた女性のもとにある。

彼が舞踏室に向かったのは、王子としての義務感からだった。

「ともかく、間に合ったんだからいいじゃないか」ガブリエルは硬い声で言った。

「そうは思えません。王女はあちらです」ベルウィックは人だかりの中心にいるタチアナ王女を顎で示した。

ガブリエルは夢遊病者のようにタチアナのところへ行き、遅くなったことを謝罪した。

「ご承知のとおり、叔母は高齢です。部屋に戻った途端に気分が悪いと言いだしまして、仕方なくつき添っていたのです」

「責任感の強い男は尊敬に値する」デミトリが体を前後に揺らしてにやりとした。「ロシアでは常に家族が最優先だ。この国では、親族に会ってもそれとわからない子供もいるようだが」

メリーと名付けられた幼い女の子の顔と、ケイトの顔がガブリエルの心をよぎる。彼は雑念を振り払い、タチアナに最初のダンスを申しこんだ。

タチアナは可憐に膝を折っておじぎをし、羽根のごとく軽やかに舞った。三歳からダンスを習ってきたガブリエルとの呼吸はぴったりだ。似た環境で育った相手と一緒にいるといかに心地よいかを、彼は初めて理解した。

「あとでもう一曲踊りましょう」音楽が終盤に近づいたとき、ガブリエルは言った。

タチアナが小さくほほえむ。「光栄ですわ」

「ワルツはどうでしょう?」それは自分で自分の首を絞める発言だった。ワルツの調べとともにタチアナの手をとってフロアへ出れば、結婚は決まったも同然だ。未婚の男女が体を寄り添わせて踊ることに眉をひそめる者は多い。そんななか、あえてワルツを踊るのは、結婚を宣言するに等しい。それでなくても、みながふたりの将来に期待しているのだ。

ガブリエルの苦しげな表情を見たタチアナは一瞬、不思議そうな顔をした。

「一緒にワルツを踊っていただけたら光栄です」ガブリエルは努めて平静な声で言った。

タチアナは次のパートナーであるトルースの手をとりながら、自分の魅力を心得ている女性特有の笑みを見せた。

「叔父に尋ねてみますわ」タチアナの目がひそかに輝く。ワルツを踊ることの意味を承知しているのだ。

　ガブリエルは大きく息を吸った。あと数曲踊って、もっとも短いワルツを演奏するよう楽団に指示を出したら、飲みすぎたふりをして自室に戻ろう。

　そのとき、誰かが強く腕をたたいた。

　レディ・ウロースだ。

「次の曲が始まってしまいましたわね」ヘンリエッタは気難しい表情をしていた。

「レディ・ウロース」ガブリエルは会釈した。「よろしければ――」

「ええ、この曲のあいだは座ってお話ししましょう」彼女は強引に言った。「殿下はおやさしくていらっしゃるわ。いまいましいヒールのせいで、足首をひねってしまって」そう言いながら、舞踏室の隅にある小さな壁のくぼみ《アルコーブ》へそそくさと向かう。

「殿下、あの子はどこですの？」長椅子に座った途端、ヘンリエッタが前置きなしで尋ねた。「腹痛なんて見え透いた言い訳ですわ。あの子が寝こむなんてありえません。部屋にいないことも確認しました」

　ガブリエルは歯をくいしばり、うなるように答えた。

「ぼくに尋ねても、お力になれないと思います」

「答えられないのですか？　それとも答える気がないのですか？」ヘンリエッタは扇で彼の腕を鋭くたたいた。「わたしの目は節穴ではありませんよ。あの子は早くに親を亡くし、今ではわたしが親代わりなのです。だから……」トラの母親のようにすごみのある笑みを浮かべた。「あの子が傷つくところは見たくありません」

「それはぼくも同じです」

「そうおっしゃりながら、ロシアの王女と楽しげに踊っていたではありませんか」

「タチアナ王女は……」ガブリエルは言葉に詰まった。「愛らしい方です」

「あなたが愛らしい王女に色目を使うのを見て、ケイトはどう思うでしょうね？」

「レディ・ウロース、タチアナ王女との結婚は地位と持参金の交換でなりたっているのです。いつの時代も行われてきたことですよ」ガブリエルは硬い声で言い、ヘンリエッタをちらりと見た。「ケイトとは結婚できません」

「わたしに同情させようとしているなら無駄ですよ」ヘンリエッタはぴしゃりと言った。「ケイトを愛人みたいに部屋に囲って、自分は未来の花嫁と踊るなんて卑怯ですわ。あの子にもこの場にいる権利があります。持参金などに関係なく、あの子を望む男性が大勢いる場所に！」

ガブリエルはため息をついた。「王子は自分の意志では結婚できないのです」

「べつにそうしろとは言っていませんわ」ヘンリエッタがやり返した。「愛する女性のためにすべてを投げだす男性がいる一方で、損得で割りきる男性もいる。わたしも痛い目に遭ったからわかります」

ガブリエルは生まれて初めて女性に手をあげそうになった。「これで失礼して――」

ヘンリエッタが彼の腕にふれた。彼女の目を見たガブリエルは口をつぐんだ。

「今、あなたの前にはふたつの道が伸びています。慎重に選択しないと、永遠に自分を呪うはめになりますよ。わたしを傷つけた男は大事なものを失いましたわ。それをお金で埋めることはできませんでした。本人に尋ねても、同じ答えが返ってくるでしょう」

ガブリエルはふらふらと出口に向かった。ひとりの紳士が慌てて道を空ける。どこからともなく、ベルウィックが現れた。

「タチアナ王女をワルツに誘った」ガブリエルは低く苦しげな声で言った。「彼女を見つけて、適当に言い訳をしておいてくれ」

「ワルツですって？　今日のあなたはどうかしています」

「そのとおりだ。まさに死にそうな気分だよ」

34

湯からあがったケイトは破れたシュミーズを調べ、しわになったドレスを拾って椅子にかけた。壁にかかっていたシルクの夜着は驚くほど肌ざわりがよかった。その大きな夜着を体に巻きつけ、ずり落ちないよう、腰ひもを二重に巻く。

それでも、ガブリエルは戻ってこなかった。

仕方がないので、イオニアの遺跡に関する原稿をぱらぱらとめくる。ページのあいだに、編集者に宛《あ》てた皮肉に満ちた手紙が挟まっているのを見つけ、彼女は思わず笑いをもらした。

アレティーノの本は拾いあげると即刻、本棚へ戻した。みだらな挿し絵は、ガブリエルが与えてくれた快感とはまったく異質に思えたからだ。

ケイトの心は定まっていた。

ガブリエルにすべてを捧げると。彼がほしくてたまらない。ガブリエルを自分だけのものにして、七年の孤独を埋めたかった。母が亡くなったあと、慈しむように体にふれてくれた人など、ひとりもいなかった。

ガブリエルに純潔を捧げてロンドンへ出よう。そう思うと頬が熱くなる。これほど強くなにかを望むのは久しぶりだ。

ドアが開き、ガブリエルが入ってきた。顔色が悪く、目は落ちくぼんでいる。

「どうしたの?」ケイトは彼に歩み寄った。「ガブリエル、なにかあったの? 大丈夫?」

ガブリエルが不可解な表情で彼女を見おろした。

「舞踏室でぼくがなにをしたかわかるかい?」

冷え冷えとした声に不安を覚えたケイトは、彼の上着に手を置いて肌のぬくもりを感じようとした。「踊ったんでしょう?」

「ただ踊ったわけじゃない。未来の妻と、タチアナと踊ったんだ」

ケイトは胸が張り裂けそうになった。タチアナ王女のことは考えまいとしてきた。ガブリエルは誰か別の人といるのだと思いこもうとしたのだ。全身が冷たくなる。魂の抜けた母の亡骸《なきがら》を見たときと同じだ。

「晩餐会で、ぼくはタチアナの隣に座った。彼女はえくぼがあって、五カ国語を操る。タチアナと最初のダンスを踊った。彼女はダンスがとても上手だ。それでワルツに誘った」

「そう」ケイトは震える声で言い、髪を肩から払った。

「きみは社交界を知らない」ガブリエルが厳しい声で言った。「ワルツを踊ることが、なにを意味するかわからないだろう? 体を寄せ、脚を密着させてフロアをまわるんだ」

「とても……親密そうね」ケイトは冷静に言ってのけた自分を誇りに思った。

「そうだ。きみとぼくが……」ガブリエルが暗い窓へ視線をそらす。「ワルツを踊ったら、その場にいる人たちは残らず、ぼくたちを恋人同士だと思うだろう。未婚の男女がワルツを踊るというのはそういうことだ」

ケイトは混乱し、怒りさえ覚えた。なにも今、そんな話をしなくてもいいのに。

「おめでとう、と言うべきかしら？」

ガブリエルが勢いよく振り返る。「そんなことが言えるのか？」

ケイトはシルクの夜着をなでおろした。「わたし……部屋に戻るわ」

ガブリエルが彼女に詰め寄る。「だめだ！」

そのときになって、ケイトは彼の瞳に宿る感情がなんであるかを理解した。絶望と怒り、そして彼女への愛情だ。

「ガブリエル……！」ケイトは小さく息をのんだ。

「部屋に戻るなんて許さない――」

「それ以上言わないで」彼の頬に手を置く。「もういいの」

ガブリエルが大きく息を吸った。

「あなたがそういう人じゃなかったら、こんなに愛しはしなかった」

ガブリエルはごくりとつばをのんだ。「きみは……」

ケイトはうなずいた。「あなたを愛しているわ、心から」彼の顔を引き寄せ、思いの丈をこめてキスをする。「あなたはわたしのものよ。わたしの心のなかには、この先もずっとあなたのための場所がある」

ガブリエルが低くうめいて彼女を抱き寄せた。ケイトはガブリエルの腰に腕をまわし、オレンジの花の石鹼の香りと、刺激的で荒々しい彼独特の香りを吸いこんだ。

しばらくしてから、ガブリエルが体を離した。ケイトは彼の口に手をあてた。ガブリエルの腕が両脇に落ちる。ケイトは一歩さがって、目をまっすぐに見つめた。

「わたしたちが結ばれることはないわ。あなたはタチアナと……ロシアの王女と結婚するの。五カ国語を操り、天使のように踊り、莫大な持参金を持つ女性こそ、あなたにふさわしいのよ」

「ぼくが王子でなかったら……」ガブリエルの声はひび割れていた。

「そんなことを言ってもどうにもならないわ」ケイトは冷静に言った。「これが現実なんですもの。あなたはこのお城に住む人々の衣食住を保証しなければならない。ライオンも含めてね」

ケイトがおどけても、ガブリエルは笑わなかった。

「お兄様とちがって、あなたは責任を放棄するような人じゃないわ」

「だが、きみに対して……」ガブリエルが苦しげに言う。

「わたしは今のあなたが好きよ」ケイトはきっぱりと言った。「親しい人たちを見捨てられないあなたを愛しているの」

「きみは強いんだな」ガブリエルの瞳から絶望の色が消えた。

ケイトは夜着の腰ひもに手をかけた。「ところで、これってとてもいいわね」

「インドのもので、バンヤンというんだ」

「なんだか暑くなってきたわ」ケイトはゆっくりと結び目をほどいた。「あなたが下の階にいるあいだに、わたしも心を決めたの」

ガブリエルが名残惜しそうに、彼女の手元から視線をあげた。

「なにを決めたんだい？」

「タチアナ王女のことは忘れましょう」ケイトはそっと言った。「今夜はわたしたちの夜よ。明日になれば現実が、タチアナ王女や、持参金や、いろいろなことが戻ってくる。わたしはアルジャーノンと一緒に舞踏会に参加して、ヘンリエッタとロンドンへ行くわ。継母のもとへは戻らないことにしたの。ずいぶん長くかかったけれど、あそこにわたしの居場所はないと気づいたから」

「レディ・ウロースなら、きみの面倒をしっかりと見てくれるだろう」

ケイトはほほえんだ。「そうね。彼女は昔、わたしの父と恋に落ちたの。本物の恋よ。でも父は母と結婚し、ヘンリエッタは父なしでも幸せをつかんだ」

ガブリエルが目を見開く。

「きみがほかの男と一緒にいるところなんて想像したくもない！」

男性は身勝手だ。自分はタチアナ王女の話をしておいて、ケイトの未来の夫については聞きたくないと言うのだから。

「ヘンリエッタには子供がいないから、わたしを娘同然に思ってくれているの。あなたはこのお城に残り、わたしはロンドンへ行く。でも、今夜は……」ケイトは腰ひもを解いた。ひもが指のあいだをすり抜け、やわらかな音とともに床を打つ。

「今夜はあなたがほしい。あなたのすべてが」

「どういう意味だ？」ガブリエルの表情が欲望に陰った。

ケイトは夜着の前を開いた。シルクのあいだから片方の乳房がのぞく。

「純潔を捧げたいの」ケイトはさらりと言った。「あなたに受けとってほしい。そうなったからといって、未練がましくしたりしないわ。舞踏会が終わったら、馬車に乗って消えるから」

ガブリエルが首を振る。ケイトは夜着の前をさらに大きく開いた。

「すべてを捧げる相手は自分で選びたいの」彼女はなだらかな乳房に片手を滑らせた。「それでなにかが変わることはないわ。ちゃんと避妊してくれるでしょう？」

ガブリエルの表情が少し緩んだ。「ずいぶんと慣れた口ぶりだな」

「褒められた気はしないわね」ケイトはにっこりした。「だけど、許してあげる」夜着が肘まで滑り落ちた。「今夜をふたりの夜にする覚悟はある？」

「ぼくは……できない」ガブリエルが切れ切れに言った。「紳士として――」

「今夜のあなたはただの男よ。そしてわたしもただの女だわ。地位や肩書きは関係ない」

「もう死にそうだ」いきなりガブリエルに引き寄せられたケイトは、肺のなかの空気がすべて押しだされた気がした。

「きみの前に出ると、ぼくは骨抜きになってしまう」

そう言いつつも、彼の欲望の証はどこまでも硬い。

「骨抜きですって？」ケイトはわざと体を押しつけた。夜着が床に落ちる。自分はなにも身につけていないのに、ガブリエルが正装のままでいるのが妙に刺激的だった。

もちろん、いつまでも服を着ていられては困るけれど。

ガブリエルはくぐもったうめき声とともに体を離し、ケイトを見つめたまま自分の服をむしりとった。ボタンが飛び、クラヴァットが机の上を滑って破片の山にかぶさる。ケイトが厚い胸板に見とれているうちに、彼のズボンは消えていた。

「体を鍛えているのね」ケイトはできるだけ落ち着いた声で言った。

「狩りをするからだ」ガブリエルは答えた。

「食卓にのる鳥の肉は、すべてあなたが獲《と》ったものだなんて言わないでね」

ガブリエルが口をゆがめた。「まさか。母が〈インドの星〉と呼ばれるエメラルドを譲ってくれたおかげで、あと六カ月は肉を購入できる。この週末にかかる莫大な浪費も含めて」

ケイトは神妙な顔で彼に近づき、その肩にふれた。

「ガブリエル？」欲望に満ちた声でささやく。ガブリエルはすかさずケイトを抱きあげて大股でベッドへ運んだ。やがて彼女をベッドにおろすと、すぐに覆いかぶさってきた。

ずっしりした重みと熱い肌、そして筋肉の感触に圧倒されて、ケイトはか細い声をあげた。

ガブリエルがケイトの頭の脇に肘をつき、彼女の顔をのぞきこむ。

ケイトは目を開けた。「このあとは……？」

「なんだい？」ガブリエルはわざととぼけた。

ケイトは唇をなめて言葉を探した。彼がリードしてくれるものとばかり思っていたのだ。

「わたしの言いたいことはわかるでしょう？」

「いや、教えてくれないとわからない」ガブリエルはきっぱりと言った。「ぼくがいないあいだ、アレティーノの本で勉強したんだろう？」

「あの本は読まなかったわ」ケイトは体を動かして、楽な姿勢をとろうとした。彼はかなり重い。ガブリエルがはっと息をのむ。

「どうしたの？」

「今のが……気持ちよかったんだ」ガブリエルはかすれた声で答えた。

「そう？」ケイトはにっこりしてもう一度体を動かし、彼の高まりが腿の曲線に沿うようにした。「あなたがいないあいだ、わたしがなにをしていたか知りたい？」

「なにをしていたんだい？」ガブリエルが上体をさげて彼女の鎖骨に舌をはわせる。ケイトは肌がぴりぴりした。

「イオニアの遺跡に関する原稿を読んでいたの」ケイトは彼の肩に指を滑らせ、そのまたくましい背中を探索した。「編集者宛の手紙も読んだわ。とても攻撃的ね。〝ぼんくら〟は言いすぎじゃないかしら。〝こんなのは戯言《たわごと》だ〟というくだりも」

「ケイト」

「なに？」

「もう黙って」

ガブリエルが乳房の先端に顔を近づけた。

頂を口に含まれて、ケイトは大きくあえいだ。糸で引っぱられているかのように、体が自然と弓なりになった。全身から力が抜け、満たされたいという思いだけがふくれあがる。彼の高まりが一段と大きくなった。

「ガブリエル！」

ガブリエルの乳房を吸う力が強まる。ケイトはなにを言おうとしたのかも忘れて、彼の肩にしがみついた。ガブリエルは体を引き、ケイトが抗議する前に片方の肘に体重をかけて、右手を下腹部のいちばん敏感な場所へと滑らせた。

「そんな……」

彼は右手で巻き毛をかき分け、もう一方の乳房に口を移した。ケイトは言葉を失った。つま先から腿へ火花が飛ぶ。ケイトは夢中でガブリエルの腕や胸をなでまわした。「ほしいの」彼女は息をのんだ。

「なにが？」

ガブリエルがわざととぼける。目を開けたケイトは、すっかり相手のペースに巻きこまれているのに気づいて悔しくなった。

ガブリエルの指先が生みだす刺激にわれを忘れそうになりながらも、ケイトは彼の頬にキスをした。ガブリエルはまだ乳房を吸っている。ケイトは彼にされたのと同じように頬を舌でなぞった。ガブリエルが身を震わせると、満足げに喉を鳴らす。

ようやくガブリエルが顔をあげたところで、ケイトは彼の唇をなめて軽く嚙んだ。

ガブリエルは抵抗しなかった。

大胆な気分になったケイトは広い背中に手をはわせ、引きしまったヒップをつかんで、硬い筋肉や小さなくぼみを探った。

ガブリエルが身じろぎする。感じているのだろう。

「キスをして」ケイトは彼の口をなめた。「お願い」

ガブリエルが強く唇を押しつけてくる。ケイトは情熱の嵐に吹き飛ばされまいと彼の首に腕を絡めた。長いキスが終わったとき、ガブリエルがささやいた。「ひと晩じゅうでもこうしていたいよ、ケイト。だが……」

「なに？」

「そんなふうに体をこすりつけられたら、初めての交わりがあっけなく終わってしまう」

「だって、気持ちがいいんですもの」ケイトはほほえんで身をよじった。「こうしていると……あたたかくて、やわらかくて……」彼女は頬を染めた。「濡れてしまうの」

ガブリエルはケイトの顔を両手で包んで唇をこすりつけ、敏感な部分に高まりを押しあてた。

ケイトは息を吸った。「そうよ、お願い」全身が張りつめ、あらゆる意識が腿のあいだに集中する。

ガブリエルが欲望に目をきらめかせた。「避妊しないと」サイドテーブルから包みをとりだす。そして、次の瞬間……。

彼は想像していたよりも大きく、熱かった。わずかに入れたところで動きをとめ、不明瞭な言葉をささやく。

ケイトはガブリエルの髪をつかんで、自分から腰を持ちあげた。「もっと」息を切らして懇願する。低い笑い声がしたかと思うと、彼が深く入ってきた。

ケイトは悲鳴をあげた。痛みのせいではない。ほかの誰でもないガブリエルに、征服され、所有される感覚に感きわまったせいだ。

ガブリエルが腰を引いた。「痛かったかい？　教えてくれ。無理に続ける必要は――」

「お願い」ケイトはあえいだ。

「お願いだからやめて、かい？」ガブリエルが彼女の上で静止したまま、歯をくいしばった。

「痛すぎるかな？」

「だめ」

「無理なんだね？」ガブリエルは体を引き抜こうとした。「わかるよ。大きすぎると言われるのは初めてじゃない」

「ちがうわ！」ケイトはようやく言った。「来て、ガブリエル、早く！」手を伸ばして、彼を乱暴に引き寄せた。

ガブリエルが顔を輝かせる。「それでこそ、ぼくのケイトだ」

彼が身をうずめると、ケイトは本能的に体をそらした。内奥を押し広げられ、頭のなかが真っ白になる。「もう一度」ケイトはうめいた。

ガブリエルが素直に従う。

そして、何度も彼女のなかに押し入ってきた。息を切らし、汗が肌を伝う。

「かわいい人、もう……限界だ」ガブリエルが振りしぼるように言った。ケイトは爆発しそうな衝動をどう扱えばいいのかわからなかった。

次の瞬間、彼女の体は痙攣し、ガブリエルがかすれた声をあげた。ケイトは本能の赴くままに背中をそらし、荒々しい悦びに身を任せた。そして絶頂が訪れた。

体にいくつもの波が打ち寄せてくる。ケイトは甘い声をあげて、彼の背中に爪をくいこませた。

35

ふたりは毛布の下でもう一度時間をかけて愛し合った。夜が更けるにつれて室温はどんどんさがり、空気が氷のごとく冷たくなる。

「そろそろ行かないと」

「ロミオとジュリエットの気分だ」ガブリエルが言った。「ジュリエット、朝を告げるヒバリの話はしないでくれ。ヒバリも尖塔の上までは来られない」

「わたしはもう行くわ」ケイトは彼の首筋に羽根のようなキスをいくつも落とした。

「だめだ」ガブリエルは子供のように駄々をこねた。「行かせない」

ケイトは太い首筋に顔をうずめてくすくす笑い、脚と脚を絡めた。これほど幸せで満ち足りた気分は初めてだ。

「あなたを忘れない」彼女はささやいた。別れのときは感謝を伝え、きちんとあいさつするようしつけられていた。「今夜のことは一生忘れないわ」

ケイトの背中にまわされた腕に力がこもる。「きみはぼくをロミオにした」

「ロミオはあなたみたいに悪態をつかないでしょう」ケイトは指先で彼の胸に円を描いた。

「本物の王子のくせに」

「きみに会ってから、王子らしいことなどひとつもできていないよ。今夜も含めて」

「わたしを……忘れないでね」ケイトはそう言わずにいられなかった。

ガブリエルはしばらく沈黙してから口を開いた。

「霊廟《れいびょう》に横たわるジュリエットを見て、ロミオが言ったせりふを覚えているかい？」

「いいえ」

「彼はジュリエットのそばを永遠に離れないと誓ったんだ。〝ぼくはほの暗い夜の宮殿に永遠にとどまる〟と」

「ロミオはその場でみずから命を絶ったんじゃなかったかしら？」

「そうだ」

「だったら、まねをする必要はないわ。救いがないもの」

「ディードーとジュリエットには共通点がある」

「どちらも愚か者だということね」ケイトはガブリエルの胸に顎をのせた。「あなたのことは大好きだけど、わたしには火葬用の薪を積む予定なんて当分ないから」

ガブリエルは胸を震わせて笑い、ケイトの髪にキスをした。

「さすがはぼくのケイトだ」

「わたしは生まれつきロマンチストじゃないの」ケイトは悪びれずに答えた。

「ぼくが詩を朗読したら、きみだってぼうっとなるかもしれない」ガブリエルが再び彼女にキスをする。

日の出とともに起きる習慣が身についているケイトには、ヒバリの声を聞くまでもなく、朝の気配がわかった。長い廊下を歩いて、そろそろ自室へ戻らなければならない。

「ガブリエル」ケイトはささやいた。

「だめだ」

ケイトは体をよじって、ガブリエルの腕から抜けだした。

「行かないと」ベッドを出て、石床の冷たさにつま先を丸めながら夜着をはおる。

ガブリエルもベッドから出てきた。深いしわの刻まれた顔を見て、ケイトは胸が痛くなり、無言で唇を噛みしめた。この悲しみは、甘い言葉やキスではどうにもならない。

二分後、黒いベールで顔を覆った彼女は、ガブリエルの腕に抱きかかえられていた。

「いくら叔母様だからといって、抱きかかえて歩いていたら変に思われるわ」ケイトは抗議した。

「誰かに会ったら、叔母上がブランデーを飲みすぎて卒倒したとでも言うよ」

ガブリエルが平然と答えたので、ケイトもそれ以上抵抗するのをやめた。

「彼女のせいじゃないのよ」ケイトはたくましい胸に顔を押しあて、力強い鼓動に耳を澄ました。

「なんの話だ?」

「いらない洗濯物みたいに宮廷からほうりだされたのは、叔母様のせいじゃないわ。このお城の人たちは誰も悪くない。それを忘れないで」

「誰も責める気はないよ」ガブリエルは大股で廊下を進み、角を曲がった。ケイトの部屋はすぐそこだ。「運命だ。ロミオとジュリエットが悲劇的な最期を迎えたのも、いまいましい運命のせいだよ」

芝居がかったせりふだが、ケイトには彼の言わんとすることがよくわかった。

「愛しているわ」部屋の前でおろされたとき、彼女は危険を承知でベールを持ちあげた。

「ぼくは……」ガブリエルが声を詰まらせる。ケイトの心臓は耳が痛くなりそうなほど大きな音で打っていた。

ガブリエルはそれ以上なにも言わず、彼女にすばやくキスをして去っていった。

ガブリエルの姿が角を曲がって見えなくなると、ケイトはふらふらと部屋に入った。ベッドの真ん中で丸くなっているフレディが眠そうに顔をあげ、親しみをこめて小さく吠える。マントルピースの上では、短くなった蠟燭がちらちらしていた。本も上靴も自分の夜着も、部屋を出たときのままだ。

この部屋には現実がある。さっきまでの出来事はおとぎ話だ。それを肝に銘じておかなければならない。

ひと眠りしたら、現実と向き合おう。ケイトはフレディの小さくてあたたかな体を抱き寄せ、頰を伝う涙をぬぐいもせずに、枕《まくら》に顔をうずめた。

数時間後、ロザリーが部屋に入ってきて、カーテンを開けた。

「やめて」ケイトはうめいた。「お願いだからそっとしておいて。まだ起きられそうもないわ」

「寝ていらして結構ですよ」ロザリーが明るい声で言った。「とびきりのニュースを持ってきたんです。なんと――」

ケイトは腫れぼったい目のまま上体を起こした。「お願いだからあとにして。犬たちも連れていってくれる？　起きたら呼ぶから」それだけ言うと、ベッドに倒れこんで枕を顔に押しあて、眠ったふりをした。

目が覚めたのは午後二時だった。よろよろとベッドから出て呼び鈴のひもを引く。それから鏡の前へ行き、純潔を失ったというのに、外見上はなんの変化もないことを不思議に思った。

いや、一週間前よりもきれいになったかもしれない。肌につやが出て、唇も……何度もキスをしたせいか、赤くふっくらとしている。

ロザリーが朝食のトレイを持って部屋に入ってきた。そのうしろに、熱い湯を持った従僕が続く。

「とびきりのニュースです！」ロザリーがまたしても言った。

「お湯を使ったあとに聞くわ」ケイトは物憂げに答え、テーブルについてトーストをつまんだ。

「お茶を飲んでください」ロザリーが紅茶のカップを差しだした。「おなかの具合が悪かったそうですね。看病できなくて本当に申し訳ありませんでした。ミスター・ベルウィックがどうしてもわたしでなければだめだとおっしゃって。わたしには花を飾る才能があるみたいです。お嬢様には別の侍女をつけるということでしたが、不便はございませんでしたか？」

「もちろんよ。とても有能な人だったわ」

「さあ、これをお飲みになれば、気分がよくなるはずです」

ケイトが湯を使って体をふき、ドレスを着ると、ロザリーは遠慮がちに尋ねた。

「とっておきのニュースをお聞きになりたいですか？」

「さっきはごめんなさい。もちろん聞きたいわ」

「ヴィクトリア様がお見えになったんです！」ロザリーが甲高い声で言う。「唇の腫れはすっかり引いたそうで、ゆうべ遅くにここへ到着されました。お嬢様は体調がすぐれないとのことでしたので、あえて起こしませんでした。さっそくお呼びしましょうか？　隣の部屋にいらっしゃいますよ。ミスター・ベルウィックが、お嬢様たちが隣同士になれるよう、ミスター・フェンウィックを上の階に移してくださったんです」

「ヴィクトリアがここに？」ケイトは椅子に腰をおろした。「それじゃあ、マリアナも？」

ロザリーは首を振った。「いいえ。幸いにも、ヴィクトリア様にはレディ・ディムズデールが同行して来られました。レディ・ディムズデールは結婚式の準備があるとかで、すぐにお帰りになりましたが」せかせかとドアへ向かう。「今、お呼びします。お嬢様に会いたがっておいででしたよ」

しばらくすると、ヴィクトリアがためらいがちに入ってきた。

ケイトとヴィクトリアは姉妹として育ったとは言えない。〈ノコギリソウの館〉で同じ階に住んだのはほんの数カ月で、父親が亡くなると、ケイトはたちまち屋根裏に追いやられた。一六歳にもなって子供部屋にいるのはおかしいし、二階にはほかに部屋がないというのがマリアナの言い分だった。

けれど、ヴィクトリアが母親と一緒になってケイトに意地悪をしたことは一度もない。

「ロザリー、紅茶のお代わりを持ってきてくれる？」

ケイトの言葉に、ロザリーが部屋を出ていく。姉妹が暖炉の前に並んで腰をおろすと、フレディが駆けてきて、ケイトの膝に飛びのった。

「唇の具合はどう？」

「すっかりいいわ」ヴィクトリアは腫れていた部分にふれた。「膿を出した翌日には、かなりよくなったの」

「腫れていたなんてぜんぜんわからないわね」ケイトも言った。

「それにしても大きなお城ね。昨日は寒くてどうにかなりそうだったわ。シーザーが一緒に寝てくれて助かっちゃった」

「シーザーが？」ケイトは驚いてフレディの頭をなでるのをやめた。「部屋にいないことにも気づかなかったわ」

「隣の部屋まで鳴き声が聞こえてきて、我慢できずにこの部屋をのぞいたの。フレディは気持ちよさそうに寝てたから、シーザーだけ連れてったのよ」

ヴィクトリアは決まり悪そうにドレスのしわをいじった。頬に赤みが差している。それを見たケイトは、妹がなにを考えているかを悟った。

「ゆうべはここで眠らなかったの」ため息とともに告白する。

「非難するつもりはないのよ」ヴィクトリアが言う。

「ところで、どうしてここへ来たの?」ケイトはやさしい顔で尋ねた。

「アルジャーノンが手紙をくれたの」ケイトが眉をあげるのを見て、ヴィクトリアはつけ加えた。「それも毎日。わたしたち、三月にウエストミンスター寺院で出会ってから、欠かさず手紙をやりとりしてるのよ」

「毎日ですって?」

ヴィクトリアがうなずく。「ときには、便箋《びんせん》に何枚も書いてくれるわ」彼女は誇らしげな顔をした。「アルジャーノンはとってもすてきな手紙を書くの。わたしは家庭教師もいなかったから、つたない返事しか書けないけど……彼は気にしてないからいいの」

マリアナが家庭教師を首にしたあと、ヴィクトリアの教育がどうなったかなど考えたこともなかった。教育を受けられないことを悲しむそぶりも見せなかったからだ。しかし、妹は頬を赤くしたまま、スカートの生地を折ったり伸ばしたりしている。

「ごめんなさい。あなたに家庭教師をつけるよう、マリアナにくいさがるべきだったわ」

「あなたは精いっぱいやってくれたわ。お母様は……ああいう人だから。チェリーデリーや、ミセス・スワローや、小作人を守ろうとがんばってるあなたに、さらに家庭教師のことまで頼めなかった」

「でも、なにかできたはずよ」妹は甘やかされて大事にされているからと、深くかかわろうとしなかったことが悔やまれた。「それで、アルジャーノンはなんて書いてきたの？」

「わたしが来なきゃだめだって」ヴィクトリアが目を伏せたまま言った。「あなたが……王子と恋に落ちてうまくいきそうにないから、助けに来いって」彼女は顔をあげた。「これまでずっと、あなたがみんなを守ってきたわ。だけど、あなただって助けを必要とするときがあると思うの。アルジャーノンも同じ考えよ」

ケイトは面くらったあとで笑いだした。ヒステリックな笑いではなく、悲しみが癒やされたことによる笑いだった。自分はずっとひとりぼっちだと思っていたけれど、そんなことはなかったのだ。

わたしの大切な人たちは普通の家族とはちがうかもしれない。ヘンリエッタは独特だし、ヴィクトリアは愛人の子だし、アルジャーノンはとぼけている。それでも、みんながわたしを気にかけてくれているのだ。

ヴィクトリアがぱっと明るい表情になった。

「笑うってことは、怒ってないのね？　わたしなんかが押しかけても迷惑なんじゃないかと思ったの。でも、アルジャーノンが……」

ケイトは腕を伸ばして妹を抱きしめた。「とても感謝しているのよ。あなたがいてくれて心強いわ。だけどせっかく来てもらったのに、わたしはそろそろ帰るつもりでいるんだけれど、それでもいいかしら？」

「もちろんよ。舞踏会が終わったらすぐに発たないと、わたしの結婚式に間に合わないもの」

「そうね」

「真夜中に出発すれば、朝の七時にはアルジャーノンの屋敷に着くわ。一緒に来てくれるでしょう？」

「ひと晩じゅう馬車に揺られるの？」

「だってアルジャーノンは、ガブリエル王子から、舞踏会には参加しろと言われたんですって。でも、アルジャーノンのお母様……レディ・ディムズデールには、結婚式の朝までに戻るよう言われてるんだもの」ヴィクトリアは期待に満ちた表情でケイトを見た。「わたしのお母様もディムズデール邸にいるのよ」

どうやらアルジャーノンは、人にノーと言えないたちらしい。

「もちろん行くわ。そうそう、アルジャーノンの手紙に、わたしの名付け親のことは書いてあった？」

「ええ、ヘンリエッタでしょう？　これからその人と一緒に住むの？」

「そのつもりよ」ケイトはにっこりした。

「わたしたちと住んでもいいのよ」ヴィクトリアが心配そうに言う。「アルジャーノンのお母様は別邸に移られるから、わたしとアルジャーノンは広いお屋敷にふたりきりなの。あなたが来てくれたらきっと楽しいわ」

妹が心からそう言ってくれているのは、ケイトにも伝わってきた。

「あなたと血がつながっていてよかったわ、ヴィクトリア」

ヴィクトリアが涙ぐんでうなずいた。

ケイトはヴィクトリアの手をきつく握った。

「お父様が……もっと配慮の行き届いた人だったらよかったのに」ヴィクトリアは早口で言った。「アルジャーノンにも結婚を無理強いしたみたいになってしまって」ふっくらした頬を涙が伝う。

「心配いらないわ。アルジャーノンはあなたを愛しているし、あなたも彼を愛しているから結婚するの。それ以外はどうでもいいじゃない」

ヴィクトリアは洟をすすり、珍しく泣きやもうと努力していた。「わたし、お父様の存在を信じてたの。実のお父様じゃなくて、大佐のお父様のほう。だって、写真もあったのよ。それなのに、みんな嘘だったなんて」

「ひどい話よね」ケイトはマリアナをののしりたい気持ちをこらえた。

「わたしは私生児なのよ」ヴィクトリアが言う。「夜中に目が覚めて、考えたの。私生児ってどういう意味かを。いやな言葉だわ」

「そういうふうに生まれたのはあなたの責任じゃないわ」

ヴィクトリアが唇を噛んだ。「だけどお母様がお父様と結婚したから、あなたは遺産を失って、結局はわたしが相続することになった……そんなのはおかしいでしょう？　ずっと思ってたの。これじゃあ、寄生虫みたいだって。いくらレディのふりをしたって、本当のわたしは私生児で、寄生虫で、あばずれなのよ！」彼女はおいおい泣きはじめた。

「なにを言うの」

「結婚もしてないのに赤ちゃんができるなんて、お母様と一緒だわ」

「それはちがうわ」ケイトはきっぱりと言って、引き出しからハンカチを出し、ヴィクトリアに渡した。「このお城に住むある人がおっしゃっていたの。人を思いやる心はなにより大事だって。わたしもそのとおりだと思う。あなたは思いやり深い子よ。寄生虫だなんてとんでもない。お父様はあなたに遺産をあげたかったのよ」

「ちがうわ。お父様はあのお金をお母様にあげて、お母様は、お母様は――」

「お父様はこうなるとわかっていながらも、マリアナに財産を遺したんだわ。わたしには母がくれた持参金があるから」

「お父様がお母様と再婚してくれなかったら、わたしはどうなってたかしら？」ヴィクトリアはしゃくりあげた。

ケイトはずっと、父がマリアナと再婚した理由がわからずにいた。だが、愛らしくも滑稽な妹を見ていて、疑問の答えがわかった。

「あなたに見せたいものがあるの」ケイトは立ちあがると書き物机に近づいた。「ちょっと待っていて」

「なにを見せてくれるの?」ヴィクトリアは自分のレティキュールから乾いたハンカチをとりだした。「わたしが泣くといらいらするでしょう? ごめんなさい。赤ちゃんができたせいか、以前よりも涙もろくなってしまったみたい」

「大丈夫よ。慣れているから」

「アルジャーノンはじょうろみたいだって。このままなら花壇に置くなんて言うのよ」ヴィクトリアが情けない声を出す。

ケイトはガブリエルに宛てて短い手紙を書いた。

ガブリエル王子

妹にメリーの像を見せてやってもよろしいでしょうか? フェルディナンド殿下は、あなたが礼拝堂の鍵を持っているはずだとおっしゃっていました。ベルウィックに案内を頼みます。

思いをこめて

ミス・キャサリン・ダルトリー

「ところで、今夜はなにを着るつもり?」ヴィクトリアがハンカチをしまいながら尋ねた。

「まだ考えていないの。ロザリーが選んでくれるわ。それよりおなかがぺこぺこよ」

「考えなきゃだめじゃない。今夜はあなたの社交界デビューも同然よ。わたしが来た以上、あなたはキャサリン・ダルトリーとして参加できるわ」

ケイトは目をしばたたいた。「そういうふうには考えていなかったわ」

「痩せて見えるように、特別きついコルセットを持ってきたの。かつらをつけて犬を連れていれば、入れ替わっても気づかれないわ」

ちょうど昼食のトレイを持ったロザリーが入ってきたので、ケイトは王子への手紙を話した。

「あなたが王子様と恋文を交わすなんておかしな気分」ヴィクトリアはチキンを口に運びながらつぶやいた。

「〈ノコギリソウの館〉では召使も同然だったから？」

「召使なんかじゃないわ！　お母様は意地悪だけど、そこまでひどくないわよ。あなたは……あなたは……」

「呼び名なんてどうでもいいのよ」ケイトは言った。「王子に手紙を書くなんて、自分でもおかしな気分だもの。だって、正式な手紙の書き方も知らないのよ。ダンスも踊れないし。ああ、今夜はどうすればいいのかしら？」

ヴィクトリアがぽかんと口を開けた。「踊れない？　社交シーズンでロンドンへ行ったとき、わたしだけダンスの先生をつけてもらったせいね。今からじゃ、アルジャーノンにレッスンをしてもらう時間もないし」

「アルジャーノン？」

ヴィクトリアが自慢げに言った。「彼はダンスがとってもうまいの。教えるのも上手よ。辛抱強いし、親切だし。いつもいろいろ教えてもらってるわ」

「あなたたちふたりって――」ケイトが言いかけたとき、ドアが開いた。

「王子様は礼拝堂でお待ちになるそうです」ロザリーが甲高い声で言った。

「あなたに見せたいものがあるの。きっと気に入るはずよ」ケイトはヴィクトリアに手を差しだした。

「王子様に会うなんて緊張しちゃう」ケイトのあとに続いて階段をおりながら、ヴィクトリアがつぶやいた。「アルジャーノンもいたらいいのに。アルジャーノンが一緒だったらどんなに……」

36

礼拝堂の前に立つ精悍《せいかん》な王子を見て、ケイトは頭がくらくらした。しかしキャサリン・ダルトリーは異性にのぼせあがったり、燃えている積みあげられた薪に飛びこんだりはしない。彼女は礼儀正しく膝を折っておじぎをすると、通りがかりの知人に対するような丁寧さで妹を紹介した。

ガブリエルも他人行儀な反応をしたからといって傷つくのは理屈に合わない。それでも礼拝堂の奥へ足早に進む彼のあとを追いながら、ケイトは胸に矢が刺さったかのような痛みを感じていた。

礼拝堂の奥に掲げられたタペストリーの横にベルウィックが立っていた。タペストリーの裏に赤いドアが隠されていたのだ。

「こんなところにドアがあるなんて、まったく気がつきませんでしたよ」ベルウィックがヴィクトリアに向かって言った。「庭園側からご覧になった殿下が、位置を推測なさったのです」

「鍵もあった」ガブリエルはぶっきらぼうに言い、大きな錆びた鍵を鍵穴に差しこんだ。鍵はまわったが、ドアは開かなかった。

いきなりガブリエルがドアに体あたりしたので、ヴィクトリアは甲高い声をあげて飛びのいた。ドアはびくともしない。ベルウィックが加勢してふたりがかりで押すと、ようやくきしむ音とともに開いた。

「錆びついていたんだな」ガブリエルがぼそりと言った。

ケイトは彼の横をすり抜けて庭園へ出た。明け方まで降っていた雨のせいで、草の先に露がついている。雲間から差す日の光がオークの枝を輝かせていた。

「草ぼうぼうね」ヴィクトリアは恐る恐るドアの外へ出た。「殿下、庭師に手入れをさせたほうがいいんじゃありませんか？」

「庭師は村の屋根の修繕にかかりきりなんだ」ガブリエルが答える。「夜は冷えるので、そちらを優先しないわけにはいかない」

ケイトはヴィクトリアの手をとった。「こっちよ。石像があるの」

「石像？」ヴィクトリアはケイトのあとをついて歩きだした。「いやだ、バラの茂みにスカートが引っかかっちゃった。ケイトったら待って」

ケイトは歩みをとめなかった。ガブリエルから少しでも離れたかったのだ。メリーの像の前で立ちどまり、頬についた水滴をぬぐう。

「なんてかわいらしいの！　ふっくらした指をして、頬にはえくぼが浮かんでる」ヴィクトリアが歌うように言った。

「メリーよ」ケイトは言った。「私生児なんですって。お母様の名前はエグランタインというの」

「まあ」

「父親が誰かはわからないけれど……ひとつだけたしかなことがあるわ」

「なあに？」ヴィクトリアはしゃがんで、メリーの肩にかかった葉を払った。

「この子が愛されていたということよ。こんなすてきな庭園に記念碑が建っているんですもの」

ヴィクトリアの大きな瞳がうるんだ。「メリーは亡くなったの？」

「メリーが生きたのは一六世紀だから」

「でも――」

「わたしが言いたいのは、私生児だろうとなんだろうと、メリーのお母様は彼女を愛していたということなの。わたしたちのお父様だって、同じようにあなたを愛していた。生まれなんて関係ない。お父様はあなたのためにマリアナと結婚したわ。伯爵の息子が、貴族でもない女性と結婚したのよ。あなたのために」

「そんな……」ヴィクトリアは小さな声で言った。「そういうふうに考えたことはなかったけど、本当にそう思う？」

「まちがいないわ。わたしはひとりでもやっていけるし、母が遺してくれた持参金もあろ。お父様はそれがわかっていたから、マリアナと結婚してあなたに持参金を遺そうとしたんだわ」

ヴィクトリアの目から涙があふれると同時に、空から雨粒が落ちてきた。ケイトは妹の肩に腕をまわして礼拝堂へ導いた。

赤いドアの横に立っているベルウィックにほほえみかけ、ガブリエルの顔を見てうなずく。本当は彼の眉間のしわをキスで伸ばしてあげたかった。

「彼ってとってもハンサムね」部屋に戻る途中で、ヴィクトリアがささやいた。

「誰が？　殿下のこと？」ケイトは尋ねた。「まあ、陰のある男性が好きならね」

「わたしのいちばんはアルジャーノンだけど。でも殿下があなたを見る目つきといったら、やけどしそうだったわ」

「今夜は婚約記念の舞踏会よ。そして二週間もしないうちに、殿下はタチアナ王女と結婚するの」ケイトは淡々と言った。

「そんなのひどい。ねえ、つらくないの？　もう帰りたいんじゃない？　荷造りはすんでるから、その気になれば二時間以内に発てるわよ」

「こそこそ逃げるなんてごめんだわ。ダンスを知らなくても、舞踏会では脚が二本ある男性全員と踊るつもりよ。そのあとは、あなたの結婚式があるでしょう。そして、わたしはロンドンへ行く。殿下は都会には興味がないから、わたしがロンドンに住めば会う機会もなくなるわ」

「わたしだったら、アルジャーノンを忘れられそうもないわ」ヴィクトリアが疑わしげに言った。

「あなたはアルジャーノンと結婚するし、子供も生まれるんだもの。状況がちがうわ。わたしは殿下のことなんて、まったく知らないも同然なのよ」ケイトは必死に軽い調子を装った。

ヴィクトリアは無言で姉の手を強く握りしめた。

37

妹と別れて自室に戻ったケイトを、ヘンリエッタが待ち構えていた。名付け親の顔を見た途端、ケイトは唇を震わせて抱きついた。

ヘンリエッタは泣きじゃくるケイトを長椅子に座らせ、髪をなでながら慰めの言葉をかけてくれた。

「彼を……愛するのをやめろなんて……言わないでください」ケイトはしゃくりあげた。「呼吸をやめられないのと同じで、そんなのは不可能です」

「言わないわ」ヘンリエッタはケイトの体をそっと長椅子に横たえた。「でも、そろそろ泣きやんだほうがいいわね。病気になってしまうわよ」洗面台から濡れた布を持ってくる。「これを目にあてて」

腫れてひりひりするケイトのまぶたに冷たい布があてられた。激しく泣いたせいか、肺が痛んだ。ヘンリエッタはケイトの指に指を絡めた。

「愛するのをやめろなんて言うわけがないわ。そんなのは不可能だから」

「お父様が――」

「ヴィクターが亡くなったとき、わたしは一週間泣き通しだったわ。彼が結婚した夜も泣いたし、あなたのお母様が亡くなったときも、ヴィクターの苦しみを思って泣いた」ヘンリエッタは間を置いてつけ加えた。「言っておくけど、普段は泣き虫じゃないのよ」

ケイトは洟をすすって笑った。「わたしもです」

ヘンリエッタがケイトの手を固く握った。「かわいそうに。つらいでしょう。でも、愛する人がそばにいなくても、楽しく生きることはできるのよ。男は彼だけじゃない。今はそういうふうに思えないでしょうけど、わたしは知っているの。あなただっていつかは結婚して――」

「彼以外の人と一緒になるなんて考えられません。だって、わかってしまったんですもの。わたし……」ケイトは言葉に詰まった。ガブリエルの腕のなかにいるときの安らぎや、ともに笑う楽しさ、心を開いて愛し合うすばらしさは言葉にならない。

「とても無理です」ケイトはぽつりと言った。彼女の肌にはガブリエルの香りがしみついている。ケイトがふれたとき、彼は体を震わせ、飢えたような目をした。

「わかるわ。とってもよくわかるわよ」ヘンリエッタが立ちあがった。「布をとり替えましょう。あなたの目ときたら、ブランデー漬けの干しブドウみたいよ」

「ひどいですね」ケイトはかすれた笑いをもらした。

「愛というのはどろどろしたものなの」ヘンリエッタはケイトの日に新しい布をのせた。ひんやりした水滴がケイトの頬を滑る。自分でぬぐうよりも早く、ヘンリエッタがふいてくれた。「どろどろして、醜いものなのよ」

「だったら、愛なんていりません」

「あら、わたしはほしいわ。愛を知らずに終わるくらいなら、傷ついても炎のように生きたいもの」

「わたしにはほかの男性なんて現れそうもありません」ケイトは静かではあるけれども確信に満ちた声で言った。

「わたしにとって、ヴィクターが完璧な男だったと思う？」

ケイトは苦笑した。「いいえ」

「そう、あの人には欠点がたくさんあった」

ケイトは目の上の布をとって、ヘンリエッタの顔を見ようとした。しかし、ヘンリエッタは立ちあがると長椅子に背中を向けてしまった。

「ヴィクターは完璧じゃなかった。愚かにも、愛よりお金を選んだのよ。お金に不自由するなら、わたしと一緒になっても幸せになれないと思っていた」

「お父様ったら、本当にどうしようもないわね」ケイトはつぶやいた。

「実際、わたしは贅沢が好きだけどね」ヘンリエッタは声に笑いをにじませた。ケイトの目の上から布がどけられる。ケイトの顔をじっと見て、彼女は満足そうに言った。「さっきよりましになったわ。念のため、もう少し冷やしましょう」

ケイトはヘンリエッタの足音に耳を澄ました。洗面台から水音が聞こえてくる。

「彼女、どうでした？」

「ロシアから来た王女のこと？」

「ええ、ガブリエル王子の花嫁になる人です。どんな人でした？」

ヘンリエッタはケイトの目の上から生あたたかくなった布を外して、新しい布と交換した。

「あなたとはちがう感じね。少しも似ていないわ」

「それはそうでしょうけど――」

「そのこと以外はどうでもいいの。あなたのお母様はあなたのお母様。お父様を愛していらっしゃったし、わたしはふたりの幸せを祈った。でも、ふたりが一緒にいるところを想像したりはしなかったわ。そんなことをしても苦しいだけだもの」

「そうかもしれません」ケイトは同意した。

「努力すれば、彼を頭から追い払うことだってできるのよ」

ケイトはガブリエルのいない世界を想像してみた。

「今夜がその第一歩だわ」ヘンリエッタが布をとったので、ケイトは目を開けた。「だいぶよくなったわね」パンの焼け具合を確かめるかのように言った。「一時間もすればすっかり元どおりよ」

「やっぱり舞踏会には出たくありません」ケイトは小声で言った。「そこまで強くなれそうにないんです。さっきガブリエルは、ヴィクトリアとわたしを礼拝堂の庭園に案内してくれました。でも、とてもそっけなくて……」

「もう泣いてはだめよ」ヘンリエッタに釘を刺されて、ケイトは慌てて涙をのみこんだ。

「あなたは舞踏会に参加するの。とびきり美しく装ってね。わたしが手伝うわ。殿下にあと一度だけ、男になるチャンスを与えましょう」

「男になるって……殿下は男です」ケイトの脳裏に、一糸まとわぬ姿で目に情熱をたぎらせていたガブリエルの姿が浮かんだ。

「あなたのお父様は、他人に教わったとおりの生き方しかできなかった。伯爵の末息子として生まれたせいで、お金持ちの女性と結婚しなければだめだと言い聞かされて育ったんでしょう。殿下だって、一族のために結婚しなければならないと言い聞かされて育ったはずよ」

「彼はこのお城を維持しなければならないんです」ケイトはガブリエルをかばった。

「それはそうかもしれない。殿下はあなたのお父様よりはるかに重い責任を負っているわね。それも本物の責任を。叔父様のフェルディナンド殿下はあんなだし、年老いた叔母様たちだって、今さらレース編みでお金を稼ぐなんてできないでしょう」

「あの人には選択肢がないんです」ケイトはため息をついた。

「いいえ、選択肢はいつだってあるわ。今夜、殿下にそれを思い知らせてやるの」

ケイトは上体を起こした。涙で心が洗われたかのように、すっきりした気分だった。

「殿下は婚約を破棄したりしません」

「それならそれで、正真正銘の愚か者だってことがわかるじゃない」ヘンリエッタが言う。

「あなたを選ぶ気概がないなら、その程度の男なのよ」

「あなたが殿下にそう伝えてくださったらいいのに」ケイトは立ちあがった。

ヘンリエッタは皮肉っぽくほほえんだ。「複雑なことなどなにひとつないわ。あなたは舞踏会に参加する。そこにタチアナ王女もいる。彼の前にふたつの選択肢が示される」

「もしかして、過去に同じような経験をなさったんですか？」そう尋ねながら、ケイトは鏡に歩み寄った。目は思ったほど腫れていないが、顔色は最悪だ。

「あなたのお父様の婚約祝賀舞踏会でね」

ケイトは振り返った。「まったく同じ状況じゃないですか」

「わたしは畝織《うねおり》の黄色いシルクのドレスを着たわ。ひだ飾りや房がたくさんついていて、ドアを通り抜けられないんじゃないかと心配されるほどふくらんだスカートだった。かつらをつけて、おしろいをはたいて、口紅を塗ったの。当時は本格的なお化粧をする人なんていなかったのよ」

「美しかったのでしょうね」ケイトは言った。今でもヘンリエッタは魅力的だ。

「もちろんよ。一方、あなたのお母様は花瓶からとりだされたチューリップみたいに弱々しくて、ずっと舞踏室の壁に寄りかかっていらっしゃった」

「母を悪く言わないでください」

「あなたのお母様は健康を害していたというだけで、とっても愛らしい方だったわ。本当は踊りたかったでしょうに」

ケイトは唇を震わせた。「かわいそうなお母様。いつだって起きあがる力がほしいと言っていました。でも、無理をすると何日も寝こんでしまって」

「そうでしょうね」ヘンリエッタがうなずく。

「父はあなたと踊りましたか？」

「いいえ」

「つらくありませんでした？」

「その夜のわたしは、ロンドンでいちばん美しかったわ」ヘンリエッタは謙遜《けんそん》するそぶりもなく言った。「翌週には四人の男性から求婚されたの。最初の夫はそのなかのひとり。わたしは過去を振り返らなかった」

「わたしは――」

「あなたもそうなさい」ヘンリエッタがケイトをまっすぐに見据える。「殿下があなたのお父様よりも賢いことを祈っているわ。だけど、そうでなかったとしても、あなたは堂々とこの城をあとにするのよ」

　ケイトはうなずいた。

「では、支度を始めましょう。あなたの侍女はどこ？」ヘンリエッタが呼び鈴のひもを引いた。

　数分後、ロザリーが部屋に駆けこんできた。

「お嬢様、もう時間がありません！」そこでヘンリエッタの存在に気づき、膝を折っておじぎをする。「失礼いたしました、レディ・ウロース」

「本当に時間がないわね。わたしのせいよ」ヘンリエッタはにっこりした。「わたしの侍女も今ごろ、怒りに身を震わせているでしょう。ところで、ケイトが着るドレスを見せてくれる？」

ロザリーは急いで棚へ行き、薄い黄色のドレスをうやうやしく掲げて戻ってきた。「金糸で縁取りが施してあります。ドレスとおそろいの黄色いかつらもあります。それからダイヤモンドも――」

「だめね」ヘンリエッタが言った。「ケイトの肌の色には合わないわ。黄疸《おうだん》みたいに見えてしまう。ほかのドレスはないの？」

「あります。ですが――」ロザリーが抗議しかけた。

「見せて」

「あと二着用意いたしました」侍女は再び棚へ走った。「ドレス一着で旅行鞄がいっぱいになってしまうので、三着しか持ってこられなかったのです」

「そうでしょうね」ヘンリエッタがうなずく。

「こちらはダマスク織のシルクで、かつらとおそろいです」ロザリーはけばけばしい色に染められたかつらを目で示した。

ヘンリエッタは即座に首を振り、ケイトに向かって言った。

「緑はあなたの髪の色に合わないわ」それからロザリーに向き直る。「ケイトは今夜、かつらをつけないから」

「そうですわ。ヴィクトリアが到着したから、もうかつらをかぶらなくていいんです」ケイトは安堵の声をもらした。

「今夜、かつらをかぶらなければならないのはヴィクトリアのほうね」ヘンリエッタが満足げに言う。「その緑色のかつらを返してやったらどう？　少なくともわたしが生きているうちは、あなたにそんな色のかつらはかぶらせませんからね」

「これが最後のドレスです」ロザリーが不安そうに言った。彼女が掲げているのは、上等なクリーム色のタフタに淡い青の柄が入ったドレスだ。

「決まりね」ヘンリエッタが言った。

「とてもきれいだわ！」ケイトも叫んだ。

「さてと、侍女のパーソンズが卒中を起こさないうちに、わたしも部屋へ戻らないと」ヘンリエッタは言った。「ケイト、髪は簡単なアップスタイルになさい。あとでパーソンズにお化粧をしてもらうのよ」

「お化粧ですって？」ケイトはうろたえた。「顔を塗るなんて――」

「パーソンズの腕はたしかよ」ヘンリエッタがきっぱりと言う。「見ちがえるようになりますとも。さあ、急いで。みんながベッドに入ってから舞踏室に入場するはめにならないように」

ケイトはうなずき、ヘンリエッタに駆け寄って抱きしめた。「ありがとうございます」

ヘンリエッタが謎めいた笑みを浮かべた。「あなたを見ていると、ヴィクターもそれほど愚かではなかったのかもしれないと思えてくるわ」

風呂に入ったあと、ケイトは穏やかな気分で紅茶を口に運んだ。今夜、未来が決まる。そう思うと不思議な気がした。長年、太陽の下で乗馬をしてきたせいで、ところどころ金色の筋が入った髪を指ですく。「髪はどうすればいいかしら?」

「頭のてっぺんで結ってもいいですし、ぐるりと巻きつければクラシックな感じになります。でもお嬢様の場合は髪の量が多いので、巻きつけたあとこてを使って落ち着かせなければなりませんね」

ケイトは身を震わせた。「上でまとめてカールさせてくれる? うしろにも髪が落ちるようにして。ぜんぶ結いあげたら重いから」

「髪飾りはどういたしましょう?」ロザリーは鏡台の上の宝石箱をのぞいた。「銀色のネットでは派手すぎますし、深緑のくしはドレスの色に合いません」

「なにもつけなくていいわ」ケイトは無頓着《むとんちゃく》な様子で肩をすくめた。

「お嬢様ったら!」ロザリーが悲しげな声で言う。「そんなことをおっしゃらないでください」彼女は宝石箱をかきまわし、安堵の声をあげた。「ああ、エメラルドを埋めこんだ銀のくしがありました。これがいいと思います」

「たかが数時間のことじゃない。きっと入場した途端に、アルジャーノンの馬車に乗る時間になるわ」

「荷造りはほとんどすんでますから大丈夫です」ロザリーは部屋を見渡した。壁際にはふたの開いた旅行鞄が並んでいる。

きびきびしたノックの音が響き、城の客と見まがうほど優美な侍女が入ってきた。「パーソンズでございます」侍女は膝を折っておじぎをした。「レディ・ウロースの言いつけでお手伝いにまいりました」

「ありがとう」ケイトは鏡台の前に座った。

パーソンズはさっそく化粧箱から道具を出し、まず顔全体にクリームを伸ばした。口紅の瓶を開けてかぶりを振る。「これでは淡すぎますね。もっと深い色のほうがいいでしょう」

パーソンズは深紅の口紅を試し、納得がいかない顔でふきとった。みるみるうちに、鏡台にはたくさんの瓶が並んだ。

「お化粧がこんなに複雑なものだとは思いもしなかったわ」パーソンズに目元の化粧をしてもらいながら、ケイトは言った。

「こちらへ来る前に、レディ・ウロースのお支度はすませてまいりました。レディ・ウロースは美しい肌をしていらっしゃいますが、お年を召されているのでそれなりに時間がかかります。あなた様の場合、本来の美しさが際立つようにほんの少しお手伝いをする程度です。ただ、口紅の色がどうもしっくりこなくて」パーソンズはずらりと並んだ小瓶をもう一度見渡した。

ケイトの髪をピンで留めていたロザリーが、前かがみになってシルクの箱を指した。

「これはどうかしら？」

「牡丹《ぼたん》色ね」パーソンズは考えこみ、暗赤色の口紅を指先にとってケイトの唇に塗った。

「まあ！」ケイトは感嘆の声をあげた。暗い赤には蜂蜜色の肌を明るく見せる効果があるらしい。頬は薄い桃色で、瞳はいつもより深く謎めいて見える。「すばらしいわ。魔法みたい」

パーソンズが声をあげて笑った。「元がお美しいのですから、たいした魔法ではありません。それでは、これで失礼いたします」急ぎ足で部屋を出ていった。

「髪のセットも終わりました」ロザリーは銀のくしをケイトの髪に挿した。エメラルドが巻き毛のあいだで輝きを放つ。「見事な仕上がりですわ」

「もう若くはないけど」ケイトは自嘲《じちょう》気味に言い、肘まである手袋をはめた。

「ご自分を行き遅れみたいにおっしゃらないでください。見とれるほどお美しいのに」

「首元が寂しいかしら」ケイトが言った。「ヴィクトリアの宝石箱はまだある？」

ロザリーは宝石箱からエメラルドのついた真珠のチョーカーを出し、ケイトの首に留めた。

「仕上げは……ガラスの靴です」ロザリーのうやうやしい口調に、ケイトは眉をあげた。

「レディ・ダゴベルトはとんだ無駄遣いだとおっしゃっていたわ」

ロザリーは慎重な手つきで木箱を開け、シルクの布に包まれた靴をとりだした。

「それだけの価値があると思いませんか？」

「どうかしら？」ロザリーの手のなかから、レモンタルトのようにさわやかで、フレディのように愛らしく、王子のキスのように魅惑的な靴が現れる。

ロザリーはケイトの足元に膝をついた。「そっと足を入れてください。実際にガラスでできているわけではありませんが、とても壊れやすいんです」

ケイトは華奢な靴に足を滑らせた。本物のガラスのような光沢を放ち、ヒール部分には宝石が埋めこまれている。

「透けているみたいだわ」ケイトは感嘆の声をあげた。「これがガラスでないとしたら、なにでできているの？」

「タフタの一種を固めたものです。タフタは光沢がありますでしょう？ この輝きはひと晩しか持ちません。一度はくと、つやが失われてしまうので」

ケイトは鏡の前に立って自分の姿を観察した。かつらをかぶっていた偽ヴィクトリアと同一人物とは思えない。目の下のくまは消え、牡丹色の唇はふっくらとして官能的だ。生まれて初めて、ケイトは自分にもハンサムな父の血が流れているのだと実感した。ヴィクトリアのような愛らしさはないが、美しさという点ではひょっとすると勝っているかもしれない。

この姿を見てもなお、ガブリエルがタチアナ王女と結婚するなら、それは仕方のない話だ。

「ロザリー」ケイトは侍女を振り返った。「このドレスを選んでくれてありがとう」

「胸元のデザインが特徴なんですよ」ロザリーがうれしそうにケイトに近づいた。「この部分は布地が並行で、縁が薄いシルクになってますでしょう？ それでスタイルがよく見えるんです。お嬢様を見たら、ほかのレディたちはみな、羨望《せんぼう》のため息をつくでしょう」

ケイトはにっこりした。これまで羨望のため息などつかれたことがない。

「もうひとつ、丈が短めなので、足首とガラスの靴がよく見えるという点も重要です。そういう効果を狙って、わざとドレスの丈を短くする方もいるんです。もちろん、足首に自信のある方でないとできませんが」

ノックに応えてロザリーがドアを開けると、アルジャーノンを従えたヴィクトリアが立っていた。ヴィクトリアはサクランボ色のかつらと、同じくサクランボの縁取りが施された豪華な白いドレスに身を包んでいた。

「〈肖像画の間〉でウロース卿夫妻が待ってるわ」ヴィクトリアが言った。

ロザリーが脇によけた。姉の姿を見たヴィクトリアは、目を見開いて両手を打ち合わせた。

「まあ、ケイト！　ほら、アルジャーノン、ケイトを見て！」

静かな自信が体に満ちていくのを感じながら、ケイトは妹たちのほうへ足を踏みだした。

アルジャーノンは高い襟のせいで顎が思うように動かせない様子だったが、ぽかんと口を開けている。「別人みたいだ。まるでフランスのレディだよ」

それがアルジャーノンにとっての最高の賛辞らしい。

「あなたたちもすてきよ」ケイトは言った。

「呼吸困難になりそう」ヴィクトリアが打ち明けた。「幸いこのドレスは昔風だから、プリーツで体型をごまかせるわ」

「とてもきれいよ。それじゃあ、行きましょうか？」

〈肖像画の間〉でヘンリエッタとレミンスターが待っていた。ヘンリエッタのドレスはプラム色のシルクに小粒の真珠でアラビア模様があしらわれていて、目が覚めるほど美しかった。ケイトたちの姿を見たヘンリエッタがうれしそうに言った。

「あなたたちと同じ時期に社交界デビューしなくて、本当によかったわ」

「あなたたちは全男性をひとり占めにしていたにちがいないでしょうね」ケイトは明るく言って、ヘンリエッタの頬にキスをした。「本当にありがとうございます」

「なんのこと？」

「あなたがいてくださって心強いです」

「あら、わたしのつき添いなんて必要ないのよ」ヘンリエッタが鼻を鳴らす。「あなたの姿を見たら、ガブリエル王子は悶絶《もんぜつ》するでしょうね。わたしはそれを見逃したくないだけ。喜劇が大好きだから」


ケイトたちが舞踏室の前に到着すると、ベルウィックははっと息をのみ、会釈してウインクした。それから従僕にうなずき、タイミングを合わせて両開きのドアを大きく開け、よく通る声で宣言した。

「ウロース卿夫妻、ミス・ヴィクトリア・ダルトリーおよびミス・キャサリン・ダルトリー、ディムズデール卿！」

舞踏室には二、三〇〇人の客が集まっていた。シャンデリアの光が色とりどりの宝石やシルクに反射している。

ケイトは客たちの視線が自分に集中するのを感じながら、ゆっくりと階段をおりた。つまずかないようにスカートをつまむと、ほっそりした足首とガラスの靴が自然と強調される。最後の段をおりたとき、あちこちで自分の名前がささやかれるのがわかった。男性の視線がいつもとはまるでちがった。牡馬《ぼば》でいっぱいの牧場にオーツ麦をまいたかのように、男たちはケイトに熱いまなざしを注いでいた。

ケイトはガブリエルを目で探さないよう、いちばん近くにいた男性にほほえみかけた。地元のパーティーやロンドンの社交界でもてはやされる妹を横目に、質素な服と破れかけの手袋、そして古ぼけたブーツで辛抱してきただけに、体が浮くような高揚感に包まれていた。

ひとりの男性がつんのめるように近づいてきて、バンタム卿と名乗った。

「バンタム卿、お目にかかれて光栄です」ケイトは甘い声で応じた。柄の入ったベルベットのベストの上に、さらに空色のサテンのベストを重ねたバンタム卿が大仰な動作でおじぎをすると、靴のバックルがダイヤモンドのごとく輝いた。

いいえ、これは本物のダイヤモンドだ。

バンタム卿のあとはミスター・イーガンで、さらにミスター・トルース、オギルビー卿、オームズカーク伯爵、ハサウェイ卿、そしてミスター・ナプキンと続いた。ヘンリエッタがケイトの母親代わりになって、男性たちを値踏みする。とりわけオギルビー卿には、ケイトをダンスに誘わないよう釘を刺した。

男性にちやほやされて、ケイトはいい気分だった。髪に挿したエメラルドのくしは、バンタム卿のダイヤモンドにも負けない輝きを放っている。けれど、紳士たちが惹かれているのは宝石ではない。彼らを魅了しているのは、ケイトの笑いを含んだ青緑の瞳や、暗赤色に塗られた唇や、しとやかなしぐさだ。

人ごみのなかにエフィーを見つけたケイトは、ヴィクトリアの姉だと自己紹介した。

「まあ！」エフィーがうれしそうに笑って膝を折った。「お会いできて光栄です。ヴィクトリアにはとてもよくしてもらっているんですよ」彼女はケイトと一緒になって、周囲の男性たちと談笑した。

そのうちに、ダンスが始まった。エフィーは若い男性たちに言い寄られながらも、最初にハサウェイ卿の手をとった。

「じつはわたし、ダンスが苦手なんです」ケイトはヘンリエッタが最初のダンスの相手として許可したオームズカーク伯爵に打ち明けた。

オームズカーク伯爵は息を吸った。

「それでは音楽が終わるまで、どこかで座っていましょうか？」

伯爵は青い瞳と形のいい顎の持ち主で、書斎にいるよりも乗馬を好むふうに見える。イオニアの遺跡に関する本など、まちがっても読まないだろう。二冊読んだケイトでさえ、なんのことやらいまだによくわかっていない。

ケイトがほほえむと、伯爵は彼女の手の甲にキスをした。言葉よりも行動を重んじる人らしい。

「踊ってみたい気持ちはあるのです」ケイトは軽い調子で言った。「憐れなわたしにステップを教えてくださいませんか？」

「ぼくもダンスは得意ではありません。よく見当ちがいの方向へ行ってしまいます。でも、ポロネーズなら大丈夫です。みんながとまるまで、ゆっくり歩いていればいいだけですよ。実際、退屈なほどです」

伯爵の言うとおり、ポロネーズは簡単だった。ケイトはガブリエルの姿が目に入らないよう、伯爵だけを見つめて踊った。ガブリエルが同じ空間にいると思うと苦しくなったが、必死で笑みを保つ。

ケイトの視線を独占したオームズカーク伯爵は、太陽を浴びた花のように顔を輝かせた。ポロネーズが終わってバンタム卿とパートナー交代をする際には、あからさまに落胆の表情を浮かべたほどだ。しかし一曲終わると戻ってきて、ケイトのそばにいたトルースの袖を引っぱった。

伯爵になにか耳打ちされたトルースがどこかへ消える。ケイトは眉をあげた。「ミスター・トルースになにをおっしゃったんですか？　あの方の上着を近くで見てみたかったのに」

「トルースはクジャクみたいに着飾っていますが、友情に厚い男でしてね」オームズカーク伯爵が言った。「ぼくはあなたともう一度踊りたいのです。それもとっておきの曲を」

伯爵の視線がケイトの胸元に落ちる。ケイトは先を促すようにほほえんだ。

「ワルツです」彼は得意げに言った。

「まあ、名付け親はワルツだけはけっして習わせてくれませんでした。それはつまり、ワルツを踊るなということだと思います」

「幸いにも、あなたの名付け親は近くにいません」伯爵の広い額が輝く。いずれ髪が薄くなるのかもしれない。しかし、それは彼の責任ではなかった。

ケイトは眉根を寄せ、ガブリエルがワルツについて語っていたことを思いだした。「でも……あら、ヘンリエッタですわ」彼女はほっとした。

「これはオームズカーク伯爵、またお会いしましたわね」ヘンリエッタが言った。

「次はワルツです。ミス・ダルトリーをお誘いしていたところなんですよ」伯爵が熱心に言う。

「なるほど」ヘンリエッタは言い、伯爵を値踏みした。「そうね……」彼女はうなずいた。

「わたしとレミンスターに衝突しないなら、踊ってもかまいませんよ。蜂に刺された馬みたいな踊り方をするカップルに邪魔されたくないので」

オームズカーク伯爵はにっこりした。「なんとかできると思います」ケイトを振り返り、手を差しだす。「ミス・ダルトリー？」

どういうわけか、ケイトは踊りたくなかった。ヘンリエッタの香水と、熱で溶けた蠟のにおいが鼻をつく。人あたりしたのだろうか。

「わたしたちもダンスフロアへ行きましょう。ここよりすいているわ」ヘンリエッタが夫に言った。「デビューしたばかりの娘たちは、王子がダンスに誘ってくれるまで、壁際に張りついているつもりよ」

ケイトは身をこわばらせた。ガブリエルが婚約者とワルツを踊るあいだ、指をくわえて見ているのはごめんだ。彼女はオームズカーク伯爵にほほえんだ。伯爵が頬を赤らめる。

「ちゃんとエスコートしてくださいね。本当に踊ったことがないので」

オームズカーク伯爵は、ケイトをじっと見つめて手をとった。

「ミス・ダルトリー、初めてのワルツをご一緒できるとは光栄です」

38

オーストリアの宮廷を訪れる際に仕立てた、凝った刺繡入りのシルク製の上着をはおったガブリエルは大きく息を吸った。自分のなすべきことはわかっているし、そのとおりに実行するつもりだ。男らしく。

いや、王子らしく。

タチアナ王女のほうへ片足を出し、深くおじぎをして手を差し伸べる。フランスの宮廷で長く過ごした紳士に教わった作法だ。タチアナはブリュッセル産のレースをふんだんに使った純白のドレスに身を包んでいた。袖には白鳥の綿毛が縫いつけられている。天真爛漫《らんまん》な笑顔やガブリエルに対する恥じらいを含んだまなざし、そして周囲の注目にもたじろがない態度に、王女らしい自信と喜びがあふれていた。

ガブリエルはタチアナと踊り、貴族の娘たちと踊り、叔母のソフォニスバと踊った。ソフォニスバはガブリエルのせいでかぶり物の羽根が曲がったと文句を言った。

熱に浮かされた顔をしたトルースが、なにかぶつぶつとつぶやきながら脇を通り抜けていく。

った。

「それは『ロミオとジュリエット』の一節か？」ガブリエルの脳裏にケイトの姿がよみがえった。

「〝彼女はたいまつに輝き方を教えているのだ〟」

トルースが王女を見つめてうなずいた。タチアナはえくぼを浮かべてガブリエルの叔父と談笑していた。

「かのシェイクスピアが王女の瞳を見たら、女性の美しさについてのすべてを学んだでしょう」トルースはふらふらと歩み去った。

ガブリエルは肩をすくめ、ヘンリエッタと踊った。ヘンリエッタは余裕の笑みをたたえていた。「殿下、ケイトをご覧になりました？」

「残念ながら、まだその機会には恵まれていません」

「あら、この舞踏室で運がないのは殿下だけみたいですね」ヘンリエッタは明るく言った。

「それにしてもお顔の色が冴《さ》えませんのね。大理石のように白いですわ。具合が悪いなんておっしゃらないでくださいよ。こんなにすばらしい夜なんですもの」

「楽しんでいただけてなによりです」ガブリエルはぎこちなく言った。

「殿下、この国の人間について、真理をひとつお教えしましょう。イングランド人がパーティーを楽しんでいるかどうかは、一見しただけではわからないものです。ご結婚が間近なのは、殿下だけではないかもしれません」

ヘンリエッタが言っていることを理解できないながらも、ガブリエルは笑みを繕った。

なんとかダンスを終えて会釈をし、背筋を伸ばしたとき、彼の目にケイトの姿が飛びこんできた。

ぼくのケイト、たいまつのように輝く、強くて優美で妖艶《ようえん》な女性。

つややかな髪が豪華なドレスの上ではね、小さな顎や高い頬骨が気品に満ちていた。星を宿した瞳や弧を描いた口元から、やさしさとほのかな色香が伝わってくる。

すぐさま客たちをかき分けて、彼女を見て鼻の下を伸ばしている男の顔にこぶしをめりこませることもできた。

だが、ガブリエルの隣にはタチアナがいた。彼には果たすべき義務が、重要な義務がある。

ガブリエルは身を切られる思いでケイトに背を向けた。オーケストラがワルツを奏ではじめる。

タチアナが愛らしくガブリエルを見あげた。

「ゆうべは叔父が許可をくれたのに、あなたがどこかへ消えてしまったので、ワルツのあいだ壁際にいたのですよ」

ガブリエルは会釈した。タチアナが彼の肩に手をかける。ふたりはダンスフロアへ滑りだした。

ダンスフロアはすいていた。多くの客はこの曲のステップを知らないか、未婚の男女にワルツなど不適切だと考えて敬遠しているか、踊っている男女の噂話に花を咲かせることにしたらしかった。

タチアナは羽根のように軽く、どんなステップにもついてきた。彼女と踊るのは純粋に楽しかった。気がつくと、ふたりはフロアの端にいた。ガブリエルはタチアナを見て、片方の眉をあげた。

「ぜひ！」彼女が頬を上気させた。

ふたりは音楽に身を任せてくるくると回転し、ダンスフロアいっぱいに大きな弧を描いた。華麗なダンスを披露するカップルに周囲の人々が称賛のまなざしを注ぐ。まさしくおとぎ話から抜けだした王子と王女に見えるのだろう。

ダンスフロアの反対側の端まで来て、ガブリエルはタチアナを見つめた。

「ちょっと派手にやりすぎましたか？」

「とても楽しかったですわ」タチアナが顔を輝かせる。「ひと晩じゅうでもワルツを踊っていたい気分です」

ガブリエルは彼女の腰に添えた手に力をこめてほほえんだ。ただ、腿がふれても、ヤギの脚がこすれたくらいにしか思えなかった。実際、あまりに高揚しないので、初夜の務めがうまくいくかどうか不安になったほどだ。

不能の王子などしゃれにもならない。

「あらあら」タチアナがフロアを見て言った。「殿下ほどダンスの才能に恵まれていない方もいるみたいですわ」

タチアナの視線の先には、オームズカーク伯爵とケイトがいた。フロアに円を描こうとする意図はわかるのだが、回転が速すぎて優美とは言いがたい。ケイトは遠心力のせいでのけぞりながらも楽しげに笑っていた。回転に合わせて、バターのような髪が肩の上で揺れる。

タチアナとガブリエルは互いの体に軽くふれる程度の距離を保っていたが、オームズカーク伯爵はケイトをぴったりと抱き寄せていた。ガブリエルの胸に嫉妬がこみあげる。

音楽が終わり、ケイトとオームズカーク伯爵は最後に一回転した。無言の笑みを交わす様子は恋人たちそのものだ。

タチアナがガブリエルの袖にふれた。ベルウィックが舞踏室のドアを大きく開ける。中庭に出て、湖に浮かべた船から打ちあげられる花火を見物する時間だった。

ガブリエルはタチアナの手を払いのけたい気持ちをこらえて屋外に出ると、白く長い大理石の階段をおりていった。

外は肌寒かった。ベルウィックの配慮で、薪をくべた鉄製の壺があちこちに配置されている。夜気をなめる炎と月明かりで、湖畔に集まった人々の顔があたたかみのある黄色に染まっていた。

「花火なんて初めてですわ」タチアナが娘らしく興奮した声で言う。

ガブリエルは諸外国の宮廷で過ごした日々を思いだした。初めて花火を見たのは一〇歳のときだ。「記念すべき夜をご一緒できて光栄です」

その言い方が一本調子だったせいだろう。タチアナは探るように彼を見あげ、それから無邪気に腕を引っぱって、客に囲まれている叔父のほうへ歩きだした。

「叔父様！」

「そこにいたのか、ダンプリング」デミトリが応える。「ダンスフロアでは派手に楽しんでいたみたいだな。おまえの母上がいなくてよかった」

ガブリエルは会釈した。「タチアナ王女は天性の踊り手ですね」

「まったくだ」デミトリが言った。タチアナは人垣の前に出て、湖に浮かぶ船を熱心に見つめている。「それで、これからなにが始まるのかな？」

ガブリエルの視界の左端に、ケイトとオームズカーク伯爵の姿が映った。「船が湖の中心に集合して、ベルウィックの合図で花火をあげます。船同士が連携して行うので、なかなか見応えがあると思います」

「うまくいくといいが。花火というのは扱いが難しい」

「おっしゃるとおりです」ガブリエルは言った。「ちょっと失礼して、準備状況を確認してまいります」

「殿下みずからそこまでする必要はないだろう」デミトリが言ったとき、ガブリエルはすでに歩きだしていた。人垣の裏に出て、左手に歩を進める。

ケイトのほうへ。

彼女は人垣の後方、生け垣迷路の近くに立っていた。ガブリエルは足音を忍ばせて背後に近寄り、細い腰に手をかけた。

ケイトが振り返った。暗くて表情はわからないものの、手を払われはしなかった。彼女が伯爵の耳になにかささやいて、後方へさがる。

　ガブリエルはすかさずケイトを迷路に引き入れ、角を曲がった。迷路のなかには薪の入った壺もたいまつもなく、そこは濃厚な闇に包まれていた。

「ガブリエル！　なにをしているの？」

「こちらへ来るんだ」ガブリエルは彼女の手をきつく握って迷路の奥へ進もうとした。

「だめよ」ケイトが抗議した。「ガラスの靴で草の上は歩けないわ」

　ガブリエルはすばやく膝をつき、彼女の足首に手を添えた。「足をあげて」

　ケイトが言われたとおりにすると、ガブリエルはガラスの靴を脱がせた。それからもう一方の足にもふれ、同様に脱がせる。そして、近くにあったベンチに靴をそろえて置いた。

「ストッキングで地面を歩くなんて、子供のころに戻ったみたい」ケイトがはずんだ声を出した。

　ガブリエルはケイトの手を握りしめ、左手で生け垣にふれて頭のなかに全体図を思い浮かべながら進んだ。道順を知っていればたいして難しくはない。

「到着だ」最後の角を曲がって中央に出る。月明かりに照らされた大気は銀色に輝き、生け垣とマーホースの彫像が、妖精の粉を振りかけたかのように光っていた。

「魔法みたい」ケイトは噴水に近づいた。「この水はどこから来ているの？」

「水は重力の法則に従って受け皿に落下し、溜《た》まった水の重さによって再び押しあげられる。このハンドルをまわすと、勢いが弱まるんだ」

「腰をおろしたいけど、石の表面は濡れているわね。ドレスにしわが寄ると困るし」ケイトが残念そうに言った。

ケイトはガブリエルを振り返ったが、彼はなにも言わなかった。口を開いたら、男女がもっとも親密なひとときにもらすあえぎ声や荒い息を吐いてしまいそうな気がした。

彼がケイトのほうへ手を伸ばして頰をなぞった。ケイトの唇が弧を描く。ガブリエルは指を唇に変えた。

「ガブリエル……」ケイトが顔をそむけた。

ガブリエルの心臓が大きく打った。「どうしようもないんだ」

「だめよ」

「ケイト！」その名は蜂蜜のように甘く、せつなく、子守歌のようにやさしく響いた。

「ああ、ガブリエル」ケイトがつぶやく。

「もう一度だけ。お願いだ」

「わたしは……もう傷つきたくないの」

「ぼくの心はとっくにずたずただよ」

それは真実だった。ケイトの目に涙が光る。

ガブリエルは自分を刻みつけるようにキスをした。闇に包まれた迷路のなかで、彼は王子でなく、ケイトもレディではなかった。

高揚したふたつの体が、熱く、貪欲《どんよく》に互いを求める。

「ドレスが……」ケイトが熱に浮かされた目でささやく。「こんなことはすべきじゃないわ」

ガブリエルはハンドルをまわして噴水を完全にとめた。それからケイトの両手を湿ったマーホースの上に据え、何重にもなったスカートをまくってヒップをむきだしにした。薄い下着越しに肌が透けて見える。

神々しいものを前にしたときのように、ガブリエルが一瞬手をとめた。それからいっきに下着をはぎとり、彼女に身を寄せて乳房をつかんだ。

ケイトはなにも言わなかったが、彼の指が乳房をかすめるとか細い声をあげて腰を押しつけてきた。ガブリエルはすべての感覚を指先に集中させた。ケイト以外のあらゆるものが意味を失った。

ガブリエルにとって、形のいい乳房や硬くなった頂や、浅い呼吸をしながら体を震わせている彼女こそがすべてだった。

長い指がうるおった谷間に滑りこむと、ケイトが背中をそらしてすすり泣いた。ガブリエルは何百回もそうしてきたかのように、躊躇せず彼女のなかに身を沈めた。ふたりの体はこの瞬間のためにある気がした。

彼は自分を見失わないよう歯をくいしばり、かすかな香水の香りや、なめらかな肌や、切れ切れの呼吸を記憶に焼きつけた。そうして、ケイトを永遠に自分のものにしようとした。

しばらくのあいだ、あたりにはふたりのあえぎ声と体がぶつかる音だけが響いていた。

ガブリエルは欲望のままに動きを速めた。ケイトが背中を弓なりにして叫ぶ。ふたりは同時に絶頂を迎えた。時間も、空間も、しがらみも飛び越え、心と体がひとつに溶け合った。すべてが終わってからも、ガブリエルは発情した獣のようにケイトに覆いかぶさっていた。彼女が小さく声をあげて体を伸ばす。

その瞬間、遠くで歓声があがり、爆発音とともにエメラルドグリーンの光が地上に降り注いだ。

スカートを戻そうとしていたケイトは、動きをとめてガブリエルの目を見た。

「あの花火が一、二分前にあがっていたら、気づかなかったかもしれないわね」

もう一度爆発音がして、空にルビー色の花が咲き、ピンクに変わって消える。

ガブリエルは言葉を発することができなかった。豊かなピーチブロンドの髪に指を絡めて名残惜しそうになで、それからケイトの手をとって道を戻りだした。

最後の角を曲がったところで、ケイトが彼に顔を寄せた。ガブリエルが動かないでいると、彼女のほうから唇を押しつけてきた。ひんやりとしたキスは、決定的ななにかを伝えようとしていた。

迷路の出口まで来て、ガブリエルは中世の騎士のように片方の膝をついた。ケイトが小さな足を手にのせるのを待って、ガラスの靴を滑らせる。永遠に闇のなかにいることはできない。

「ケイト」ガブリエルは彼女の腕を強くつかんだ。

ふたりが迷路から出ると同時に、オーケストラの演奏が再開された。夜風にのってワルツの旋律が流れてくる。ガブリエルはケイトの腰に手を添えた。

「この前、ワルツを踊っているところを見られたら恋人同士だと誤解されると言わなかった？」ケイトがささやいた。

「ぼくがきみに恋していることがわかるだけだ。お願いだから踊ってくれ」

ケイトが彼の手をとり、うるんだ瞳でほほえんだ。ガブリエルは無言で組んだ手を高くあげ、ゆっくりとステップを踏みはじめた。慣れないケイトがつまずかないようぴったりと上体を合わせ、体の動きでどちらへターンするかを伝える。

ケイトも少しずつコツをつかみ、やがてふたりはそよ風に吹かれる二本の花のごとく音楽にのって揺れはじめた。

ワルツが終盤に差しかかる。ガブリエルはケイトから一度も目をそらさなかったし、周囲の視線も気にかけなかった。彼女以外はどうでもよかった。

ケイトが膝を折るおじぎをして片手を差しだす。

その手の甲にキスをしたガブリエルは生け垣の陰にたたずみ、名付け親のもとへ戻るケイトを見送った。ヘンリエッタが振り返って、彼女の頰にキスをするのが見えた。

夜は果てしなく続くかに思えた。花火が終わって応接間に戻った客たちのあいだを、湯気の立つ飲み物と上品な菓子を持った従僕がまわる。ガブリエルは機械仕掛けの人形のようにタチアナの隣に立ち、彼女がくすくす笑えば声をあげて笑い、彼女がほほえめば笑みを返した。

ケイトのいる場所がひときわ明るく見える。彼女はオームズカーク伯爵やウロース卿夫妻と一緒に暖炉のそばにいた。別れを告げているように見えるが、そんなはずはない。明日の朝もう一度だけ、あの可憐な姿を見られるはずだ。ガブリエルがやっとの思いでケイトから視線を引きはがすと、タチアナがなにか話しかけていた。

「殿下？」

「失礼」ガブリエルはタチアナのほうを向いた。彼女は小柄だが、意志の強そうな顎をしている。

タチアナがガブリエルをまっすぐに見た。

「部屋に戻りたいのですが、エスコートしてくださいませんか？」

「もちろんです」ガブリエルはケイトに背を向けた。

タチアナが彼の腕にそっと手を置く。ふたりは応接間の出口に向かって歩きはじめた。話しかけてくる客に礼儀正しくほほえみかけたり、うなずいたりしながら、タチアナが唐突に言った。「殿下は悲しんでいらっしゃいますね」

ガブリエルは咳払いをした。「そんなことは——」

「ごまかしてもだめですよ」廊下に出ると、タチアナは中庭へ続く大きなアーチ状のドアの陰へ彼を引きこんだ。「わたしにはわかります」

なんと答えればいいのかガブリエルにはわからなかった。

「先ほど、美しい女性とワルツを踊っていらっしゃったでしょう？」タチアナが考えこみながら言う。「あの方と関係があるのではないかしら？」

ガブリエルは目をしばたたいた。

「彼女とのあいだに物語があるのでしょう？　愛の物語が」タチアナが核心を突く。「わたしの一族にもたくさんの物語があります。コサックは情熱的で恋を大事にする民族ですから、あなたにも物語があるとわかったのです」

これ以上否定しても意味がない。タチアナは怒っているわけでも、とり乱しているわけでもないのだから。

「あるかもしれません」ガブリエルは認めた。

タチアナがうなずいた。彼女の瞳は同情に満ちていた。

「クバン王国にはおとぎ話があります」

「おとぎ話ならぼくの国にもありますよ。だが、どんな話にもいずれは終わりが訪れます」

ガブリエルはタチアナの鼻先にキスをした。「あなたはとてもやさしい方だ」

背後から、すすり泣きとヒールが床にあたる音が聞こえた。顔をあげたガブリエルの目に、アーチの向こうに消えるクリーム色のタフタのドレスが映った。

ガブリエルは悪態をつき、すべてを忘れて走りだした。けれど、ケイトは振り返らずに内中庭を横切り、外中庭へと続く階段に消えた。

ガブリエルが外中庭に出たとき、芝の上には月の光だけが降り注いでいた。遠くから、砂利道を遠ざかっていく馬車の音が聞こえる。

遅すぎた。

彼はとっさに馬車のあとを追いかけようとした。必死に走れば、あるいは……。そのとき、つま先がなにかにあたった。

視線を落とすと、ガラスの靴が落ちていた。華奢で透明な靴が、月の光を反射している。

「もうだめだ。彼女は行ってしまった」ガブリエルは声に出して言い、長い指でガラスの靴をつかんだ。

39

豪華でありながらも居心地よく整えられたヘンリエッタの屋敷に、ケイトはすぐになじんだ。

「この屋敷ってココみたいだと思わない？」波紋柄のシルクを張った壁一面にサンゴ色のサクラソウが描かれた衣装部屋で、ヘンリエッタが言った。「ほら、わたしもココもあでやかじゃない。レミンスターが、ココの前世は高級娼婦にちがいないと言っていたわ」

ケイトはココに目をやった。今朝はつややかな毛にアメジストが輝いている。

「ココは自意識過剰すぎて、いい娼婦にはなれないと思います。自分とお金にしか興味がないってひと目でわかりますもの」

「あら、お金はあらゆる仕事の本質よ」ヘンリエッタが諭すように言った。「ねえ、聞いてちょうだい」

ヘンリエッタの声色から耳の痛い話だと察したケイトは、立ちあがって窓辺へ行った。衣装部屋の窓から見える小さな公園には冷たい風が吹いている。

「もう冬ですね。栗の木が黄金色に染まっています」ケイトはつぶやいた。

「木の話なんかでごまかそうとしても無駄よ。わたしは栗の木とトチの木の見分けもつかないんだから。あなたに言いたいのはね、いい加減に終わりにしなきゃだめだってこと」

ケイトは窓の外を見つめたまま、肩をこわばらせた。厳しい現実と名付け親の思いやりが胸に刺さる。

「栗の実をトチの実と呼ぶ地方もあるみたいですよ」

ヘンリエッタはケイトの弱々しい抵抗を無視した。

「もう一カ月よ。いいえ、もっと長いわ」

「正確には四一日です」ケイトはみじめな声を出した。

「四一日もふさいでいたらじゅうぶんよ」

ケイトはヘンリエッタの椅子の横に膝をついた。

「ごめんなさい。迷惑をかけるつもりはなかったんです」

「ある程度の時間が経つまでは、自分でもどうしようもないんでしょう？」ヘンリエッタは指輪をはめた指でケイトの顎を軽くたたいた。「でも、そろそろ立ち直るときが来たのよ」

「わたし……そんなに扱いにくかったですか？」

「さっき、ココはいい娼婦になれないって言わなかった？」

ケイトは小さく笑った。「言いました」

「もしそうせざるをえない状況になったら、ココもわたしも売れっ子娼婦になれるわ。ココのことはともかく、昨日あなたは、レディ・チェスターフィールドの娘さんを見て〝生まれたばかりの子牛のように愛らしいですわ〞なんて言ったのよ」

「だって本当なんですもの」ケイトは小さな声で答えた。「ほほえみを誘う愛らしさがあって」

「きわめつけはレミンスターに言った言葉よ。〝あなたの妹さんの髪の色は、春先の馬の糞にそっくりですね〞なんて、あんまりだわ」

「本人に言ったわけではありません」

「それがせめてもの救いね」

「彼女の髪はめったに見ないオリーブグリーンで、ほかにたとえが浮かばなかったんです」

「憐れなレミンスターの妹は、髪を金色に染めようとして失敗したの。いい？　あなたと一緒に住むのは楽しいわ。摂政皇太子をモーセの折れた杖にたとえたのは傑作だった。でも、どんなに評判が悪い皇太子だって、冗談の種にするべきじゃないわ。ちがうかしら？」

「ごめんなさい」ケイトはヘンリエッタの頰にキスをした。「わたしが扱いにくかったことは自覚しています」

「せめて外に出たらどう？　久しぶりにお芝居を見に行きたいわ」

「そうします」ケイトは約束した。

「さっそく今夜、出かけましょう。社交界に復帰するのよ」ヘンリエッタが腕組みをする。

「わたしは正式にデビューしていませんけど……」

「だったら、なおさら急がなきゃ」

ケイトは年老いた気分になって立ちあがると、再び窓辺へ行った。栗の木の上空が赤く染まり、枝のあいだからオレンジ色の光が差している。さっきまで閑散としていた公園に、なぜか人が集まっていた。

「あなたは正しい決断をしたのよ」ヘンリエッタが背後から言った。

ケイトは振り返った。この四一日間で、ヘンリエッタがガブリエルに関して言及するのはこれが初めてだった。

「あなたは王子にチャンスを与え、彼はそれをつかめなかった」

「あの人には責任があるから」

ヘンリエッタが鼻を鳴らす。「あんな男はいないほうがいいのよ。あなたが持参金の話をしなかったのも正解だわ。結局、あなたには莫大な持参金があったじゃないの。それを教えていたら、彼はころりと態度を変えたでしょうよ」

「少しだけ……期待していたんです」舞踏会から四一日も経つのに、王子の結婚の発表はいまだになされていない。けれども、それだけで希望の炎を燃やすのは愚かだと承知している。もしかすると、結婚式はすでに終わっているのかもしれない。

「男に変わることを期待してはだめよ」ヘンリエッタが悲しげに言った。「そんなことはありえないんだから」

ケイトはもう一度窓の向こうに目をやり、肩をこわばらせた。めそめそしたり、悩んだりするのはうんざりだ。

ガブリエルがそういう決断を下したのは、彼が王子だからだ。わかりきった答えが彼女の頭のなかをぐるぐるとめぐる。

ヘンリエッタに背後から抱きしめられ、ケイトは糖蜜のように甘い香りに包みこまれた。

「あなたには酷かもしれないけれど、わたしは王子が婚約を破棄しなくてよかったとも思っているの」

「なぜですか？」

ヘンリエッタはケイトを自分のほうへ向かせた。

「こうしてあなたと一緒に過ごせるからよ」そう言って、ケイトのおくれ毛を引っぱる。「わたしにとって、あなたは娘も同然なの。ヴィクターがくれた最高の贈り物だわ」彼女の目には涙が光っていた。「あなたを愛しているから、ヴィクターのこともまた愛せるようになった。あなたの悲しそうな顔は見たくないけれど、わたしのなかの身勝手な部分は、ひとつ屋根の下で暮らせる時間に感謝してもいるの」

ケイトは泣きそうになりながらもほほえみ、ヘンリエッタを抱きしめた。

「わたしも同じ気持ちです。これまでのつらい日々が報われました」

しばらくして、ヘンリエッタが言った。「なんだか湿っぽくなってしまったわ。これじゃあ、レミンスターと食前酒を引っかけたと思われても仕方がないわね。ガブリエル王子を悪く言うつもりはないの。彼があなたの望むような男性だったらと思っているのよ。心から」

「わかっています」

「男というのは、やってきては去っていくものなの。つららに似ているわ」

「つらら？」ケイトは繰り返し、公園にたむろしている男性たちに視線を戻した。日没後の薄暗がりに、男性たちの輪郭が黒々と浮きあがっている。

「遠くからだとぴかぴかして見えるけど、ちょっとしたことで砕けるし、溶けて消えてしまうから」ヘンリエッタがため息をついた。「ところであの人たちは、あんなところでなにをしているのかしら？　まるでガイ人形を焼く準備をしているみたいじゃない？　今日はガイ・フォークス祭だった？」

「ガイ・フォークス祭は一一月では？」マリアナは祝日を重んじる女性ではなかったので、ケイトがガイ・フォークス祭を祝ったことはなく、彼女は自信がなかった。

ヘンリエッタがもう一度ケイトの体を抱きしめた。「とにかく、今夜はお芝居ね。オームズカーク伯爵を喜ばせてあげなさい。彼の手紙ときたら、どんどん支離滅裂になっていくわ。あなたが衰弱死すると思っているみたい。今やダンテも奪われてしまったしね。エフィーの母親から、エフィーが彼の求婚を受けることにしたという手紙が届いたの」

「すてき！」ケイトは言った。「ハサウェイ卿が若い求愛者に負けなくてよかったですね」

「今度はあなたがオームズカーク伯爵に証明しないとね。まだ死なないってことを」

「体調はかつてないくらいいいんですけど」実際、目の下のくまは消え、頬に丸みが出てきた。死にそうに見えるのは失恋のせいだ。

「あの公園でなにが起きているのか、従僕をやって調べさせましょう」ヘンリエッタが窓に顔を近づけた。「鳥もたくさん集まって、噂話でもしているみたい」

木の枝を覆うクロツグミが、小さな群れになって飛びたっては舞いおりる。

「なにか食べ物を焼こうとしているのかもしれませんね。それで鳥がおこぼれを狙っているとか」

「あんなところで？」ヘンリエッタは言った。「この界隈《かいわい》でそんなことをする人はいないわ。ほら、かがり火を始めた。かなり大きいわね」

そのときノックの音がして、ヘンリエッタの新しい執事が銀のトレイを手に入ってきた。

「奥様、お手紙です」

「誰から？」ヘンリエッタが尋ねる。「ところでチェリーデリー、公園でなにが起きているか知っている？」

「この手紙は公園にいる紳士から届きました」チェリーデリーが答えた。「ただ、あの紳士たちがなにをしているのかまではわかりかねます」

「ミセス・スワローにお茶のお代わりを頼んでもらえる？」ケイトが言うと、チェリーデリーはおじぎをして部屋を出ていった。ヘンリエッタは手紙の角を顎に打ちつけながら思案している。

「読まないんですか？」ケイトは尋ねた。

「従僕を偵察に行かせるべきかどうか考えていたの。レミンスターがいればよかったのに。彼はこういうときの対処を心得ているから。ほら、かがり火が枝に届きそうだわ。火事になったらどうするつもりかしら？」

「手紙を読めば、なにが起きているのかわかるんじゃないでしょうか？」

「それができないのよ」ヘンリエッタが言う。

「どうしてです？」

「この手紙はあなた宛だから」

40

戻ってきてほしい。積んだ火葬用の薪に身を投げたくないから

ケイトの手から便箋が落ちた。窓へ近寄り、暗闇に目を凝らす。その目がひとりの人物をとらえた。背が高く肩幅の広い男性が、腕組みをしてかがり火の前に立っていた。

彼女を待っているのだ。

ヘンリエッタが絨毯《じゅうたん》の上に落ちた便箋を拾ったとき、ケイトはすでに廊下へ飛びだしていた。階段を駆けおり、大理石の玄関広間を抜け、表に出て道路を渡る。公園を囲む柵《さく》の前まで来たケイトは、冷たい鉄格子を両手でつかんだ。

「ガブリエル……!」

「やあ、愛しい人」彼はその場を動かなかった。「助けに来てくれたのかい?」

「こんなところでなにをしているの?　なぜ火をおこしたの?」

「きみはぼくのもとを去った。ディードーのもとを去ったアイネイアースのように。こうすれば、きみの注意を引けると思った」

「わたしが去ったんじゃないわ。わたしたちは……あなたは……」

「いいや、きみが去ったんだ」

まったく、男というのはどうしようもない。ケイトは説得をあきらめ、いちばん知りたい点だけを尋ねた。「まだ婚約しているの？　結婚したの？」

「いや」

それを聞いたケイトは、鉄格子から手を離して公園の入口へ走った。ふと、これではイーズを目にしたフレディみたいだと気づいて歩調を緩める。だがガブリエルが走りだすと、彼女も再び走りださずにはいられなくなった。

「会いたかった！」ガブリエルが絞りだすように言って、ケイトの唇を奪った。彼のキスは戸外で木を燃やしたときに似た、冬の大気のような味がした。

ふたりは時が経つのも忘れ、かがり火の前で、四一日分の情熱をこめてキスを交わした。

「愛している」ついにガブリエルが言った。

ケイトはもっとキスをしたくてたまらなかった。彼の広い肩を探って髪をつかみ、顔を引き寄せる。

「わたしもよ」彼女は小さな声で言った。「愛しているわ」

ガブリエルが一歩さがって帽子をとると、かがり火の光が黒髪の上で躍った。彼は流れるような動作で片膝をついた。

「キャサリン・ダルトリー、ぼくの妻になってくれないか？」

周囲でどよめきが起こる。ケイトの視界の隅に、通りを渡ってくるヘンリエッタの姿や、鉄格子にしがみついて見ている通行人の姿が映った。ロンドンの町全体が自分たちに注目しているかのようだ。

「ほ、本当にわたしでいいの？」

ガブリエルは無言で彼女を見つめている。

「ええ、あなたの妻になるわ」

ケイトがささやくと、ガブリエルは飛びあがって彼女を抱きあげ、くるくるとまわした。ケイトの笑い声につられたかのように、火の粉が宙を飛び交う。笑顔のヘンリエッタの横には、いつの間にかレミンスターが立っていた。

「特別許可証をとったんだ」ガブリエルがポケットから書類をとりだした。

ヘンリエッタがやってきて、ケイトを抱きしめる。レミンスターの抱擁はブランデーの香りがした。

「それじゃあ、明日は結婚式ね」ヘンリエッタが宣言した。

ケイトはポメロイ城の財政問題をすっかり忘れていた。夕食のテーブルについたときも、ぴたりと押しつけられたガブリエルの腿の感触に気もそぞろで、料理の味すらよくわかっていない始末だった。

「ところで殿下」ヘンリエッタが切りだす。「どうやってケイトを養うおつもりですか？

失礼ながら、城の財政は苦しいとうかがいました。だからこそ、お金持ちの王女と婚約したのでは？」彼女はケイトに目配せした。ケイトとしては、持参金の件はガブリエルとふたりきりのときに打ち明けたかった。

「原稿が売れたんです」ガブリエルは穏やかに答えた。「かなりの前金が入ったので、年分以上の支出に充てられます。ケイトが望むなら、ガラスの靴を買うこともできます。年もすれば農地からの収穫高も増えて、その収入で城を維持できるでしょう。贅沢はできないかもしれませんが」

ヘンリエッタがぽかんと口を開ける。「考古学の本を執筆されたんですか？」

「カルタゴの遺跡発掘に関する本です」ガブリエルが言った。「当時の人々の暮らしぶりに関して詳しく書きました」

ケイトは名付け親に説明した。「ガブリエルはその道の専門家なんです。市井の人々の暮らしが王のそれと同じくらい興味深いものだと考えている、数少ない考古学者なんですよ」

「市井の人々といってもいろいろだものね」ヘンリエッタが感心した顔で目を輝かせた。

「それにしても、出版社が原稿にお金を払うなんて知らなかったわ。作家はただ書くものだと思っていたのよ」彼女は手を振った。「そうせずにいられないから」

ケイトは笑った。

「本なんてもう何年も読んでいないけれど、殿下の本は読みますわ」

「三巻セットで、題名は金文字。予約販売のみです」

「二セット買って、知人にも勧めます」ヘンリエッタがきっぱりと言った。

「あなたって天才ね」ケイトはガブリエルに笑いかけた。「とても誇らしいわ」

「ロシアの王女はどうなりました？」レミンスターが尋ねた。

「タチアナ王女ならトルースと結婚します」ガブリエルが満足げに言った。「あのふたりの仲をとり持つのに二週間もかかりましたよ。しまいにトルースがぼくのところへ来て、これ以上は耐えられないからロンドンに戻ると言うので、男なら生け垣迷路に連れこんで根性を見せろと言ってやったんです。次の日、王女の叔父上がぼくのところへ来て、平謝りしていました」

テーブルクロスの下で、ガブリエルが大きな手でケイトの腿をなでた。

「ぼくたちは結婚したも同然だ」彼は耳元でささやいた。「つまり、きみを好きなようにさわっていいんだよ」

「王子もただの男ね」ヘンリエッタのささやきはケイトの耳には届かなかった。


その夜、ケイトはひとり寝室にいた。ガブリエルは紳士で王子だ。こんな時間に他人の屋敷の廊下をうろつくはずがない。

すべてはわたしのはしたない妄想だ。

そのとき、どこからか物音がした。

廊下からではない。

ケイトはベッドから飛びおりて窓を開けた。

「助かった」ガブリエルが窓枠をまたいだ。「中庭に転落するところだったよ」

「大きな声を出さないで」ケイトは彼を部屋に引き入れた。「ヘンリエッタとレミンスターがまだ起きているかもしれないわ」

「あのふたりなら図書室にいる。明日になったら、暖炉の前でいちゃつくときはカーテンを閉めてからにするよう注意してやらないと」

ケイトは笑いに肩を震わせた。「冗談でしょう？」

ガブリエルも口元を緩めたが、そのまなざしは揺るがなかった。なにも言わずにクラヴァットをほどきはじめる。

「あの……」ケイトはそわそわと言った。「本のことをもっと詳しく教えてくれない？」

「いやだ」

「タチアナ王女はあなたを失ったことを悲しんでいるんじゃないの？」

「彼女はきみが城を去ったときのぼくのとり乱した様子を見たからね。ぼくとの結婚に疑問を抱いたんじゃないかな。トルースのほうが優雅だし。あのふたりは絵に描いたようにお似合いだ」

「とり乱した？　あなたが？」

ガブリエルが眉間にしわを寄せた。

「二度とぼくのもとを去らないでくれ。とても耐えられない」

「好きで去ったわけじゃないわ」ケイトは反論した。「ほかに選択肢がなかったのよ。上着を脱ぐの？」

「ぜんぶ脱ぐつもりだ。きみもそうしたほうがいい。ぼくに脱がせてほしいなら別だが」

「明日まで待つべきじゃないかしら？」ケイトは急に恥ずかしくなった。

「だめだ」

ガブリエルはすでに下着姿になっている。

「わたし……」ケイトはうろたえた。「どうするか忘れてしまって……」

「ぼくは覚えているよ」ガブリエルは彼女の夜着のひもを引っぱって薄い布地を肩から落とし、目を輝かせた。ヘンリエッタはケイトのために、ロンドンの仕立屋の半数を屋敷に呼んでくれた。今、つけている下着も異国の王女が着るような凝ったデザインだ。

「ひどくそそられるよ」ガブリエルの声はうわずっていた。

ケイトは体を覆うレースやシルクを留めているひもに手を伸ばし、ゆっくりとほどいた。白い下着がふわりと床に落ちる。

ガブリエルは彼女を抱きあげてベッドに運ぶと、発掘した陶器の破片を扱うときと同じようにそっと横たえた。「きみを抱いたときの出来事はなにひとつ忘れていない。どんな細かいことも。ただ、ひとつだけできなかったことがある」

「なに？」ケイトは息を詰まらせた。

「これだよ」ガブリエルは彼女の体に両手を滑らせ、いちばん敏感な部分を覆った。

「なにをするの？」ケイトは叫び、頭を持ちあげようとした。けれども手のあとに唇が続くと、抗議の声はあえぎに変わり、最後は悲鳴になった。

数時間後、ガブリエルは自分の胸に広がったケイトの髪をもてあそんでいた。ふたりともが愛と快楽に心ゆくまで浸り、眠るのさえ惜しい気分だった。

「あなたに話さなければならないことがあるの」ケイトはささやいた。

ガブリエルがケイトのカールした髪を指に巻きつけた。「きみの髪は金糸みたいだな。ルンペルシュテルツキン（ドイツのおとぎ話に登場する小人）が藁《わら》で編んだ金の糸だよ」

「わたしにも持参金があったのよ」ケイトは彼の顔を見ようと頭をあげた。

「それはよかった」ガブリエルがさらに髪を巻きつける。「ギリシャ人は埋葬のとき、死者の髪の房をとっておくんだ。知っていたかい？」

「ガブリエル」

「持参金があったなんてよかったじゃないか。金銭的なことはベルウィックと検討ずみだが、わずかな額でもあれば助かる。城のみなは、ぼくがタチアナよりきみを選ぶことを望んでいた」

「まさか」ケイトはほほえんだ。

「フェルディナンド叔父上は収集した銃の数々を売ると言ったし、ソフォニスバ叔母上はブランデーをやめると言った。残念ながら、叔母上の宣言は早々に撤回されたけれどね」

ケイトはくすくす笑った。

「ベルウィックもだ」

「ベルウィック?」

「執事として雇ってくれる先を探すと言ってくれた」

ケイトの笑みが揺らいだ。「ああ、ガブリエル、わたしのためにそんなことをしてくれた人はいなかった。みんなあなたを愛しているのね」

「ぼくたちふたりを愛しているんだよ」ガブリエルがキスをしようとケイトを抱き寄せた。

「でも、すばらしいことに、わたしには持参金があるのよ」

彼女の乳房がガブリエルの胸にこすれる。ガブリエルがそちらに気をとられていることに気づいて上体を起こしたケイトは、いつの間にか彼の胸の上に座らされていた。

「いいぞ」ガブリエルが彼女を下半身のほうへ押しやる。

「だめよ」ケイトは目をしばたたいた。

「だめじゃない」なめらかな声でガブリエルが言う。

「まずは話を聞いて」

「なんでも聞くよ」

だが、ガブリエルは聞いていなかった。ケイトもしだいに高揚してきて、再び彼に上体を近づけた。

「ガブリエル、わたしはね……」そこでバランスを崩してしまい、ガブリエルに腰を突きあげられて小さく叫んだ。

「叫ぶのはなしだ」

「無理よ」ケイトは息を切らした。

「さっき、ヘンリエッタとレミンスターが寝室へ入る音が聞こえた」

「それなら、叫ばないわ。だからやめないで」

ガブリエルがにやりとした。

「話があるんだろう？　まずは聞けと言っていたじゃないか」

ケイトは目を細め、膝立ちになった。

彼の目が欲望に輝く。

「聞きたい？」ケイトが腰をそっと回転させると、ガブリエルの顔が悦びにゆがんだ。今度は彼があえぐ番だ。

「今はまだいい。ただ……そうだ……そういうふうにしてくれ」

「わたしは……」

ケイトはガブリエルの上に深く身を沈めてから、もう一度膝立ちになった。

「わたしはね……」

ガブリエルは聞いていなかった。彼が突きあげようとしたので、ケイトは腰を浮かせた。

「まだよ」

「ケイト！」

「わたしはロンドンでも指折りのお金持ちだったの」そう言っていっきに腰を沈めたケイトは、快感に全身を震わせた。

ガブリエルがケイトを仰向けにして攻めたてる。彼女はか細い声をあげ、本能的に体を弓なりにそらした。

しばらく経ってから、ふたりは幸せな気分で横たわっていた。

「さっききみがロンドンでも指折りの金持ちだと聞いた気がするんだが、気のせいかな?」ふいにガブリエルが尋ねた。ケイトは寝たふりをしようとしたが、無駄だった。

そのあとのガブリエルの歓声で、ヘンリエッタとレミンスターも目を覚ましたのだった。

41

数年後

カルタゴの発掘が始まって五年、月に三回はディードーの墓を見つけたと主張するビギットスティフ教授の執念も虚《むな》しく、伝説の女王が実在したことを示す証拠は見つかっていなかった。しかし教授は、失敗を重ねれば重ねるほど意固地になっているようだ。

「まったく、あの教授ときたら、どこかに看板でも埋まっていると思っているんだろうか？」頭のうしろで手を組んで仰向けになったまま、ガブリエルはぼやいた。「〝ディードー、ここに眠る〟と書かれた看板が」

うだるような昼さがり、ケイトはうとうとしながら慰めの言葉をつぶやいた。

教授のことはさておき、古代フェニキア人の化粧品から埋葬の儀式、婚約の記念の品から誕生日の祝い方に至るまで、興味深い事実が次々と明らかになっていた。ガブリエルとケイトは毎年冬のあいだだけ、つまり年に四、五カ月しか発掘に参加できないが、現場にはガブリエルの教えが浸透していた。当初は難色を示したビギットスティフ教授も、ガブリエルの学識と著書の成功によってもたらされた名声を無視できず、カルタゴの遺跡発掘は考古学上のあらゆる観点を考慮しつつ、細心の注意を払って慎重に進められていた。

午後のひととき、まともな人々はキャンバス布のテントの下で冷たい飲み物と扇を手に休んでいる。

しかし、なかにはまともでない者もいるらしく、ぎらつく太陽の下で分類されるのを待っている破片の山の付近から、ぱたぱたという足音が響いていた。

「ちび助め、またやっているな。まんまと乳母《ナニー》の目をくらましたにちがいない」ガブリエルがうめいた。

「あなた、なんとかして」ケイトはつぶやいた。「わたしは動けないわ」

「動かなくていいよ」ガブリエルは彼女のうなじにキスをした。「そこに横たわって、ぼくたちの娘を太らせておくれ」

「こう暑いと、小さなメリーもばててしまうわね」ケイトはふくらんだ腹部を幸せそうになでた。イングランドの凍える冬に比べれば、晴天が多くて温暖なチュニスは天国だ。

「数カ月後にイングランドへ戻ったら、寒いと文句を言うんだろう？」ガブリエルはなおも妻にキスをした。うなじを軽く噛んで、そこにキスを落とす。

ケイトが答えようとしたとき、小さな人影がテントに飛びこんできた。

「お父様、すごいのを見つけた。これ、見て！」

けたたましく吠える小さな犬を引き連れたヨナスは父親のもとへ駆け寄り、陶器の破片をその手に置いた。ちなみにヨナスという名は、大好きな叔父、ヨナス・ベルウィックにちなんでいる。

「鳥だよ。鳥を見つけたんだ」ヨナスは幼い指で、翼らしき曲線から目のようなくぼみ、そしてくちばしに似た割れ目をなぞった。

「これはすばらしいぞ」ガブリエルはゆっくりと言った。

夫の声にただならぬものを感じたケイトは顔をあげた。

ガブリエルが神妙な顔つきで妻に破片を渡す。ケイトは隅に刻まれた古代ギリシャ文字に注目した。若いころの遅れをとり戻そうと語学の習得と読書に没頭しているが、ギリシャ文字はまだうろ覚えだ。彼女は文字を見つめて記憶をたどった。

「なんてこと！　〝ディードー〟と書かれているわ」

待ち構えていたかのように、ガブリエルが噴きだす。

「なにがおかしいの、お父様？」ヨナスは片足でぴょんぴょん跳んだ。「なんで笑うの？ぼくが片足でも上手に立ててるって知ってた？」

「きみまでビギットスティフ教授に影響されたのかい？」ガブリエルは妻をからかった。

「でも、ここに〝ディードー〟と書いてあるじゃない」ケイトは仰向けになって破片を光にかざした。「本当に翼の形をしているのね」

「そこは翼じゃないよ」ヨナスが不満げに言う。「鳥のお尻だよ。ほら、うんちがついてる」ヨナスは〝Ｄｉｄｏ〟の綴《つづ》りの最後を指さした。

「これは……」ガブリエルが言った。「〝o〟じゃなくて〝a〟だな」

「ディードーじゃないなら、なんて書いてあるの？」ケイトが眠そうな声で尋ねた。

「〝didascalos〟つまり、〝先生〟という単語の前半分だと思う。いずれにせよ、興味深い発見だな。ちょうど当時の教育制度について考察していたところだ」

「これは鳥だよ」ヨナスが父の手から破片をとり返した。

「だったら、外で飛ばしなさい。ナニーのところへ戻るんだぞ」ガブリエルは息子の肩を軽く押した。「お母様はお昼寝をしなければならないから、フレディも連れていくんだよ」

発掘された破片の山から離れられないという一点を除いて、ヨナスはとても聞き分けのいい子供だったので、妻に夢中な王子と眠たげな王女を残して素直にテントを出ていった。

結局、彼女は昼寝などできなかった。

エピローグ

『シンデレラ』には数多くの解釈がありますが、王子が灰かぶりの娘を見つけて城に連れて戻る筋書きは共通しています。意地悪な異母姉妹は消えてしまうこともあれば、城の召使として働くこともあり、家を守る妖精になるという一風変わった説もありました。そして意地悪な継母は行方知れずとなり、かぼちゃは庭で朽ち、ネズミたちは自由を獲得します。

ただ、本書のシンデレラはちょっとちがいます。もちろん王子は彼女を見つけて城に連れて帰るのですが、寒い季節はあたたかくて雨の少ない土地へ移住しますし、邪気のかけらもない異母妹はマイペースな夫とともに田舎の地所に落ち着いて、八人の子供に恵まれます。ディムズデール家の子供たちは特別に優秀なわけではありませんでしたが、明るい性格とたぐいまれなる美貌を授かり、さらに重要なことにはそろって思いやり深く、両親の面倒をよく見たということです。

子供たちが母方の祖母に似なかったのは、会う機会がほとんどなかったからかもしれません。マリアナは領地を売り払い、それを購入したガブリエルはベルウィックに譲りました。マリアナは都会に移り、裕福な銀行家と再婚して、短い期間にそれまで持っていた二倍もの数のドレスを仕立て、そのあと肺を患って急逝しました。不慣な銀行家は多額の財産を失ったうえに、予想外の喪失感を味わったとのことです。

　ケイトとガブリエルは親戚と動物がいっぱいの城で三人の子供を育てました。フレディは長生きして、イングランドとアフリカを何往復もしました。ゾウはさらに長く生きましたが、ライオンは靴を二足食べた翌日に息を引きとりました。

　最後に、世界的に有名な作家、ラドヤード・キップリングの言いまわしを拝借したいと思います。親愛なる読者のみなさん、どんな物語にも終わりが来ます。最後にいちばん大事なことをお伝えしましょう。

　〝みんな幸せに暮らしましたとさ〟……もちろんピクルスが大好きな犬も。

ヒストリカル・ノート

おとぎ話の世界は今日と昨日の隙間、時間のない世界に広がっています。よって今回は、これまでよりも自由な発想で筆を進めることができました。『永遠《とわ》にガラスの靴を』はいわゆるヒストリカルではありません。王子が花嫁を見つけるという設定はともかく、異国の王子がイングランドの城とイングランド人の花嫁を獲得するとは思えませんから。ただ、おおまかな時代を示すならば、一八一三年前後、摂政時代のイングランドでしょうか。

この物語の原点はシャルル・ペローの『シンデレラ』です。研究者の多くはペローが〝毛皮の靴〟と〝ガラスの靴〟を勘ちがいしたと指摘していますが、わたしはこれを、タフタを固めた靴に変えました。また『ヴィーナスの姿態』は長年アレティーノの著作とされ、イングランドでは彼の名で出版されていますが、実際は弟子のロレンツォ・ヴェニエロの作品です。

『シンデレラ』以外に影響を受けたのは、イーディス・ネズビットの『魔法の城』です。人間を大理石の像に変える魔法の指輪は登場させなかったものの、ネズビット城の摩訶《まか》不思議な雰囲気が、ポメロイ城の描写に再現できていればうれしく思います。

訳者あとがき

『星降る庭の初恋』で作家デビューを果たし、エセックス姉妹シリーズでその才能を大きく開花させたエロイザ・ジェームズの最新シリーズをお届けします。

今回のテーマはおとぎ話《フェアリー・テール》。記念すべき第一作はおとぎ話の王道、『シンデレラ』がモチーフになっています。

ヒロインのケイトは伯爵の末息子と資産家のひとり娘のあいだに生まれた由緒正しきレディですが、病弱な母が他界したあと、再婚した父までが急逝し、意地悪な継母に屋根裏部屋へと追いやられます。召使や小作人を守るために日々奮闘していた彼女は、ひょんなことから社交界の花と名高い妹、ヴィクトリアの代役として城に滞在するはめに……。

ヒーローのガブリエルはマールブルク公国の王子にして考古学者。王子といっても末子であることを幸いに大好きな考古学に打ちこんでいましたが、大公である兄の気まぐれから、宮廷を追放された親族や召使をイングランドの古城に引きとることになり、彼らを養うために金持ちの王女との結婚を決意します。ところが妹になりすまして城にやってきたケイトに心を奪われ……。

細部の設定についてはヒストリカル・ノートで語られているので繰り返しませんが、エロイザが得意とする細やかな心理描写とユーモラスな会話が、シンデレラと王子の恋をぐっと身近でせつないものに仕上げています。ちなみに第二作のモチーフは『美女と野獣』、第三作は『エンドウ豆とお姫様』です。また本シリーズのスピンオフとして、ガブリエルの異母弟であるベルウィックを主人公にした〝Storming the Castle〟と、三作目のヒロインとその親友が登場する〝Winning the Wallflower〟が電子書籍で発表され、好評を博しています。

本書は二〇一一年のＲＩＴＡ賞ヒストリカル部門のファイナルに、また『美女と野獣』をテーマにした次回作は『ライブラリー・ジャーナル』誌が選ぶ二〇一一年のベストロマンス一〇作に選ばれました。エロイザ・ジェームズが綴るヒストリカル・ロマンスの新境地をどうぞお楽しみください。

二〇一二年四月

ライムブックス

永遠《とわ》にガラスの靴《くつ》を

著　者　エロイザ・ジェームズ
訳　者　岡本三余《おかもとみよ》

2012年5月20日　初版第一刷発行

発行人　成瀬雅人
発行所　株式会社原書房
〒160-0022東京都新宿区新宿1-25-13
電話・代表03-3354-0685　http://www.harashobo.co.jp
振替・00150-6-151594
ブックデザイン　川島進(スタジオ・ギブ)
印刷所　中央精版印刷株式会社

落丁・乱丁本はお取り替えいたします。
定価は、カバーに表示してあります。
　ISBN978-4-562-04431-3　Printed in Japan